JN305031

ミツバチたちのとんだ災難

ハンナ・リード　立石光子 訳

Buzz Off

by Hannah Reed

コージーブックス

BUZZ OFF
by
Hannah Reed

This edition published by arrangement with
The Berkley Publishing Group,
a member of Penguin Group (USA) Inc.
through Tuttle-Mori Agency,Inc.,Tokyo

挿画／杉浦さやか

謝辞

次のみなさまに心からの感謝を捧げます。

・このすばらしい仕事に誘ってくれたジャッキー・ザック
・世界一の養蜂家アンディ・ヘムケン（註　本文中の誤りはすべて筆者の責任です）
・Ｋ９係の警察犬訓練士で、犬の訓練方法やこぼれ話を教えてくれたダグ・ケネディ
・本書の最初の読者リーザ・リッケル
・〈ワイルド・クローバー通信〉においしいレシピを掲載してくれたハイディ・コックス、メアリー・ゴル、ジェシカ・スタップ
・原稿をチェックし、本書の誕生に手を貸してくれたシャノン・ジャミーソン・バスケス

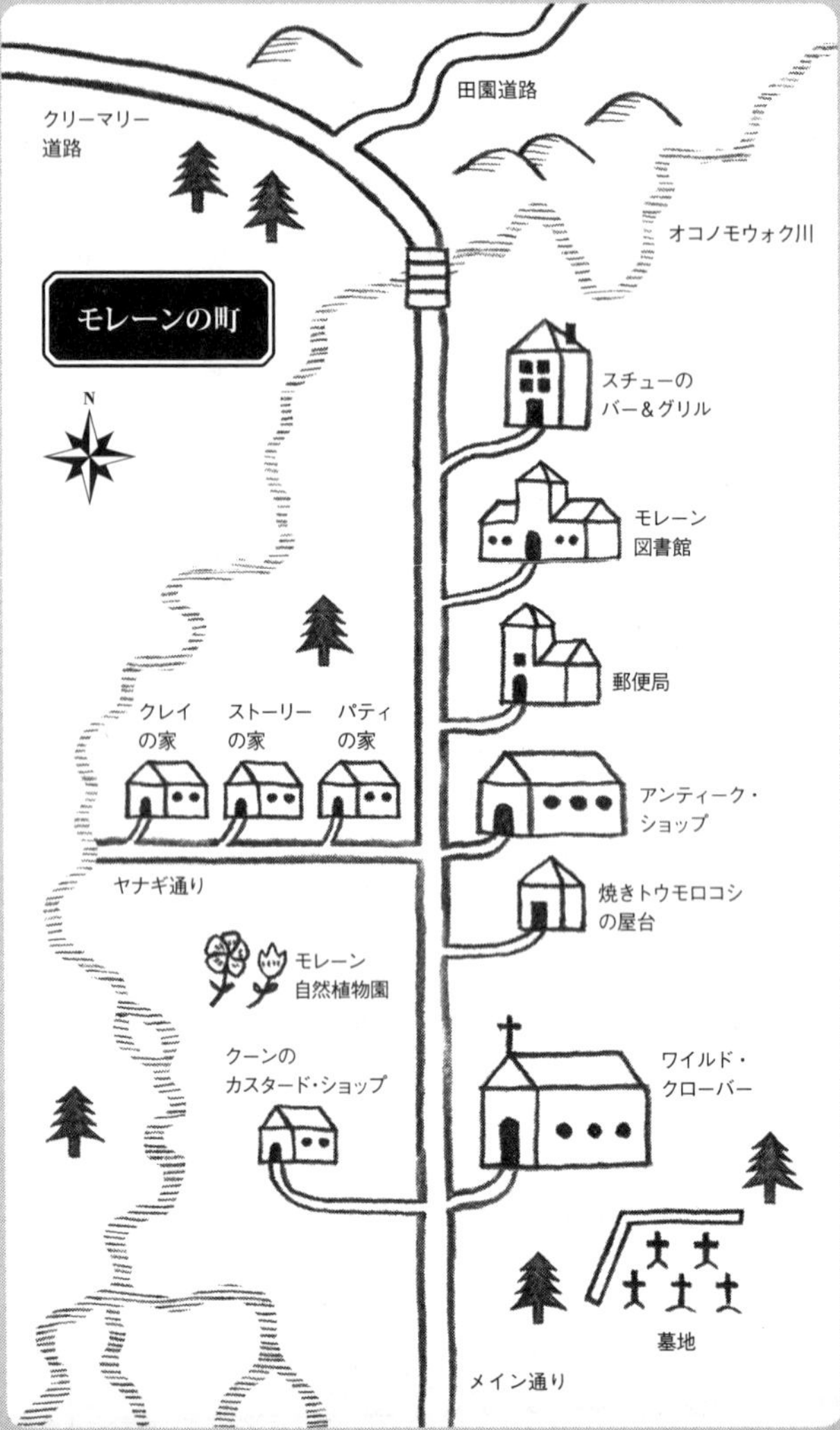

モレーンの町
N
クリーマリー
道路
田園道路
オコノモウォク川
スチューの
バー＆グリル
モレーン
図書館
郵便局
クレイ
の家
ストーリー
の家
パティ
の家
アンティーク・
ショップ
ヤナギ通り
焼きトウモロコシ
の屋台
モレーン
自然植物園
クーンの
カスタード・ショップ
ワイルド・
クローバー
墓地
メイン通り

ミツバチたちのとんだ災難

主要登場人物

ストーリー・フィッシャー……本名メリッサ。〈ワイルド・クローバー〉の店主
クレイ・レーン……ストーリーの元夫
ホリー……ストーリーの妹
ヘレン……ストーリーの母
おばあちゃん……ストーリーの祖母
キャリー・アン……ストーリーの従姉
ハンター・ウォレス……ウォーキショー郡保安官事務所の刑事
ベン……ハンターのパートナー。警察犬
マニー・チャップマン……養蜂家
グレース・チャップマン……マニーの妻
レイ・グッドウィン……農産物の運送業者
ジョニー・ジェイ……モレーンの警察長
パティ・ドワイヤー……ストーリーの隣人
ロリ・スパンドル……不動産仲介人
スタンリー・ペック……農場主
ケニー・ラングレー……大手養蜂家

1

　もし金曜日の真っ昼間からシャンパンを飲んでいなかったら、わたしは養蜂の手ほどきをしてくれた恩師で〈クイーンビー・ハニー〉の経営者、マニー・チャップマンと一緒に倉庫にいたはず。いまさらとはいえ、そうしていたらマニーを苦痛に満ちた死から救えたのかもしれない。それなのに、彼が死に瀕しているとも知らず、ほろ酔い気分で三本目のボトルの栓を抜き、細身のグラスに次々と注いでいたのだった。

　わたしはウィスコンシン州の小さな町モレーンで、一軒きりの食料雑貨店〈ワイルド・クローバー〉を営んでいる。町の人口はじわじわと増えつづけ、そろそろ八百人に手が届く。町の人たちの暮らしを支えるのが、わたしの仕事だ。今日、お店はいつも以上ににぎわっているけど、それはなんといっても、シャンパンの無料サービスと一日かぎりの全品特売セールの効果が大きい。目玉商品をいくつかあげると——

・おいしいと評判のウィスコンシン産チーズ各種。

・州北部で採れるクランベリー（生果とドライフルーツ）

・全粒粉。ウィスコンシン特産のワイルドライスはじつはお米ではなく、水辺に生えるマコモの種子。
・ドア郡のワイナリー直送ワイン。
・三十五種類の有機野菜。
・道路のすぐ先にあるカントリー・ディライト農場のリンゴ。
・それにもちろん、はちみつ製品――巣蜜、瓶づめや大型容器入りのはちみつ、はちみつキャンディ、蜜ろう、蜂花粉など。

無料サービスや安売りほど、人びとの善意を引き出してくれるものはない。故郷の小さな町の人たちはみな店に立ち寄り、グラスを傾けながら、わたしの幸運を祈ってくれた。どこまで本気かはいざ知らず。

いや、全員ではないかもしれない。わたしの元夫、クレイ・レーンは顔を見せなかった。店からわずか二ブロック先に住んでいるので、日よけに結わえた「独身記念セール」ののぼりが目に入らなかったはずはないのに。

「電話で呼び出したら？　ストーリー」わたしの従姉《いとこ》で、ごくたまに店を手伝ってくれているキャリー・アン・レツラフが、煙草飲みらしいしゃがれた声で言った。麦わら色の髪を短く刈りあげ、爪楊枝みたいに痩せこけているが、それは栄養よりもニコチンとアルコールをせっせと摂取しているから。「元の亭主も招待しようよ」と彼女はそそのかした。

わたしはおどけて顔をしかめ、それはとんでもない思いつきだと伝えた。離婚のお祝いは、心臓移植手術の成功を祝うのと似ていなくもない。どちらも七転八倒の苦しみを味わい、そもそもこんな事態に立ち至ったもろもろの事情がなければ、人生もずいぶん楽だったにちがいない。それでも、わたしはまだあきらめていないし、やる気もたっぷりある。大切なのは前向きな姿勢なのだ。

「それでは、ストーリー・フィッシャーからみなさまのご多幸を祈って」と、名字をことさら強調しながら乾杯の音頭を取った。レジの上にある時計に目をやると、自由の身になってそろそろ二十四時間、さわやかなそよ風にずっと背中を押されていたような気がする。フィッシャーとは、昨日の午後、晴れて取り戻したわたしの旧姓。耳にしっくりとなじむ。そもそもどうして手放したりしたのだろう。

ストーリーのほうはあだ名で、小さいころに友だちがつけてくれた。わたしは物語《ストーリー》をこしらえることが得意だったから――といっても、子どもどうしの他愛もない話だけど。ストーリーのほうが本名のメリッサよりもずっといい。家族のあいだでは、まだ髪が生えず、首もすわらない赤ん坊のころから、ミッシーとちぢめて呼ばれていたが、大きくなるにつれて、ミッシーには強さも知性も感じられなくなった。ほかの子たちから名前をもじってからかわれ、その心ないいじめに傷ついたせいもある。おまけに、ストーリーという名前には、人の興味をちょっぴりかきたてる力がそなわっている。

わたしはストーリー・フィッシャー、どうぞ、お見知りおきを。

そろそろ、頼りになるアルバイトの従業員がきてもいいころだ。ブレントとトレントという双子のクレイグ兄弟は、地元の大学二年生。授業のあいまをぬって、短時間のアルバイトをしている。つまり、たいていの日はわたしひとりで店を切り盛りし、そのうち彼らが天からの賜物のように現われる。

でも今日は特別なイベントなので、やむなくキャリー・アンに助っ人を頼んで、煙草のにおいには目をつぶり、わたしが接客しているあいだレジを手伝ってもらうことにした。「お安いご用よ」わたしが三度目の感謝を口にすると、キャリー・アンは言った。カウンターの下に手を伸ばして、グラスをひと息で空ける。「スチューの店にいるのと変わらないし、おまけにバイト代までもらえるんだから」

わたしは従姉の手から空っぽのグラスを引ったくり、唖然とした表情には取り合わず、きっぱりと言いわたした。「仕事中は飲まないで、いいわね」

「どうして？　あんたは飲んでるじゃない」と切り返された。

「そうよ。そのためにあなたにレジを頼んだの」

「あっきれた」従姉は不当な仕打ちだと言わんばかりに頭を振る。

レジに目を光らせていないと、キャリー・アンが飲みつぶれてしまうのではないかという悪い予感がした。これまでにグラスをいくつ空にしたのだろう。

〈ワイルド・クローバー〉は、急速に酔いのまわってきた目で見渡すかぎり、どの通路も客で込み合っていた。ちなみに、特売とシャンパンの飲み放題は、わたしの離婚のお祝いというだけではない。九月は全米はちみつ月間で、その景気づけのイベントも兼ねている。わたしは顔を上げて、ステンドグラスの高窓を眺めた。ガラス窓は陽光を受けてきらきらと輝き、七色の光が降りそそぐ店内は、さながらおとぎの国のようだ。

二年前、将来にまだ希望が持てたころ、クレイとわたしは、手狭になって売りに出ていたルーテル教会の建物を格安で手に入れた。結婚して一年目のころだ。ミルウォーキーの都会暮らしに別れを告げてモレーンに帰り、生まれ育った家を母親から譲り受け、二十世紀初頭に建てられた教会を食品雑貨店に改装する。願ってもない門出だった。

結婚そのものは出だしから暗雲が垂れこめていたけれど、店は繁盛した。建物が自分たちのものになると、信者席と一段高くなっている祭壇を取りはずして、空いたスペースに陳列棚を並べ、冷蔵庫と冷凍庫を置いたが、左右の壁に三枚と奥に二枚、どっしりした両開きの玄関の上に一枚あるきらびやかなステンドグラスの窓はそのまま残した。こうして〈ワイルド・クローバー〉が誕生した。

自宅の隣の家も買い取り、クレイはそこを手作りジュエリーの店に改装した。細かいことを言えば、ワイヤー細工のアクセサリー。しかも手作りの一点ものとあって、案の定、大勢の女性客を引きつけた。〈ワイルド・クローバー〉が幕開けとすれば、その幕を引いたのはジュエリー・ショップだった。

そこではっとわれに返り、何度かまばたきして店に注意を戻した。見栄えよく陳列された農産物と加工品、みずみずしい香り。子どもたちが店の一角でわいわいと、ソルトウォーター・タフィーやその他の駄菓子を、昔ふうの樽形の容器から選んでいる。客が四、五人シャンパンを載せたテーブルの真横に陣取って、パーティーがお開きになるまで、あるいはシャンパンがなくなるまで、その場からてこでも動かない構えだ。

「袋づめをお願い」キャリー・アンに呼ばれて、わたしは手伝いに駆けつけた。

「はちみつキャンディはいかが」レジに並んでいる人たちに、キャンディを入れたはちみつ用のガラス瓶を示した。「なかは軟らかいの。おひとつどうぞ。サービスするわ」

はちみつは天から舞い下りた露。ミツバチがどの花を訪れたかによって、はちみつの風味が異なることを知っている人は少ない。たいていのはちみつはブレンドだけど、もし蜂が一種類の花蜜しか採れない野原に放たれたら、できあがったはちみつも同じ味がする。

ウィスコンシン州で採れるはちみつには、次のようなものがある（色の薄いものから順番に）

・アルファルファ
・クローバー
・ヒマワリ
・クランベリー
・野の花
・ソバ

・ブルーベリー

「ご自由にどうぞ」とお客さんたちにもう一度すすめ、わたしもひと粒とって包みをあけ、口に放りこんだ。

マニー・チャップマンの妻、グレースが正面ドアから入ってくるのを見て、そういえば今日の午後、マニーが養蜂道具を片づけるのを手伝うと約束していたことを思い出した。はちみつの収穫と加工のシーズンが終わったからだ。

わたしは物心ついたときからミツバチに興味を持っていた。だから去年の春、マニー・チャップマンが養蜂の初心者コースを教えると知ってすぐに申し込んだ。まもなくあこがれは情熱に変わった。講座が終わってからも、わたしはマニーのそばを離れず、知識の吸収につとめた。

去年はずっとマニーの養蜂場を手伝い、採蜜や瓶づめをしながら、養蜂にまつわることをひとつ残らず学んだ。今年の春、マニーは元気な蜂であふれんばかりの巣箱をふたつ、手伝いのお礼にとプレゼントしてくれた。

それればかりか、わたしたちのチームワークは抜群だったので、ゆくゆくは共同経営者にという話も出ていた。マーケティングを積極的に展開し、はちみつの収量を上げて、事業を拡大しようというのだ。マニーの手もとには八十一個の巣箱があり、巣ひとつ当たり――年によってばらつきはあるものの――七十キロ弱のはちみつが採れる。もっと手広くやるには人手がいる。そして、やる気まんまんのわたしが目の前にいた、というわけ。

ふだんは金曜日の午後、双子たちが大学に戻るまでの数時間、わたしはマニーのはちみつ小屋で作業をすることにしていた。母屋の裏にあり、はちみつの甘い香りが染みついた居心地のよい建物だ。野の花から採れたはちみつを分離し、瓶づめにして販売する方法もそこで教わった。

でも、今日はいつもの金曜日ではない。

「いいえ、けっこうよ」わたしが泡立つシャンパンをすすめると、グレースはとんでもないといわんばかりに断わった。グレース・チャップマンはわたしよりふたつ年上の三十六歳。砂糖シロップのかかっていないドーナッツのように地味な女性だ。八年前に、親子ほど年の離れたマニーと結婚した。彼のほうが二十歳は年上だが、はた目にはそう見えないだろう。マニーは自然を愛し人生を楽しむタイプなのに、グレースのほうは生活を細々とした義務ととらえている節がある。「お酒はいただかないの」彼女はそう言いながら、感心しないと言いたげに腕時計に目をやった。「だいいち、まだこんな時間じゃないの」

わたしはシャンパングラスをテーブルに置き、にじり寄ってきたキャリー・アンに目を光らせながら、「家に帰ったら、マニーにあとで行くと伝えて」とグレースに頼んだ。

グレースはふんと鼻を鳴らすと、二番通路のチーズ売り場に向かった。

「マニーはパーティーにこないの？」わたしが次の客にグラスを渡そうと振り返ると、キャリー・アンが訊いてきた。

「マニーはああいう人だから」とわたしは答えた。「蜂のことになると、ほかは何も目に入らなくなる。早めに顔を出すよと言ってたけど。たぶん、いまごろは蜂の世話にすっかり気を取られているんでしょう」

ちょうどそのとき、ポスターを抱えたエミリー・ノーランが入ってきた。

エミリーは町立図書館の二代目館長で、引退するまで館長を務めていた母親の跡を継いだ。これまでの人生をすべてこの重大な昇進のために費やしてきたエミリーは、館長に就任すると、今度は自分の娘を後任の司書に据えた。町の小さな図書館は床から天井まで本がぎっしりで、わたしたち住人にはこぢんまりした居心地のよい場所だが、町のニーズを満たすにはいまの建物では手狭になっていた。そろそろ何らかの手を打ったほうがいいかもしれない。

口はばったいことを言えば、かつては絶滅の危機に瀕したほこりっぽい過去の遺物と思われてきた図書館も、いまや、わたしの子ども時代のように地域の重要な拠点として生まれ変わろうとしている。わたしはつねに変わらぬ図書館の味方だ。

「図書館のイベントは明日の午後だから、忘れないで」とエミリーは念を押した。「裏庭でブルーグラスのバンドがミニコンサートを開くの。予備のピクニックテーブルを並べたのよ」

「忘れっこないわ」とわたしは言った。「どこもかしこもポスターがべたべた貼って《プラスタード》あるじゃない」

キャリー・アンが忍び笑いを洩らした。「酔っ払っちゃった《ブラスタード》」とつぶやきながら、上目づかいにこちらを見た。

わたしも酔いがまわりはじめていたが、キャリー・アンの思わせぶりなひと言を聞いて、ペースを落とすことにした。空になったグラスに注ぎ足すのはやめにした。

「せめてあと一枚、ポスターを貼る場所を見つけなきゃ」

そう言い残して館長が遠ざかっていくのと入れちがいに、わたしの妹がやってきた。

妹のホリーを紹介するなら、まずもって妹は美人だ。しかも、大学を卒業したのと同じ月に名門の御曹司と結婚したので、三十一歳にしてうなるほどの大金持ち。妹に言わせたら、それこそが高等教育の目的で、大学に行ったのもMRS《ミセス》の学位を取るため。大学三年のとき、ミスター〝金づる〟こと、マックス・ペインが現われ、ふたりはひと目で恋に落ちた。いまではミルウォーキーに高級マンション、フロリダ州ネープルズに冬の別荘、パインレークに豪邸を構えている。子どもは持たない主義なので、贅沢のしほうだい。

それでもホリーには気っ風のいいところがあって、クレイとわたしが財産分割でもめていたとき、店をつづけていくのに充分な資金をぽんと用立ててくれた。

わたしたちは三歳違いで、子どものころはとても大きく感じたその差が、時がたつにつれてしだいにちぢまってきた。わたしは妹が好きだけど、妹が母さんのお気に入りで、甘やかされて育ってきたのも事実だ。

おまけに、ついついわが身と引き比べてしまう。わたしときたら——おしゃれをすれば、まんざらでもないという程度。毎日へとへとになるまで働いて、どうにか暮らしを立てている。バツイチで、ふたり姉妹の長女、母さんの頭痛の種。でも、そんなふうにいじけているのはわたしだけ。

妹はよっぽどひまなのか、携帯電話のメールで使う何千何万という略語を全部暗記している。近ごろでは会話にまで略語が忍びこんできた。お金とひまを持て余しているとろくなことはない。おかしな習慣ばかり身についてしまう。ホリーの場合は、会話に略語を使うのが癖になった。

わたしは会話についていくので精いっぱい。

「ＨＴ（ふつうの言葉に翻訳すれば、「こんにちは《ハイ・ゼア》」）」妹はそう言いながら近づいてきて、シャンパングラスを手に取った。「すてきなパーティーじゃない。ＨＵＤ（調子はどう）？」

「言うことなし。気楽でのんびりしてる。ほんと自由なの」

「ＧＲ２ＢＲ（せいせいしたでしょ）」

「それは言えてる」

ホリーは母さんやおばあちゃんと一緒に裁判所に付き添ってくれたので、クレイが骨の髄《ずい》まで腐りきった男だと知っていた。

「それにしても、離婚審問に新しい女を連れてくるかしら」とわたしは言った。

「どうしようもない野郎よね」

「あら、きちんとした言葉がしゃべれるじゃない」

ホリーは笑って、シャンパンをひと口飲んだ。

キャリー・アンが驚いたように小さな声をあげたので、ふたりともそちらを見やった。

「窓の外を見て。クレイじゃない？」

あいにく、その声は店じゅうに聞こえた。お客たちは正面の窓にどやどやと集まり、何ごとかと目をこらした。別れた夫が店のまん前に立っているのが見えた。

彼はひとりではなかった。

「フェイ・ティリーよ」だれかが連れに目を留めた。このまえ裁判所にいたのと同じ女だ。フェイ・ティリーがわたしより若くて、背も高く、それに美人だと、いやでも気がつく。

「年はいくつかしら」客のひとりが訊いた。

「二十代の半ばだね」とだれかが当てずっぽうで答える。

わたしは、クレイと彼の女が店に入ってきませんようにと祈った。

「彼女、あんたとうりふたつじゃないの、ストーリー」べつのだれかが言った。

そのひと言で、みなが堰《せき》を切ったようにしゃべりだした。

「ちっとも。ストーリーのほうがずっとかわいいわよ」

「それにしても、よく似てる。ストーリーと別れたと思ったら、そっくりさんとくっつくとはね」

「ほんと」わたしの後ろで、だれかが同意した。「髪の色がまったくおんなじ」

たしかに、わたしたちの髪はよく似ていた。秋小麦の色、自分ではそう思っている。でも彼女の髪はもっと奔放で無造作な感じというか、わたしの髪は逆立ちしたってあんなふうにはならない。短めで、ウェーヴもくっきりしていて、わたしみたいな愛想のないストレートではない。

隣にいたエミリー・ノーランが言った。「あなたの分身かもね、ストーリー」

「やめてよ、縁起でもない」キャリー・アンがわたしに言った。「自分の分身を見ちゃだめだよ」

「どうして？」妹のホリーが訊いた。

「すごく不吉だから」キャリー・アンはわたしの目をふさごうとした。

「ばかばかしい」わたしはそう言いながら、彼女の手をどけた。

ちょうどそのとき、クレイの新しい恋人が窓辺にいるわたしたちを見た。視線をめぐらせて、わたしがかがんだり、背景に紛れこむまえに捜し出した。あだっぽい笑みを浮かべると、体をひねってクレイに情熱的なキスをする。

わたしは奥に引っこみ、シャンパンのお代わりをした。

2

わたしの故郷モレーンはウィスコンシン州の南東部にあり、氷河時代に巨大な氷河が衝突してできたふたつの峰にはさまれている。観光客たちは、どこまでも平坦な酪農王国の代わりに、山あり谷ありの景観を見て驚く。小さな町にありがちだが、モレーンに入植した進取の気性に富むご先祖たちもハイウェイ沿いに町をつくり、観光客を呼びこもうとした。ところが時代とともに、より高速でより効率のよい道路が次々と建設され、そちらは町を貫くのではなく町を迂回した。

この十五キロ四方で一軒しかない食料雑貨店〈ワイルド・クローバー〉のほかに、モレーンには次のような店や施設がある。

・〈クーンのカスタード・ショップ〉。フローズン・カスタードはウィスコンシン州のご当地名物で、ソフトクリームとよく似ているが、口当たりがなめらかで、味も濃厚。
・〈アンティーク・ショップ〉。ありきたりの名前だが、人気のある骨董屋。
・〈スチューのバー＆グリル〉。ビール、ピザ、その他おつまみ。たいていは揚げ物。

・モレーン図書館。庭にハーブ園があり、地域史の資料が充実。
・切手サイズの郵便局。
・モレーン自然植物園。わたしの家から通りをはさんだ向かい側、この地域の在来種が専門。
・焼きトウモロコシの屋台。夏の終わりから秋にかけて数カ月のみ開店――ただいま営業中。
・クレイのアクセサリー・ショップ――わたしは見て見ぬふりをしている。

わたしは店の前の芝生に出ると、からりと晴れた九月の午後の陽射しを浴びて、自分できれいな色に塗り直した庭椅子に腰かけた。

店が入っている教会の建物はクリームシティ煉瓦でできている。ミシガン湖の西岸、主にミルウォーキー周辺でしか採れない特殊な粘土が原料で、窯で焼くと淡い黄色になる。教会の尖塔と鐘楼は水漆喰を塗ったうえに白い木枠がついていて、鐘もそのまま残っている。

ミルウォーキーまでは車で四十分。文化の香りと豪華な食事が味わいたければ、いつでも気軽に訪れることができる。わたしはミルウォーキーで数年暮らし、都会暮らしを満喫した。初めて家を出たときは、田舎を飛び出したくてうずうずしていたのに、引き払うと決めたころには、帰るのが待ちきれなかった。不思議なもので、時がたつにつれて、自分にとって大切なものも変わっていく。

椅子にすわって店をしみじみ眺めていると、ホリーが出てきて手を振り、轟音とともにジャガーで遠ざかっていった。それから数分して、祖母のキャデラック・フリートウッドが、縁石にタイヤをこすりつけながら止まった。母さんはいつものように助手席にすわっている。おばあちゃんがもう八十なのに、どうしても運転席を譲らないからだ。

キャデラックの窓がするすると開いて、母さんが顔を出した。

「いったいなんの騒ぎ？」と訊いた。とっくに知ってるくせに。

「九月ははちみつの月だから」とわたし。「うちでもお祝いをしてるの」

「あなた、お酒を飲んでるんじゃないでしょうね」

どうして車のなかから見抜かれたのだろう。そこではたと、空のシャンパングラスを持っていることに気がついた。「ほんの少しよ」と言いながら、車のところまで歩いていった。

クレイとわたしがモレーンに引っ越すことに決めたとき、母さんにはひとかたならぬ世話になった。実家を格安で譲ってくれたので、隣の家とこの店まで買うことができた。父さんは数年前、五十九歳の若さで重い心臓発作で亡くなった。母さんはひとり暮らしにどうしてもなじめず、家をたたんで、実の母親——アップルパイのようにやさしいわたしのおばあちゃん——のもとに身を寄せた。白髪を小さなおだんごにして、庭で摘んだデイジーを一輪挿したおばあちゃんは、今日もにこにことかわいらしい。

あいにく、母さんはおばあちゃんの側でなく、偏屈なおじいちゃんの家系からすべての遺伝子を受け継いだ。いわゆるマイナス思考の持ち主。おまけに、家を売ってからは、娘を言いなりにできると思いこんでいる。

「なかに入って」ふたりが車から降りてこないことに気づいて、わたしは声をかけた。

おばあちゃんが母さんの向こうから身を乗り出すようにして、会話に加わった。「これからストーンバンクの美容院に行くんだよ。おまえが外にいるのが見えたから、ちょっと寄っただけ」

「仕事中にお酒を飲むのはやめなさい」母さんはとがめるように唇をすぼめた。「まさかお客さんには出してないでしょうね」

「予約は何時？」とわたしが訊くと、おばあちゃんはすぐに察してくれた。

「そろそろ行かないと、ヘレン」おばあちゃんは母さんに声をかけた。「遅れちまうよ」

うちの母はなんであれ遅刻するのが大嫌いなのだ。「あら、大変」

おばあちゃんはカタツムリが這うようにのろのろと車を出して、遠ざかっていった。

わたしは歩道で見送りながら、熱いコーヒーが無性に飲みたくなってきた。

かぎられた飲み物のなかでどれにしようかと悩んでいると――〈クーンのカスタード・ショップ〉のコーヒーか、シャンパンのお代わりだが、後者はさすがにまずいだろう――ハイスクール時代の初恋の相手、ハンター・ウォレスがウォーキショー郡保安官事務所のＳＵＶを歩道に寄せて止め、わたしの悩みに答えを出してくれた。

つまり、飲み物はどちらもおあずけということ。

ハンターが車から降りてきた。職務でやってきたのは見ればわかる。彼は、この近隣の町や村から法執行官の精鋭を集めた重大事件捜査隊《CIT》の一員でもあった。ＣＩＴは危険度が高いとおぼしき事態に対処する。たとえば、人質がとられる、あるいは銃を持った男が屋上に立てこもるといった場合、ただちに出動する。この地域でそんなたぐいの犯罪が多いというわけではないけれど。現場の捜査や犯人逮捕といった危険を伴いかねない事態も、ＣＩＴの管轄だ。そちらも、このあたりではめったに見られない。

でも去年の夏、スタンリー・ペックの農場に季節労働者が寝泊まりしていたとき、飲酒がらみの発砲事件が起こって、ＣＩＴが出動した。スタンリーはこの事件で気の毒にも足を撃たれた。

スタンリーは六十をいくつか越えているが、ウィスコンシンの消えゆく農場のひとつを――大半はよそに貸しているとはいえ――まだ手放してはいない。妻のキャロルは去年亡くなった。やもめ暮らしがさぞこたえたのだろう。その寂しさを紛らわすために、季節労働者を雇い入れたのかもしれない。銃を撃ったのはスタンリー本人で、その罪をなすりつけたというわさもあったが、なにしろ代々つづく地元の人間なので、町の人たちは彼の肩を持ち、どこの馬の骨ともわからぬよそ者どもをさっさとお払い箱にしたのだった。

スタンリーはいまでも片足を少し引きずっている。

ハンターのきびきびした動きを見て、わたしはとっさに〈ワイルド・クローバー〉の鐘楼を見上げた。狙撃手の姿は見当たらない。スタンリー・ペックは店内にいたが、さっき見たかぎりでは丸腰だった――まあ、はた目には。

「あら、ハンター」と挨拶しながら、彼のぴったりした細身のジーンズ、タックのないボタンダウンの青いシャツを袖まくりした姿をそっと値踏みした。そのシャツは青い瞳によく映えている。

ハンターの家はモレーンの北およそ十六キロのところにあり、勤務地のウォーキショー市は町から四十キロ南東にある。モレーンに戻ってこの二年というもの、彼とは毎日はおろか週に一度会えばいいほうだった。ミルウォーキーにいた十四年間も（大学に進学し、クレイ・レーンというお荷物を抱えて帰郷するまで）、会う機会はあまりなかった。それでも、たまにばったり出くわすと、ハンターはいつも笑顔で挨拶してくれた。でも今日は、冗談を言ったり軽口をたたいたりする気分ではないようだ。

「ストーリー、手を貸してほしい」と彼は言った。「いまから一緒にきてくれないか」

「いいけど」

「グレース・チャップマンの車が止まってるな。なかにいる？」彼は店のほうを身ぶりで示した。

わたしはうなずいた。独身を祝って乾杯、なんて誘っている場合ではない。

「どうかしたの？」

「悪い知らせがある。ここにいてくれ。すぐ戻ってくる」

そう言うなり、ハンターはドアを開けてなかに姿を消した。

わたしになんの用事があるのだろう。悪い知らせってなに？　わたしに？　それともグレースに？

謎めいた言葉についてあれこれ考えるまもなく、ハンターがグレースの肘を取り、品物が入った小さなバッグを脇に抱えて、店から出てきた。

「なんなの、いったい？」とグレースが彼にたずねている。

「とにかく乗ってください」ハンターは助手席のドアを開けた。「きみもだ、ストーリー。急いで。なかで説明するから」グレースが先に乗りこみ、わたしも後部座席にすわった。ハンターはわたしにグレースの買い物袋を渡して、すばやくドアを閉め、足早に運転席にまわった。

背後で荒い息づかいがしたので振り返ると、車の荷台に檻《おり》が見えた。犬の黒い瞳がじっとこちらを見返している。大きかろうと小さかろうと、犬を見るとわたしの腕は総毛立つ。大きな犬は歯も大きくて、たいていは群れのリーダーを気取り、たまたま近くにいる人間までその群れに含まれる。小さな犬はさらにたちが悪い。どの犬も異常に興奮し、すきあらば体の敏感な部分にがぶりと食らいつこうとする。

わたしは小さなころ犬に噛まれたせいで、あらゆる犬に不信と警戒の念を抱いていた。

こいつは大きい。わたしはドアのほうにさっと身を寄せた。

車が発進し、マニーとグレースの家がある町の北側まで短い距離を走りだすと、ハンターはこれまで見たことがないほど厳しい表情を見せた。「今日は家にいましたか？」とグレースに訊いた。

「今朝早くに出かけました。弟夫婦を訪ねていたので。でも、どうして？　マニーに何かあったんですか？　夫は大丈夫なの？」

「残念ですが、グレース」とハンターが言った。「マニーは巣箱のそばで意識を失って倒れていて、あまりいい状況とは言えません」

「まさか、そんな」とグレース。

「だれが通報したの？」わたしは訊いた。

「レイ・グッドウィンがはちみつの集荷に立ち寄って、マニーが倒れているのを発見したんだ」

ハンターがちらりとわたしを見た。グレースは彼のほうを見やったが、動揺した表情で、顔色が真っ青だ。わたしはハンターの青い目を見返した。その目が伝えているメッセージは思わしいものではなかった。グレースに前もって心の準備をさせている。

「ハンター、何かのまちがいじゃないの？」と口をはさんだ。舌がもつれ、狭い車内には大きすぎる声だったが、なにしろうろたえていたのだ。「マニーには昨日の朝会ったけど、元気だったわよ」

「ぼくは彼の自宅から直接きたんだ」とハンターは答えて、バックミラーでわたしを見た。「現場をこの目で見てきた。だから、きみの助けがいるんだよ、ストーリー。蜂がマニーの体に群がっていて、だれも近づけない」つづいてグレースに言った。「ほんとうにお気の毒です。最悪の場合も覚悟しておいてください」

3

チャップマン家に到着すると、救急車と三台の消防車、それに警察の車両が数台、母屋の脇に止まっていた。救急隊員と消防士の一団が、裏の養蜂場を調べている。ウォーキショー郡保安官事務所とモレーンの警察がどちらも出動していた。モレーン警察を率いる警察長、ジョニー・ジェイの姿が見えた。ひとり離れたところで、携帯電話に向かってしゃべっている。

わたしはこれまでお棺に納められた死体しか見たことがない。地面に倒れているマニーを見たとたん、へなへなとくずおれそうになった。ハンター・ウォレスのSUVで到着したときにはまだシャンパンの酔いが残っていたとしても、養蜂場に入り、マニー・チャップマンの遺体を見たとたん、ほろ酔い気分は一気にさめた。

好きにしていいなら、ひとりになって思う存分泣きたかった。わたしがついていればこんなことにならなかったのに。でも冷静に考えれば、ここで取り乱すわけにはいかない。いまこの場にいる人間のなかで、蜂について多少なりとも知識があるのはわたしだけ。捜査に協力しなければならない。

マニーは養蜂場の真ん中で、ふたつの巣箱にはさまれるようにして、大の字になって倒れていた。ゆったりした長袖シャツを脇の下までまくりあげ、スエットパンツの裾を長靴にたくしこんでいる。蜂が服のなかに入りこまないための用心で、わたしも同じような格好をよくする。

そして、ハンターがさっき言ったように、ミツバチが全身にたかっていた。

マニーは倒れたとき、はちみつの入った二十リットル入りのプラスチック製バケツをひっくり返したにちがいない。はちみつの一部が体にかかり、そこに蜂が群がって、バケツからマニーの胸にこぼれ落ちた濃厚な甘い液体のおこぼれにあずかっているのだ。養蜂の師匠のうつろな目を見れば、絶命しているのは明らかだった。

いまは九月で、ミツバチたちがことのほか空腹になる季節。花粉を集める花はしだいに枯れしぼみ、冬越しにそなえて充分な食料を貯えるのに忙しい。世間の思いこみとはちがって、ミツバチは冬眠しない。薄暗い巣の内部で身を寄せ合って、女王蜂を寒さから守り、貯えた蜜で冬場をしのぐ。

「だから蜂は嫌いだったのよ」グレースの泣き声が遠くから聞こえた。額のたんこぶが、火にかけたポップコーン容器のようにふくらんでいる。家に到着し、SUVから降りて養蜂場で倒れている夫の姿をひと目見たとたん、気を失って前のめりに倒れたのだ。支えようとしたけれど、彼女のほうが二十キロ近く重いので、ふたり一緒に転んでしまった。さいわい、わたしは右肘をすりむき、膝をぶつけただけですんだ。グレースのほうは、わたしが下敷きになって衝撃を和らげたにもかかわらず、後ろにはずんで、ＳＵＶの脇腹に思いきり頭をぶつけたのだった。

グレースはまえからマニーの蜂を毛嫌いしていたが、ミツバチ自体が苦手なのか、それとも、夫が養蜂に打ちこんでいるのが気にくわなかったのかは、よくわからない。いずれにせよ、蜂とは一切関わりを持とうとしなかった。

「もう手遅れよ」と彼女は言った。「わたしにはわかる。あのいまいましいミツバチが犯人よ」

「ミツバチのせいにするなんて、本気じゃないわよね」わたしはびっくりした。ミツバチが危険だと考える人がいようとは――まして、グレースはミツバチに囲まれて暮らしていたのも同じ。ミツバチが人を殺すなんて、とんでもない言いがかりだ。

「なるほど、たしかに蜂のしわざかもしれん」警官のひとりが背後で言った。「ご主人はアレルギーがありましたか？」

「いいえ」とグレース。

「まったくありません」わたしも同意した。最初はなんともなくても、何度も刺されるうちにアレルギー反応を起こす養蜂家がいないわけではない。でも、マニーはそうではなかった。

警察長のジョニー・ジェイはまだ携帯電話をかけていたが、わたしから目を離さず、しかもいかにも気にくわないという目つきだ。

ジョニー・ジェイの人となりは、よくある田舎町の警官とはかけ離れている。肥ってもなければ、ドーナッツも食べない。ミラーグラスはかけていないし、爪楊枝で歯をせせらない。見た目は聖歌隊かボーイスカウトの一員のようで——身だしなみがよく、歯は完璧、そろそろ三十四歳だというのに、ずっと若く見える。頭が切れ、抜け目なく、職務に熱心。小さな町の警官と聞いて、だれもが思い浮かべるようなタイプではない。

でも、鍛えあげた筋肉を見ればうぬぼれが強いとわかるし、しっかり耳をすませていれば、この男にはどこかおかしなところがあることに気がつく。口を開けばぼろが出て、だけど。

その昔、学校一のいじめっ子がいずれ自分が住んでいる町の警察長になるとわかっていたら、あれほどしつこく歯向かわなかっただろう。ううん、どっちみち同じだったかも。当時はなめたまねはさせなかったし、いまもそのつもりはない。彼はいまだに弱い者いじめが大好きだが、手口がいっそう巧妙になっていた。

「何度も刺されているうちに、毒がまわって死んでしまうんだ」と、郡の制服警官のひとりが言った。

それは本当。マニーのようにアレルギーがなくても、毒の量が多すぎると死んでしまう。

ハンターがわたしの肩に手を置いて、励ますようにうなずいた。

わたしは孤立無援の気分を味わいながら、どうにかマニーの遺体に近づいたが、もうひと息というところで足が一歩も動かなくなった。ミツバチが怖いのではない。去年から今年にかけて、ミツバチがいかに穏やかで勤勉な生き物かを学んできたから。ほかの人たちはみな、かなり後ろで待機していた。ミツバチがわずかでも不穏な動きをしたら、すぐさま回れ右をして逃げ出す構えだ。

「腫れたところを氷で冷やしましょう、チャップマンさん」救急隊員がグレースに声をかけて、家に連れていった。「見ている必要はありませんよ」

わたしは、マニーのむき出しの頭と腹部から目をそらし、バケツのそばにいる蜂に意識を集中させていたが、思いきってちらりと目をやった。マニーの顔は真っ赤で、唇は腫れあがっている。はだけたお腹のあたりも同じで、見るに堪えなかった。今夜もこれから先も幾晩となく悪夢にうなされるにちがいない。わたしはマニーの胸から視線をそらさず、どうやってミツバチを引き離すかという差し迫った問題に意識を集中した。

スズメバチが二、三匹、紛れこんでいたが、それはよくあること。彼らがマニーやわたしに襲いかかってくることはない。ただはちみつが欲しいだけで、それはミツバチも同じだ。

「やつらは死体を食べているのか？」この地域の立派な法執行官のひとりが訊いた。

「ミツバチは草食動物です」とわたしは言った。「植物がつくりだしたものしか食べません」

スズメバチは肉食系だと、わざわざ知らせるにはおよばない。彼らは死骸に群がり、ハゲワシのように腐肉をむさぼる。

わたしは目を閉じたが、倒れている友人の姿はまぶたに焼きついていた。ふたたび目をあけて、遠くを見た。

警察犬が一頭、消防車のバンパーにつながれ、人間顔負けの重々しい態度で事態を見守っていた。はた目には落ち着いて見えるけど、神経を研ぎすませている。ハンターの犬だった。

SUVのなかでわたしとにらめっこしたあの犬だ。

ハンターとCITの隊員で、やはり近隣の市町村出身で顔なじみの数人が現場を調べていた。彼らにしてみれば、この事件はバリケードに立てこもった銃撃犯より――はるかに――たちが悪いにちがいない。人質事件なら交渉の余地があるし、腕利きの狙撃手を配備して銃撃犯をねらい撃つこともできる。でも数百匹もの蜂が相手ときては、手も足も出ない。

わたしはマニーの遺体のすぐ隣にしゃがんだ。もしミツバチの生活や習性について初歩的な知識を持っていなければ、わたしもみんなと同じことを疑ったかもしれない――マニーのミツバチが彼を殺した、と。彼はたしかにミツバチにいやというほど刺されたように見えた。でも、ミツバチの針はどこにも見当たらない。

わたしは片手をそろそろと伸ばし、どうにか震えを止めると、はちみつを夢中で吸っている群れのなかに指を差し入れた。ミツバチたちはわたしの指に反応しなかった。思ったとおり、敵を攻撃しようという気がまったくない。

「まだ刺しまくってるのか？」後ろから声がした。

「いいえ、ちっとも」とわたし。「蜂たちは蜜を吸っているんです。あと十メートル近づいたら、自分の目で確認できますよ。よかったらどうぞ。でもゆっくりと、蜂を脅かさないように」

その誘いに応じたのはハンターだけだった。わたしは彼の服装をチェックした。とくに青いボタンダウンのシャツを。

「ミツバチは好奇心が強いから」と彼に言った。「シャツの襟《えり》やズボンの裾からもぐりこんでくるの。首まわりは一番上までボタンを留めたほうがいい」

ハンターは身なりを整えると、わたしの隣にしゃがんだ。蜂たちはブンブン羽音を立てながら頭上を飛びかい、わたしたちを警戒しながら、マニーの体に降り立とうとしていた。だが、ただの一匹も刺そうとはしない。ハンターはこのなじみのない状況に慣れ、自分が蜂たちの攻撃目標でないことを納得すると、マニーの体の上にかがみこんで、じっくり観察した。

「肌が露出してる部分は、どこもかしこもみみず腫れになっている」

そこは、あまり気づいてほしくなかった。「蜂を追い払うわ」生まれつき胃が丈夫なことを感謝しながら、立ちあがった。

ただし困ったことがひとつあった。これからどうすればいいのか、さっぱりわからない。

「何か手伝えることは？」とハンターが訊いてくれた。

「そうね。バケツを片づけるから、後ろに下がってて」

わたしはバケツをそろそろとマニーの体から遠ざけた。指で蜂をうっかりつぶさないように気をつけながら。ええっと、お次はどうしよう。蜂の一部はバケツのあとを追ってきたけど、大部分はマニーの胸にこぼれたはちみつのところにとどまっている。

さあて。わたしははちみつ小屋に目をやった。

マニーのはちみつ小屋は車が二台入るガレージくらいの大きさで、見かけは大型の庭用物置と変わらない。窓のない両開きのドアがついている。なかには養蜂に必要な機材一式がしまってあり、はちみつの採取、精製、貯蔵の設備もそろっていた。マニーは養蜂場で作業中だったらしく、南京錠は開いていた。自分の鍵を持ってこなかったのでちょうどよかった。

とはいえ、ハンターやCITの面々が見ている前で、防護服を着こんで、武器をふりかざしたりすれば、ミツバチは危険だという彼らの思いこみを強め、あらぬうわさを広めることになるだろう。モレーンのような小さな町では、非常ボタンはすぐ手の届くところにある。

その代わりに、わたしは蜂用送風機を目で探した。ミツバチは強い風は気にしない。彼らにとって風は自然の一部であり、敵の襲撃とは見なさないからだ。だからマニーとわたしは巣箱から蜜のつまった巣板を引き抜くときは、蜂たちに追いかけられないよう、送風機を使って吹き飛ばした。

ところが肝心の送風機が見つからない。とうとう警官のひとりを母屋にやって、延長コードと大きな扇風機を借りてきてもらった。

郡の検死官ジャクソン・デイヴィスは、消防士のなかにこそこそと隠れていた。こんなことなら、べつの職業を選んでいたらよかったと後悔しているのだろう。

「わたしはそっちには行かんぞ」と、飛びまわっている昆虫を身ぶりで示した。「そんなことをするやつの気がしれん」

「でも、あんたは検死官なんだから」と警察長ジョニー・ジェイが言った。「さっさと仕事をしてもらわんと。それとも、背中を押してほしいのか？」

「防護服を着るといいわ」わたしは防具についての考えをあらためた。相手が検死官だからだ。たった一匹でも検死官を刺す蜂がいたら、死ぬまでその話を聞かされるはめになる。

「心配いりません。ほとんどの蜂は扇風機で飛ばされてしまうから」

わたしは居残っている蜂たちに向かって、心のなかで呼びかけた。平和な交流を望むわたしの訴えが宇宙に広がり、しかるべき場所に届きますようにと祈りながら。希望を持つのは自由だから。

さらにおだてたりすかしたりして、ようやくジャクソンにマニーの防護服を着てもらった。顔につける覆面布の位置を調整する。ハンターが扇風機を高速で回すと、大部分の蜂は飛ばされ、それを見た検死官は自信を取り戻した。彼は死体のそばまできて、仕事に取りかかった。ほどなく親指を下に向けた。

正式な診断が下った。わたしたち全員がすでに覚悟していたとはいえ、マニーは死んでいた。

わたしは母屋を訪ね、グレースと一緒に泣いた。この家で多くの時間を過ごし、マニーから養蜂の手ほどきを受けてきたにもかかわらず、グレースとはこれまで挨拶を交わす程度のつきあいしかなかった。グレースがそばにいるといつも気づまりだった。彼女には小心なところがあって、わたしが彼女の夫と分かち合っているミツバチへの興味を快く思っていないのが伝わってきたから。でもいま、わたしたちはそれぞれの思いを脇に押しやっていた。

パトカーと消防車が走り去り、グレースが寝室に入ってしまうと、わたしはポーチに出た。

ハンターはまだ養蜂場を調べていた。さっき見かけた犬は短いリードにつながれ、彼のそばにいた。マニーの死は、蜂たちの活動のペースを鈍らせてはいなかった。巣箱からせわしなく出入りしている。

ハンターが犬を連れてこちらにやってきた。わたしは何歩か後ずさりして、いくらか距離を置こうとした。彼のほうは、自分の犬がわたしに近づきすぎていることに気づいていない様子だった。

わたしは鼻水を垂らし、ティッシュを握りしめ、目を泣きはらしていた。

「犬を飼ってるなんて知らなかった」

「こいつは警察犬なんだ」

「わたしが家に入ってから、どうなった？」

「今日は悪い知らせを伝えてばかりだな」とハンターは言った。「ジョニー・ジェイは巣箱を処分したがっている。もっともな判断だと思うけど」

そんなばかな。ミツバチは悪くないのに。わたしは憤慨して、つかのま犬のことは忘れた。

「マニーの死因はまだだれにもわからないのよ。ジョニー・ジェイの判断は早計だし、だいいちやりすぎだわ」あのミツバチを守るためなら、この町の警察長と郡の警官全員を敵にまわしてもかまわない。

「マニーが全身を蜂に刺されていたのは、だれの目にも明らかだ」とハンターは言った。

「蜂は始末するしかない」

「お願いだから、ジョニー・ジェイに勝手なまねをさせないで。ミツバチのせいじゃないって証明するから」

「引き受けてもいいが、まずはきちんと説明してくれ。ジョニー・ジェイを説得するのは容易なことじゃない」

「マニーの蜂はアフリカミツバチじゃないわ、念のために言っておくと」アフリカミツバチ、別名、殺人蜂《キラー・ビー》は、熱帯の研究室から逃げ出し、穏やかな気性のセイヨウミツバチと交雑を始めた。アフリカミツバチはきわめて攻撃性が高い——巣には門番蜂がたくさんいて、巣箱周辺の警戒領域がふつうよりも広く、逃げても非常に長い距離を追いかけてくる。「キラー・ビーは、このあたりの寒い冬を越せないの」それは事実だ。ウィスコンシン州に殺人蜂はいない。

ハンターはため息をついて「なるほど」と言った。「根拠はそれだけなのか。ここにいる蜂はキラー・ビーじゃないと。きみがこいつらを守りたい気持ちはわかる。でも現実から目をそらしちゃだめだ」

わたしはポーチの手すりに寄りかかった。

「よおく聞いてよ。まずは、その一」

ハンターの頬がゆるんだ。重要な事実をひとつひとつあげていくのが、わたしのやり方で、ハンターはそれを知っていた。

「その一」とわたしはくり返した。「ミツバチの刺針には逆向きのとげがついているの。つまり、攻撃すれば、針は敵の体に刺さったまま残る。マニーの体にミツバチの針が一本でも残ってた？」

「いいや、でもなかなかおもしろい」いまのはまだ序の口だと、彼にもわかっていた。「とげのついた針のことは確かなんだね？」

「もちろん」わたしの口ぶりはプロの自信にあふれていたけど、実際には駆け出しもいいところだ。「その二。ここの蜂たちは、マニーが敵じゃないことを知ってる。毎日一緒に働いているんだから。マニーが刺されるとしたら、たまたま手をついたところに蜂がいたときぐらいでしょう。その三。ミツバチは敵を刺したら自分も死ぬ。マニーのまわりにミツバチの死骸の山はあった？」

「それは気づかなかったな、あとでもう一度見てみよう」ハンターは目尻にしわを寄せて、にやりとした。笑った目もとは昔とちっとも変わらない。ハイスクールでわたしが胸をときめかせたあの笑顔。おまけに彼はいかした足の持ち主だった。わたしは男の人のきれいな足にとても弱い。男の人のお尻や、胸板や、二の腕に惹かれる女性もいるけど、わたしは足派。それとなく視線を下ろして、ハンターの足もとを確かめたが、ハーレーダビッドソンのブーツにすっぽり覆われていた。

「まだつづきがあるんだろう？」とハンターがうながした。

わたしは考えがあらぬ方向にさまよっているあいだ、ぼんやりしていた。こんなときに足のことを考えるなんてどうかしてる。

「どこまでいった？」

「その四から」

「そうそう。その四」と言って、注意を戻した。「ミツバチが人を襲うのは、巣と女王蜂に危険が迫っていると考えたときだけ。でもマニーの蜂たちは興奮していなかった。群れを守る態勢に入っていたら、もっと騒いでいたはずよ。マニーが全身を刺されていたのは否定できないけど、真犯人はスズメバチにちがいない。スズメバチは針が抜けないから、何度でも刺すことができるの」

「もういい、わかったよ」ハンターは降参したとばかりに、リードを持っていないほうの手を上げたが、犬のほうはわたしをじろじろと見ていた。「きみは刑事になったらよかったのに。進路をあやまったな。たいした観察眼だよ、こんな状況なのに。とりあえず検死官の報告を待とう。養蜂場に死刑宣告を下すのはそれからでも遅くない。ぼくがみんなを説得するよ、ジョニー・ジェイも」

やれやれ、これでひと息つける。

わたしは嬉しさのあまりハンターに抱きつきたくなったが、わたしたちのあいだには犬が立ちはだかっていた。

「それはなんていう犬？　ジャーマン・シェパード？」と、わたしは指をさしてたずねた。べつに犬種についてくわしいわけではない——わたしに言わせれば、犬は大きいか小さいかのどちらかだ。

「ベンは〝それ〟じゃない。こいつはベルジアン・マリノアというんだ」犬はその名称を聞いて、ハンターを見上げた。「見た目はジャーマン・シェパードとよく似ているが、ベンは比べられたら気を悪くするだろうな。足はもっと速いし、人間に尽くそうとする気持ちも強い。命じられたら、狙撃犯にも飛びかかる。逃走しようとした武装強盗を、車の窓から引きずり下ろしたこともある。ベンは敵にまわすとあなどれない」

たしかにその犬はおっかなそうに見えた。控えめで落ち着いているが、危険の兆候を見逃すまいと緊張し、鋼鉄のようなあごの力を発揮する機会を待ちかまえているのが感じられた。

「あなたに抱きついたら、この犬は襲ってくるかしら？」

「そうしたいの？」

「ベンが攻撃してこなければ」

「もちろん、そんなことはしないさ。ベン、待て」

ハンターが近づいてきた。ベンは筋肉ひとつ動かさなかったが、ハンターが適切なコマンドを下せば、稲妻のようなすばやさで襲いかかってくるような気がした。犬を警戒しつつ、わたしはハンターを軽く抱きしめた。

「ミツバチたちに力を貸してくれてありがとう。恩に着るわ」

「離婚のことを聞いたよ」ハンターは声を落とし、わたしと並ぶように柵にもたれかかったので、腕と腕が触れ合った。「おめでとうと言っていいのか、それとも慰めの言葉をかけたほうがいいのかな」

「片がついてほっとしたわ。結婚していたのは三年だったけど、ずいぶん長く感じた」

「元ご主人は隣に住んでるとか」とハンター。

「厄介払いしたいんだけど」

「気まずいだろうな」

「まあね」

「お母さんは？」

「いつもどおり。わたしのやることなすことに反対で、文句ばかり言ってる」

ハンターの犬はわたしから片時も目を離さず、わたしがまちがった行動を起こすのを待ちかまえているようだ。なんだか気味が悪かった。

ハンターとわたしはしばらく黙っていた。そういえば、ハンターのそんなところが好きだった。会話が途切れても、無理に間《ま》を埋めようとしない。車が私道に曲がってくる音がして、ようやく物思いからさめた。

グレースの弟カールと妻のベティーだ。マニーの養蜂場で作業をしているとき、何度か訪ねてきたので顔見知りだった。彼らはフォード・ブロンコから降りて、つかつかとやってきた。グレースの義理の妹は初めての子どもを身ごもっていて、予定日より三カ月も遅れているような大きなお腹をしていた。

「姉さんは？」とカールが訊いた。

「横になってるわ」とわたしは答えた。ベティーが冷たい目でにらみつけてくるのを感じたが、もしかしたら、悲劇にショックを受けて、そんなふうに見えるのかもしれなかった。

悪い知らせを受け止める方法は、人それぞれだから。

4

「その棚、何度並べ直したら気がすむんだい？」とスタンリー・ペックが訊いた。〈ワイルド・クローバー〉に戻ったわたしは、恩人の死に顔を頭から消し去ろうと、はちみつの棚をしつこく並べ替えていた。まるで悪夢のような一日で、しかもこの悪夢から目をさますことはない。

頼りにしているアルバイトの双子、トレントとブレントのクレイグ兄弟は、わたしより先に出勤していた。カウンターでレジを打ち、お客さんの買った物を袋につめている。

「キャリー・アンはへべれけになって、ぼくたちと入れ違いに帰りました」わたしがハンターに送ってもらって店に帰り着くと、トレントがそう報告した。

すばらしい。キャリー・アンとはいずれきちんと話をつけなければならない。

小さな町ではうわさはあっというまに広まるが、モレーンもその例外ではなかった。客たちは次から次へと店にやってきては、ぐずぐずと長居して、くわしい情報を仕入れたり、お悔やみを述べたりしている。

「マニーはわたしに、まず女王蜂をプレゼントしてくれたの」と、近くにいる客たちに話した。「庭に巣箱を置きたいと言ったら、働き蜂を何千匹も分けてくれた。本気で養蜂に取り組むつもりだとわかると、ビジネスに引き入れ、知識を分け与え、売り上げに応じて報酬も支払ってくれた」

わたしの話はみんながすでに知っていることばかりだった。わたしがマニーに弟子入りしていたことを知らぬ者はいなかったが、みなでしんみりと思い出にひたっていたのだ。わたしは不覚にもあふれ出た涙をふいて、つづけた。「よその業者は病気やらダニやらの問題を山ほど抱えていたけど、マニーはちがった。世界一の養蜂家よ。彼がいなくなった穴は大きいわ」

それは事実だった。養蜂業にはありとあらゆる難題がふりかかる――寄生虫、巣に入りこんでくる蟻やネズミ、天敵、病気。おなじみのものもあれば、新顔もある。マニーは最新の技術と予防措置についてもくわしかった。

「わしらはアーチェリー仲間でな」とスタンリーが言った。「あそこの庭でよく練習した。グレースとうちのキャロルがけしかけて、一射ごとにけちをつけるんだ」

「マニーみたいな人はいなかったわねぇ」ミリー・ホプティコートがつけ加えた。ミリーは七十代半ばの退職した教師で、戦後、フランス料理をいち早くアメリカの家庭に紹介したジュリア・チャイルドを思わせる大柄な女性だ。この有名シェフに負けないくらい料理上手なので、店からのお便り〈ワイルド・クローバー通信〉に掲載するレシピの試作はすべてまかせていた。おまけに、フラワーアレンジメントの名人。

「惜しい人を亡くした」と、ほかの客たちもうなずき合った。

わたしにしてみればそんな言葉ではとても足りず、しかも彼の死を惜しむ気持ちには、個人的な思い入れとはべつの面もあった。マニーの事業の行く末は、彼が亡くなったことで深刻な危機に見舞われている。わたしも近い将来、正式な共同経営者になることをひそかに期待していたのだが、マニーの死とともにその夢もついえてしまった。

マニーが、というよりいまではグレースが、はちみつ小屋も土地も機材も、そして蜂の大部分も所有している。じつのところ、うちの裏庭に置いてあるふたつの巣箱以外は、蜂もすべてグレースのものだ。うちの蜂たちはご近所の庭の受粉を手伝い、わたしが自分で食べるわずかな量のはちみつを提供してくれている。でも、マニー亡きいま、わたしひとりで〈クイーンビー・ハニー〉をつづけていけるだろうか。グレースはわたしに事業を譲ってくれるだろうか。

仕事の面でもうひとつ頭の痛い問題があった――わたしの経験不足だ。一年半みっちり仕込んでもらったとはいえ、この春ようやく独り立ちしたばかり。はたして八十もの巣箱をひとりで管理できるかどうか。もしグレースがチャンスを与えてくれるなら、なんとかやってみるつもりだけど。マニーはいずれ蜂が体の一部になると言ってくれたが、いまならその意味がわかる。たしかにそのとおりだったから。

はちみつ製品を並べ替えていても胸の痛みは少しも収まらなかったので、わたしは外に出た。店の前には大勢の人がたむろしていた。芝生に並べた庭椅子はどれもふさがり、歩道にまでお客さんがあふれている。「そういえば、ずいぶんまえに、サイレンの音が聞こえたわね」と図書館長のエミリー・ノーランが言った。わたしは彼女がいるのを見て、あっというまに一日が過ぎたのを実感した。エミリーがここにいるなら図書館はもう閉まっている。つまりもう夕方の五時をまわったということだ。「だれも聞こえなかった？」と彼女はたずねた。

わたしには聞こえなかった。でもそれは自分のことにかまけていたから。自分のことしか頭になくて、笑ったり、乾杯したり、酔っ払ったりしているあいだに、マニーの命の灯は消えてしまった。

どうやらわたしは頭の働きが鈍いたちらしい。店に戻ってしばらくたってから、ようやくことの深刻さがのみこめてきた。従業員が勤務中に酒を飲むとか、別れた夫が隣に住んでいることよりも、ずっと大きな問題を抱えていることにふいに気がついた。マニーの死のニュースが広まり、わたしが現場にいて、事件の一部を目撃したことに人びとが気づくまで長くはかからない。わたしが養蜂場に呼ばれたことも、マニーがどこでどんなふうに死んだかという状況も、プラスには働かないだろう。

町のゴシップ通、P・P・パティ・ドワイヤーが、わたしが一番恐れていることをあっさりと口にした。P・P・パティとは、〝ぼやき屋《ピティ・パーティ》〟パティをちぢめたあだ名。彼女はわが家の隣人で（クレイとは反対側）、年がら年じゅう不平をこぼして、世間の同情を引こうと躍起になっている。べつによそと比べてひどい暮らしをしているわけではない。ただ、やたらと愚痴が多いのだ。

「アライグマに屋根裏部屋をめちゃめちゃにされたの」とP・P・パティはぼやきながら、布製の買い物袋を差し出した。わたしは彼女の買い物をレジに通し、袋につめはじめた。

「壊れたところを修繕するのは、おそろしく物入りでしょうよ。そんな大金、どうやって工面したらいいのやら。それに、大工仕事を頼めるような人は、どこでどう探したらいいんだか」

「あそこにお知らせを出してみたら」わたしは、店を入ってすぐのところにある掲示板のほうを指さした。客たちはそこで仔犬や仔猫の里親を募ったり、職を探したり、夏には表土や堆肥の配達、冬には雪かきを申し出ている。

パティは一応そちらを振り返ったが、頭のなかではべつのことを考えているのがわかった。

「ちょっと小耳にはさんだんだけど」と、店にいるお客さん全員の前で言った。「マニーは殺人蜂《キラー・ビー》に殺されたんだってね」

わたしの不安は的中した。

「マニーはほんとうに蜂に刺されて死んだのかい？」スタンリーがだれにともなくたずねた。

「検死官が調べおわるまでは、確実なことは何も言えないわ」とわたしは答えた。

わたしは有利な判定が下ることを当てにして沈黙を守ったが、ほんとうはそうするのが一番楽だったから。でもいまにして思えば、ミツバチがマニーの死に関与することなどありえないと、はっきりさせておくべきだった。一番あやしい容疑者は、何度でも刺すことのできるスズメバチだ。スズメバチは単独で行動し、集団で移動することはないが、一匹が怒って刺すと、化学物質が放出され、それがほかのスズメバチも警戒させる。そうなると、彼らはいっせいに現場に駆けつけ、総攻撃をしかけてくる。

マニーの死因が蜂毒であれ、ほかの原因であれ、ジャクソンだけが検死官ならではの神業で、最終的な判断を下すことができる。

わたしはグレースが気の毒でたまらず、胸が痛んだ。

トラックがバックするときの警告音が聞こえ、レイ・グッドウィンの配達トラックが店の裏に滑りこんでくるのが見えた。トレントが荷下ろしを手伝いに外に出ていった。彼が野菜をぎっしりつめこんだ箱を運んでいるあいだに、レイは納品書と照合した。わたしは彼のそばに行った。

「ここにサインしてくれ」レイはわたしにクリップボードを渡した。「えらいことになったな、マニー、マニーが蜂にやられるなんて」

「マニーのミツバチは無実よ」わたしは納品書にサインした。いまの台詞をこの先何度もくり返すことになるのだろう。

「どう見ても、連中のしわざに決まってる」とレイ。「おれが発見したんだから。ケニー養蜂場のすぐあとに寄ったんだ」

わたしはクリップボードから目を上げた。レイがマニーを見つけたことは、ハンターからもう聞いていた。わたしの注意を引いたのはそのことではない。

「ケニー・ラングレーを訪ねたの？」

ラングレー一族のことは祖母から聞いて知っていたが、ケニーと正式に会ったのは一度きり。彼とマニーがこの春、販売区域について交渉したときのことだ。わたしは最初からケニーに反感を持ったが、それは彼がこれ見よがしにわたしを無視したから。おまけに、彼はわたしのことを〝お嬢ちゃん〟と呼んだ。

わたしは彼とマニーが倉庫で話し合いをしているあいだ、すぐそばで作業していた。だから昔ながらの握手で決着した内容をよく知っている。ウォーキショー郡はマニーの縄張りで、ケニーはワシントン郡にとどまる——それは理にかなったものだった。ふたりともそれぞれの販売区域に自宅があり、事業もそこで営んでいたからだ。この取り決めに双方とも満足した。どちらも地元でめざましい成長を遂げている生産業者なので、趣味で蜂を飼い、販売にも手を出している、あちこちの小規模な養蜂家のことは眼中にないようだった。マニーはその交渉の席で、わたしをケニーに紹介した。ケニーには鼻であしらわれたものの、その会合が終わるまえに、わたしはマニーから、何か問題が生じたときは窓口になってほしいと正式に頼まれた。

ケニーのことは気にくわなかったけど、それは嬉しい驚きだった。どんな形であれビジネスに関われるのが嬉しかった。マニーは販売や取り引きといった商売の面にはうとい。いずれはその重荷を肩代わりできるのではないかと、わたしは希望をふくらませた。〈ワイルド・クローバー〉のような小さな店を経営していると、マーケティングの技術は自然と身につく。いずれにせよ、これまでのところ問題は起こらず、ありがたいことに、ケニーとふたたび顔を合わす機会はまだ一度もなかった。

「ケニー・ラングレーになんの用だったの？」とわたしはレイにたずねた。

「おっと」レイはしまったという顔をした。目をそらして赤面する。まるで、レジに手を突っこんだところを見つかったかのように。

「ケニーのはちみつも配達してるんじゃないでしょうね」

わたしは彼をじろりとにらんだ。レイはケニー養蜂場に出入りすることはできない。二年まえに配達をまかせたとき、マニーとレイははちみつについて専属契約を結んだ。レイはマニーのはちみつを食料雑貨店に卸すのを一手に引き受け、大きな割引を受けている。わたしもわずかとはいえ売り上げに応じて報酬を受け取っているので、レイの契約違反はわたしの儲けにもひびく。クリップボードを突き返した。

「あなたは〈クイーンビー・ハニー〉と契約してるのよ。ケニー養蜂場とはいつから取り引きを？」

「一度きりだ」とレイは言った。それは、別れた夫のクレイが浮気が発覚するたびに口にする決まり文句だった。「すまない」

「そりゃそうでしょうよ。契約違反の罰としてこの納品書から手数料を差し引いたら、もっと反省してくれるかしら。ちなみに、専属契約はもう無効だから」

「勘弁してくれよ、ストーリー。もう二度としない」

「マニーのお葬式もまだなのに」と罪悪感をあおった。「彼がいたら、自分で契約を破棄し たわ」

「約束するよ。うそじゃない。いつもよりはちみつのケースを多めに引き取って、新規の買い手を開拓する。販路は広がってるんだ。これまで以上に売ってみせる」

「それについては、またあらためて」わたしは彼をひとにらみしたが、そこで声を落とし、しんみりした口調になった。「ねえ、マニーを見つけたときのことを聞かせて」

「たいして話すことはないんだ」レイは野球帽をぐいと傾けると、頭をかいた。「今朝の九時から十時までのあいだに、はちみつのケースを取りに行くことになっていた。十時ちょっとまえに着いたら、マニーが蜂にたかられていた。それで、九一一に緊急通報したんだ」

「そのときはもう……？」

「わからん――ぴくりとも動かなかったが、蜂がブンブン飛びまわってるなかで脈を取るのは無理だしな」

「午後には、あなたの姿を見かけなかったけど」

「助けを呼んだあと、泡をくって逃げ出した。こんなことは生まれて初めてだし、いざとなったら、おれはからきしだめなんだ。現場に残るべきだったのはわかってる。保安官にもこってりしぼられた」

レイのトラックは出ていき、わたしは裏口から店に入った。レイ・グッドウィンのことをあらためて考えながら。長いあいだ配達を頼んできた男が引退したあと、その後釜に納まったのがレイだ。これまでずっとうだつの上がらない人生で、職を転々とし、どの仕事も長続きしなかった。これからは目を離さないようにしなければ。

店は大にぎわいで、またしても罪悪感がちくりと胸を刺した。マニーの死によって店が繁盛するのは心苦しかったが、明らかにそうだから——その証拠に、レジの前には客がずらりと並び、ブレントは息つくひまもない。わたしはレジを交代し、ブレントには弟と一緒に、レイのトラックが運んできた新鮮な野菜の品出しを頼んだ——リンゴ、トウモロコシ、キャベツ、ビート、それにジャガイモの晩生種、わたしの好きなフィンガーポテトもある。今日届いたのは、この時期にウィスコンシンで出まわる豊かな農産物のごく一部にすぎない。

暗くなるまで双子とわたしは〈スチューのバー＆グリル〉のピザをつまみながら働き、八時に店じまいをしたが、そのあいだも、客たちの話し声にはしだいに懸念の色が強まっていった。

わたしは家までの二ブロックを歩いて帰った。町の住人たちが殺人犯を追ってうちの裏庭にやってくるのは時間の問題だろう。マニーのミツバチが無実だと証明する方法を考えなければ。

うちの隣にある元夫のジュエリー・ショップは照明が消えていたが、店の裏にある小さな居間には明かりがついていた。つまりお楽しみ中というわけ。さもなければクレイが金曜の夜に家にいるはずがない。まだフェイとつきあっているのだろうか、それとも早くも新しい恋人に乗り換えたとか。

フェイ・ティリーは、店の前での目立つふるまいから町じゅうに顔が売れていたが、結婚後にクレイが手をつけた女たちの長い列につらなる新顔にすぎない。元夫ほど面の皮が厚く、趣味の悪い人間なら、離婚審問の場に女を連れてきても意外ではないけど、そんな彼の尻馬に乗るフェイもフェイだ。おまけに、彼女はトンボの形をしたピアスとワイヤー細工の蝶の髪留めをこれ見よがしにつけてきた。どこにでもあるようなものではなく、わたしにはひと目でクレイの作品だとわかった。

ひねくれた理由とはいえ、この世にわたしと同じくらい男を見る目のない女がほかにもいると思うと心が慰められた。彼のベッドにいるのが自分でないことにほっとし、そのことをかすかにやましく感じたけれど、それもほんの一瞬のこと。自分の力で彼を変えられると思うなら、どうぞご自由に。あの男は貝殻と同じで――外側は美しいが、中身は空っぽだ。

わたしはクレイの家から顔をそむけ、カヤックで川に出ようかと考えた。それはほとんど毎晩の習慣になっている。夜遅く、ベッドに入るまえが、川下りにはおすすめ。わたしはカヤックの舷腹に反射テープを貼りつけ、救命胴衣にも数本、斜めの線をつけていた。お月さまが川面を照らしてくれない夜には、防水仕様のヘッドランプをかぶる。

でも今夜、川はわたしを招いていなかった。物陰に入るたびに、死の幻影につきまとわれるに決まってる。それに今日一日いろいろあったので、死ぬほど疲れていた。

マニーの遺体を見たせいか、恐れていたとおり悪夢に襲われた。真夜中、大きな音と悲鳴が聞こえたような気がして、はっと目がさめた。庭灯をつけたが、ふだんとちがうものは何も見えなかった。うちの蜂たちは日暮れとともに巣箱に帰っていた。動くものはひとつもない。

わたしはベッドに戻り、朝の訪れを待った。さっきの悲鳴はわたしの無意識が生みだした幻聴だと思いこんで。

5

一夜明けると、空には厚い雲が垂れこめていた。早朝、いまにも降りだしそうな雨のにおいに包まれて、わたしは裏庭のテーブルで熱いコーヒーを飲みながら、あらためてマニーの死を悼んだ。

昨夜はくたくたに疲れ、心がかき乱されていたので、なつかしい実家がとうとう自分だけのものになったのに、それを祝うどころではなかった。人生の大部分を過ごした家とはいえ——最初は子どものころ、のちにはクレイとふたりで——証書の名義がわたしひとりというのは、これが初めてだ。

この家はわたしのもの。

わたしの家。

わたしのお城。なんてすてきなひびきだろう。

敷地の幅が狭いぶん奥行きがあって、裏庭はオコノモウォク川までつづいている。わたしは色あせた灰色の壁を明るい黄色に塗り替え、家の正面に張り出した玄関ポーチにも同じ色のペンキを塗り、まばゆい白で縁取りした。さらに、店にあるのとおそろいの色とりどりの庭椅子を三脚、ポーチに並べた。ミツバチの巣箱は裏庭にある。家よりも川寄りで、いろいろ考えたすえに、家庭菜園に近い安全な場所に置いた。

菜園をはさんで反対側には、子どものころに飼っていた鶏の小屋がまだ残っていた。いずれ二、三羽飼って、新鮮な有機卵を手に入れることも考えている。

この町の創設者たちは川辺に枝を垂らしているシダレヤナギにちなんで、わが家の前の短い通りをヤナギ通りと命名した。自然を愛する人たちはメイン通りを曲がって、うちとクレイの家の前を通りすぎ、通りの突き当たりから、カヌーやカヤックで川に漕ぎ出すことができる。

わが家の西隣は元夫の家。東側にはヒマラヤスギが立ち並び、ぼやき屋パティのゴシップ蒐集アンテナをいくらかさえぎっているが、彼女の二階建ての家は目隠し用の生け垣よりも高いので、その気になればこっそりのぞくことができる。うちには、のぞいてもらうような値打ちのあるものはひとつもないけれど。

元夫と町のゴシップ屋のあいだにはさまれて理想的な立地とは言えないが、わたしは何があってもこの家を手放すつもりはなかった。好ましからぬ隣人はさておき、ここは小さな楽園だから。

川が敷地の北の境界線。玄関前の小道に沿ってガマズミが茂り、人目をさえぎっている。庭のいたるところに植えた花や香草は、どれもみなミツバチの好物ばかり。

・ムラサキバレンギク――薄紫色のきれいな花で、ミツバチが大好きなヒマワリの仲間。
・フロックス――園芸用の背の高い品種で、うちには白とピンクがある。
・セイヨウノコギリソウ――ホウレン草と同じで葉は食用になるが、まだ試食したことはない。
・ヤナギトウワタ――トウワタの仲間でオレンジ色の花をつける。花蜜を愛する生き物はみな引き寄せられる。
・ラベンダー――ポプリとドライブーケ用。
・ハルシャギク――可憐な黄色の花で、夏じゅうずっと咲きつづけるところが気に入っている。

わが家の忙しい働き蜂たちはうちの花で間に合わないときは、通りを渡ってモレーン自然植物園まで出稼ぎに行き、そこの花粉と混ぜ合わせている。自然植物園はウィスコンシン州の自生植物を集めていて、一年じゅう花の絶えることがない。

わたしはカヤックで川に漕ぎ出すことにした。今日は土曜日なので店は双子たちにまかせて、午後に顔を出せばいい。カヤックの旅はわたしにとって瞑想のようなもの。川と自然、さまざまな音やにおいが、ほかのどんなものよりもわたしの心を癒してくれる。マニーの身にあんなことがあったあとだけに、わたしには平穏と静けさが必要だった。

ところが、肝心のカヤックが、置き場所にしている川のそばの草地に見当たらない。だれかが〝借りていく〟のは、これが初めてではなかったが。

クレイの家のドアをこぶしで何度もたたいていると、彼が出てきた。本人が戸口にいるということは、この無断借用については無実という証しだ。あーあ。犯人はまたしても悪ガキたちね。

クレイはシルクのパジャマを着て、顔にはシーツの跡がついていた。左耳に光っているダイヤのピアスは、二日前の離婚審問のあとにこしらえた新作のようだ。暗めのブロンドの髪が、寝癖であちこち突っ立っている。

「わたしのカヤックを見なかった？」と切り出した。視線を下げて、視野の隅から誘いかけてくる素足に見とれるようなまねはしなかった。そのゴージャスな足に免じて、致命的な欠点に目をつぶってしまった苦い経験が過去にあったから。「また、見当たらないんだけど」

「そいつは気の毒に。でも、おれは知らない。なんなら身体検査してもいいんだぜ、ハニー」クレイはドアを大きく開けて、腕を広げ、獰猛《どうもう》な笑みを浮かべた。

「ハニーなんて呼ばないで」とわたしは言った。「それにフェイはどこ？　彼女が使ったの？」うんざりした声を取りつくろう気にもなれない。

「あいつは……えーっと……いまは出てこられない」とクレイは言った。「だいたい、彼女はおまえのカヤックを使っちゃいないよ。フェイは……その、つまり……」視線を寝室のほうに泳がせた。「ちょっと……ぐあいが悪いんだ」

「もういいわ」わたしは背を向けて、すたすたと家に戻った。

シャワーを浴びると、ショートパンツとホルターネックに着替え、ビーチサンダルの膨大なコレクションのなかから紫色のものを選んだ。ピーナッツバターとはちみつのトーストで朝食をすませると、ピックアップでグレースの家に向かった。この中古のトラックは、クレイとわたしが町に引っ越してきてすぐに買ったものだ。十年以上たっている年代物で、青い車体には錆《さび》が浮き、へこみが数カ所、走行距離は十六万キロを超えている。それでも、この車にがっかりさせられたことは一度もなかった。

　グレースの義理の妹ベティーが出てきて、網戸ごしに話をした。またしても大きなお腹に目が行った。双子でも入っているのだろうか。

「グレースは葬儀場。うちの人も一緒」と、親しみのかけらも感じさせない声で言った。

「葬儀の打ち合わせで。帰りは遅くなる」

「お葬式はいつ？」知らず知らずのうちに、同じような口調になっていた。

「火曜日」とベティー。

「検死は？」

「検死はなし」

「え？」わたしは耳を疑った。検死をすればミツバチの汚名をそそぐことができると当てにしていたのに。「そんなばかな。グレースはマニーの死因を知りたくないの？」

「もう知ってる。蜂のしわざよ。よくあることだわ《カット・アンド・ドライ》」ベティーはその言葉を強調するように、大きなお腹の上で、ものを切るようなしぐさをしてみせた。「そもそも、検死官は検死を命じなかったし、グレースも望まなかった。ふつうの埋葬で静かに送り出したいって。検死官も死因に疑わしい点はないから、グレースの願いを聞き届けてくれたわ」

「わたしは大いに疑わしいと思うけど」その意見は、わたしの大きな口からなんの考えもなしにぽろりと飛び出した。スズメバチが犯人だと言いたかったのだが、どうやらベティーは誤解したらしい。

「無責任なことを言わないで」と彼女は言った。「あなたみたいな人のせいで、うちの家族がこれ以上ごたごたに巻きこまれるのはまっぴらよ」

「そんな言い方をしなくても」ったく。ベティーはさぞかし意地悪な母親になるだろう。

ベティーは唇をぎゅっと噛みしめた。わたしたちは網戸ごしににらみ合った。

わたしのほうが先に目をそらした。相手は遺族なのだ。

「まあ、グレースがそう言うんなら。もしよかったら、蜂の様子をのぞきがてら、小屋からはちみつを二、三ケース持っていきたいんだけど」

ベティーはにこりともしなかった。大きなため息をひとつついたが、それが苛立ちによるものか、それとも巨大なお腹のせいかはよくわからない。

「はちみつはお好きなだけどうぞ。でも、蜂とはこれでお別れよ。養蜂組合の人が今晩引き取りにくるから」

「そんな」寝耳に水とはこのことだ。「どうしてグレースはわたしにまず相談してくれなかったの？　だれが引き取りにくるって？」

ベティーは肩をすくめた。

「知るもんですか。でも、せいせいするわ」

「ねぇ、グレースはいつ帰ってくるの？　何時ごろ？」

わたしは憤懣《ふんまん》やるかたない気持ちを隠そうとしたが、狂犬病の犬のよだれさながら、その思いは口からだらだらと滴り落ちた。このままでは、まずは検死の中止。今度はミツバチの拉致ですって？それはあんまりというもの。〈クイーンビー・ハニー〉はつぶれてしまう。

「遅くなると言ってたでしょ。しつこいわね」

ベティーは眉間にしわを寄せて、わたしをにらみつけた。わたしが腹を立てているとしたら、彼女も同じだった。

わたしは笑顔を取りつくろった。

「ごめんなさい。あんなことがあったから、みんな気が立ってるのね」

「一緒にしないで」とベティー。

彼女に戸口から見張られながら、わたしは養蜂場に入った。ミツバチが巣箱から出入りする光景は、きちんと管理された空港を発着する飛行機を思わせた。門番蜂が巣箱に入ってくる蜂をいちいち調べ、仲間とちがうにおいを嗅ぎつければ、侵入者をただちに追い払おうと待ちかまえている。巣箱はわたしたちにはどれも同じに見えるかもしれないが、蜂たちにはそのちがいがわかるのだ。

蜂が頭上を旋回していた。興味津々だけど、危害を加えることはない。

わたしは目を閉じて、何もかもマニーが生きていたころと同じだと思いこもうとした。ミツバチの羽音に耳をすまし、すがすがしい空気に混じる、いまにもひと雨きそうなにおいを嗅いだ。目をあけると、マニーを失った痛みがいっそう胸にこたえた。

これがマニーの養蜂場で過ごす最後の機会かもしれないと思うと、打ちのめされた。やがて暗くなり、蜂たちがみな巣に戻ったころ、何者かが巣箱を持ち去ってしまう。マニーは自分が手塩にかけた蜂を、見ず知らずの人間に譲りたいとは思わないだろう。わたしにあとを託したかったはずだ。

マニーは養蜂組合の会合にはめったに出席しなかった。仲間内の親睦会に出て、商売の話をするのが、性に合わなかったからだ。会員のほとんどは顔なじみだったが、だれとも深いつきあいはしなかった。もっとも、助言を求められればよろこんで力を貸したけれど。

手遅れになるまえにグレースと話をしなければならない。マニーの蜂を赤の他人に渡してしまうなんて、彼女の気が知れない。養蜂道具の一部なりともわたしに売ってもらえないだろうか、それとも道具も一緒に譲る手はずなのか？　どうしたらいいのか、さっぱりわからなかった。

わたしははちみつ小屋に近づいた。風雨にさらされ色あせた木造の建物には素朴な味わいがあるとはいえ、わたしだったら明るい黄色に塗り直し、白い縁取りをつけるところ。黄色はお気に入りの色だから。南京錠に鍵を差しこみ、小屋に入った。はちみつのにおいが染みついている。室内を見まわすと蜜をしぼる遠心分離器が見え、巣板が部屋の隅に立てかけてあった。見慣れた空瓶とふたの列がテーブルにずらりと並び、はちみつをつめたケースが所狭しと積み上げられたおなじみの光景だ。

マニーとわたしは、はちみつの入った巣の一部を切り取って、巣蜜として売っていた。パンに塗るとおいしい。残りは遠心分離器にかけて、巣板を回転させることで、巣房からはちみつを分離し、瓶づめにする。養蜂用語では、この作業を採蜜と呼ぶ。

わたしは瓶づめにしたはちみつを二ケース、トラックに積みこむと、自分で買った養蜂関係の参考書を五、六冊抜き出した。最後にふと思いついて、わたしたちの飼育日誌も持って帰ることにした。

いや、〝わたしたちの〟日誌というのはおこがましい。本来はマニーの持ち物だが、わたしの書き込みもいくつかあるので、幾分かは自分のものだという意識がどこかにある。マニーはダニや病気を予防する方法を研究し、その成果をこと細かに記録していた。日誌があれば、わたしの手もとにあるふたつの巣箱にも何かと役立つだろう。マニーは研究熱心で、ローヤルゼリーやプロポリスといったさまざまな生産物の収量を上げる方法もいろいろ試していた。

はちみつ生産だけが養蜂家の収入源ではない。ローヤルゼリーは、育児蜂が幼虫に与えて女王蜂を育てるための餌だ。老化防止の効能からスキンクリームの成分によく用いられるほか、抗ガン作用もあるので、健康食品として引く手あまた。あとはプロポリス。ミツバチが植物の樹脂からつくりだす特殊なのり状のもので、巣に混ぜることによって、暑さ寒さを和らげる働きがある。科学者たちは――マニーのような〝裏庭の〞科学者も含めて――プロポリスに強力な抗菌作用があることを発見し、熱心な養蜂家たちはその結果を注視しながら、市場の開拓につとめていた。

さらにマニーは、蜂群《C》崩壊《C》症候《D》群といって、蜂が巣箱から姿を消してしまう異常な事態についても研究していた。いま、アメリカ全土の蜂を脅かしている奇妙な現象だが、彼の作戦は功を奏しているようで、マニーの巣箱はどれも働き蜂がたくさんいる強群だった。説明のつかない蜂の失踪や、巣箱の壊滅の報告が、養蜂家たちからぞくぞくと寄せられているが、マニーはそのひとりではなかった。

わたしは日誌に目を通して、必要な箇所をコピーしたら、グレースに返すつもりでいた。彼女が手もとに置きたいと思うほど気にかけているのなら。

ところが、テーブルの上にも、マニーがふだんしまっている引き出しのなかにも日誌は見当たらなかった。いくら捜しても出てこない。

わたしはあきらめてはちみつ小屋に鍵をかけ、見おさめに小屋と裏庭で飛びまわっている蜂たちをしばらく眺めてから、トラックで帰路についた。帰りがけ、よこしまな考えがふと頭をよぎった。暗くなってから戻ってきて、組合の人間がやってくるまえに、巣箱をトラックに積めるだけ積みこんではどうだろう。グレースは組合の人間が持っていったと思うのでは？　真相に気づいたときには、蜂はすでに安全な場所に隠したあと。そもそもグレースが気にするかどうか。巣箱がなくなれば、ベティーが言ったように、せいせいするだろう。そのあと、道具も何もかも込みで小屋を買い取り、〝たっぷり積めます〟という旗を立てた巨大トラックで全部まとめて運び去る。

うちの裏庭は広いから、はちみつ小屋を置くスペースはありそうだ。あとはちょっと寸法を測るだけ。

はかない夢物語かもしれない。

でも肝心なのは、前向きな姿勢だから。

6

　空には黒々とした雲が寄り集まっているが、まだ雨は落ちてこなかった。カヤックが行方不明なので川に漕ぎ出せず、せっかくグレースを訪ねたのに空振りに終わった。こんなときは、仕事に打ちこむにかぎる。お次の予定は〈ワイルド・クローバー〉だ。

「店は午前中いっぱい盛況でしたよ」ブレントはニンジン色の頭でうなずいてみせた。双子はどちらも赤毛でそばかすが目立つけど、一卵性ではないので、見分けるのは難しくない。トレントのほうが髪が茶色で長め。おまけに、わたしは彼らが赤ん坊のころから知っている。

「ようやくひと息ついたところです」と彼はつけ加えた。

　トレントが四番通路から現われた。「今日は早いんですね」

「今朝はいろいろうまくいかなくて。気分転換に」

「もう帰っていいわ、なんて言わないでくださいよ」とブレントが言った。「教科書代がかさんで、物入りなんです」

「それなら、今日はフルタイムでお願い」と約束した。その時間を利用して、カヤックを捜し、グレースに直談判してみよう。「トラックの荷台からはちみつを二ケース下ろしてくれる？」トレントがさっそくその仕事に取りかかった。

　とそこへ、小学校三年生を受け持っているブルース・クックがやってきて、やあと挨拶し、買い物メモを片手に通路に向かった。つづいて警察長のジョニー・ジェイが現われた。

「おや、ミッシー・フィッシャーじゃないか」長いつきあいなのに、彼はいまだにわたしのことをストーリーとは呼ばない。「こいつは奇遇だな」

「白々しいことを」とわたし。「ここはわたしの店よ。奇遇でもなんでもないわ、ジョニー」

「ジェイ警察長だ」

「はいはい」わたしはかがんで、ジョニー・ジェイにはおかまいなく、はちみつスティックが空になりかけている容器に、オレンジ味とクローバー味が混ざらないように注意しながら補充した。やつはそろそろ消えてくれたかもしれない。

「この店で昨日、酒を出していたと聞いたんだが」

　わたしは彼を見上げて、にっこりした。

「あなたを招待しなかった？　いやだ、うっかりしてたわ」

「許可証を見せてもらおうか」

「ブレント」わたしは猫のようににんまりした。「ジョニーに一時許可証をお見せして。レジの五ドル札の下にあるから」

　ブレントは引き出しから許可証を取り出した。わたしが今回もジョニー・ジェイの鼻を明かしたことに、安堵の吐息をつきながら。ジョニーも当てがはずれたようだ。商売人には機転が肝心。とりわけ、お上からにらまれている場合には。

わが警察長は許可証に目を走らせた。わたしをしょっぴけるような手落ちはないかと、脳みそをフル回転させているのがわかった。やがて、許可証を放り投げるようにブレントに返した。

お客がどんどんやってきて、つかのまの休憩は終わった。彼らが買い物にきたらたまたま警察長がいたのかもしれないし、あるいは、ジョニー・ジェイのSUVを見て、最新のニュースを聞き逃したくないと思ったのかもしれない。窓から外に目をやると、お客はだれひとりとして彼の車の近くに駐車していなかった。ジョニー・ジェイは、愛車のすぐそばに止めた車のタイヤをパンクさせることで有名だった。そして、近すぎるかどうかは、彼独自の基準による。

そういう陰険なタイプなのだ。

わたしは仕事の手を休めて、体を起こした。「そういえば、検死はしないと聞いたけど」と切り出した。「どうして？」

客たちも答えを聞こうと首を伸ばした。ジョニー・ジェイはそれに気づいて顔をしかめた。

「ふつうはその手の質問にわざわざ答えたりしないんだが、あんたには事実をきちんと把握してもらいたい――必ずしもそうとは限らんからな――みんなも証人になってくれ」

それは言いがかりというものだ。わたしがいつ事実をねじ曲げた？

客たちがじりじりと近づいてきた。棚の商品を調べるふりをしながら、聞き耳を立てている。

「マニー・チャップマンの死に疑わしい点はひとつもない」とジョニーは言った。「遺体が火葬されるとなると話はまたちがってくる。が、ふつうに埋葬するというし、他人と関わりのある事故でもない。検死官によると、チャップマンの死因は蜂に刺されたこと、とくに口のなかを刺されたのが命取りで、喉が腫れて気道がふさがれた。とまあ、そういうことだ。これでもまだ検死が必要かね？」

「彼を殺したのはミツバチじゃないわ」わたしはマニーのふくらんだ唇を思い出した。なんとも痛ましい。「犯人はスズメバチよ。一年のこの時期には、何万匹というスズメバチが飛びまわってる。彼らのしわざだというのは一目瞭然だわ。わたしは検死でそれが裏づけられることを期待してたの。そうしたら、町の人たちもうちのミツバチを目の敵にしないだろうし」

「つまり、どの蜂が犯人かを証明するために、哀れな犠牲者を切り刻めと言うんだな？　グレースは検死を希望しなかった。あんたは、気の毒な未亡人の気持ちを踏みにじりたいのか？」

全員の目がわたしを食い入るように見つめながら、答えを待っている。レジの周囲は物音ひとつしない。「いいえ、まさか」わたしは小さな勝利をジョニー・ジェイに譲った。彼はさも満足げに舌を鳴らした。

「でも、ミツバチとスズメバチを区別するのは、そんなに大変？」

だれも答えなかった。そもそも違いを知らないし、知りたいとも思っていないから。今日は最悪の日だと思いはじめたところへ、地元で不動産仲介業を営んでいるロリ・スパンドルが、蜂よけの覆面布を頭からすっぽりかぶって店に入ってきた。

「ちょっと、ロリ」わたしは言った。「いったいなんのまね？」

「自衛してるのよ、これから蜂退治の委員会を立ち上げるつもり」と彼女は答えた。「手遅れにならないうちに、わたしたちの暮らしを脅かしている差し迫った危険を排除しないとね。先制攻撃ってやつよ。ここにいるみなさんのなかで、この町を救うのに手を貸してくれる人は？」

わたしは身ぶりやしぐさから、その人の気持ちを読みとることが得意だ。お客たちはロリのほうに身を乗り出していた。わたしを見る目つきは、いますぐ手を打たないと、彼らを敵にまわすことになると告げている。

「その一。あなたたちは、罪もないミツバチを殺そうとしてるのよ」と、わたしはまずロリを牽制した。彼女が血迷った攻撃の対象にうちのミツバチも含めているのはまちがいない。「胸に手を当ててよおく考えてみて。その二。あなたがたの何人かは生計の道を失うかもしれない。わたしたちは作物の受粉をミツバチに頼っているのよ。自分で自分の首をしめるつもり？　その三。警察長のおかげでマニーの死因ははっきりしたけど、刺したのはスズメバチで、ミツバチじゃない」

「でも、わたしたちのだれかが次にやられるかもよ」ロリは、わたしの反論をことごとく無視して言った。

　ロリが目の敵にしているのは、彼女がクレイの家に忍んできたとき――彼がまだわたしの夫だったころに――怒らせてしまったわが家のミツバチだ。彼女は巣の近くをうろうろしているうちに、偵察にきた数匹の蜂を刺激して、警告の意味で刺されたのだった。わたしは窓から一部始終を見ていたから、彼女のたくらみは手に取るようにわかった。当時、わたしが離婚の申し立てをしていることはすでに周知の事実だったが、ロリは夫のいる身。この町の町長で、地元で不動産会社を経営しているグラント・スパンドルが妻の不貞を知ったら、愉快な気分にはならないだろう。

「みなさん、いまこそ立ち上がりましょう」ロリは大衆の扇動にかかった。

「うちの店で人手を募るのはお断わりするわ」覆面布の奥に隠されたロリの狡猾な丸顔を、わたしはにらみつけた。

　ジョニー・ジェイが、「そういう虫よけのネットも仕入れたらどうだ」と口をはさんだ。

ロリとわたしが互いにつかみかからんばかりの不穏な沈黙を破った。「きっと飛ぶように売れるぞ」

「それはそうと」わたしは警察長の発言を無視して言った。「このばかばかしい茶番に終止符を打つようなニュースがあるの。グレースの弟の奥さんが言うには、今晩、養蜂組合の人がマニーの巣箱を引き取りにくるそうよ。全部まとめて。もう心配ご無用よ」

「あんたの蜂はどうなるの？」とロリが言った。彼女のねらいはわたしかもしれないという疑惑がこれではっきりした。「殺人蜂《キラー・ビー》かもしれないでしょ」

「うちの蜂が？　キラー・ビー？」わたしはげんなりして鼻を鳴らした。「ふうん、なるほどね」わたしは客たちに声をかけた。「どうぞうちにきて、確かめてちょうだい」

　ブルース・クックが集団の端っこで耳を傾けていた。彼が受け持っている小学校三年生のクラスは、うちの裏庭の巣箱を見学しにきたことがあった。「ブルース」とわたしは呼びかけた。「あなたの生徒のうち、だれかひとりでも刺された？」

「いいや」とブルースは言った。「楽しい一日だったよ」

「ほらね」わたしはロリに指摘した。「ブルースの言うことが信じられないなら、うちにきて、自分の目で確かめなさいよ」

「いいえ、けっこう」とロリ。「おたくの気性の荒い蜂のことは、身をもって知ってるわ」

「どうしてうちの蜂があなたを追いかけたか、みんなに説明しましょうか？　そのとき、あなたが何をしていたのかも」

「そんな必要はないわ」ロリは頰を打たれたように後ずさった。戦略を見直したらしく、たちまち冷静な口調になった。これまで彼女の秘密を暴くと脅したことは一度もなかったが、背に腹は代えられない。わたしは規則集《ルールブック》を、とりわけフェアプレイに関する章を投げ捨てた。ロリの水準にまで身を落とすのはいとも簡単だった。

　けっきょく、わたしの招待に応じる者はひとりもいなかったが、マニーの養蜂場から蜂がすっかりいなくなった証拠を差し出すという約束と引き換えに、あと一日猶予をもらえることになった。

「その約束だけでは、うちの住民があんたの蜂から身を守る助けにはならん」とジョニー・ジェイが言った。「あんたの巣箱も廃棄したほうがいい。怪我人がひとりも出ないよう、念には念を入れんと」

ぼそぼそと同意のつぶやきが洩れた。

個人的には、住民の安全を守りたければ、警察長を〝廃棄する〟に越したことはない。

「マニーを殺したのがミツバチじゃないことも証明するわ」ジョニー・ジェイに関する不穏な考えはひとまずおいて、わたしはそう宣言した。どうやって証明したらいいのか、見当もつかなかったけど。「でも一度にひとつずつよ。やるだけはやらせて」

ロリは一時的にせよ、すでに戦意を喪失しており、警察長が呼び出しを受けて店を出ると、残った客たちも解散した。

そのあと店は落ち着きを取り戻した。図書館でイベントがあるからだ。マニーが亡くなったのでブルーグラスのバンドのコンサートを中止するという話も出たが、こういうときこそ地域のきずなが大切だとみなの意見がまとまり、コンサートの開催が決まった。無料のレモネードを飲みながら生演奏に耳を傾けるのは、曇り空の土曜の午後には願ってもない楽しみだ。エミリーは万一にそなえて手回しよく大型のテントを用意し、天候にかかわらずコンサートが開けるように準備していた。

わたしは〈スチューのバー&グリル〉まで歩いていった。スチューのカヌーを借りてカヤックを捜し出し、見つかったらすぐに引き返して、図書館にも顔を出すつもりだった。

「やあ、ストーリー」スチューがカウンターの奥から挨拶した。わたしは手を振って応えた。スチュー・トレンブリーはセクシーな目の持ち主だ。瞳のすぐ下に少しのぞいた白目になんともいえない色気がある。ベッキー・ヘルマンと婚約しているが、もう何年もそのまま。地元の女たちの大半は彼のことをとうにあきらめて、もっと手ごろな男に乗り換えていた。

めずらしいことに、従姉のキャリー・アン・レッツラフとハンター・ウォレスがランチを一緒に取っていた。わたしはその席におじゃまして、ハンターのハンバーガーの皿に残っているフライドポテトをつまんでから、スチューに声をかけた。「まだカヌーを川につないでる?」

「ああ。どうして? 使うのかい?」

「うちのカヤックがまた行方不明になったの」

「今度も子どもたちのいたずら?」とキャリー・アンが訊いた。

「たぶんね」二週間まえ、カヤックがうちから八百メートルほど下流に流されているのが見つかった。子どもたちが水を入れて沈めたのだ。「あとロープを一本貸して。カヤックをカヌーに結びつけるから。運よく見つかったらの話だけど」

「もう食べおわったから、捜すのを手伝うよ」とハンターが言ってくれた。ズボンの尻ポケットから財布を出し、お札を数枚テーブルに置く。服装からみて、勤務中ではなさそうだ。

はき古したジーンズ、日焼けした肌に映える白いTシャツ、そして……素足だろうか。わたしは下を向きたい衝動をこらえた。

「雨が降らないうちに出かけたほうがいいな」スチューがロープを持ってカウンターから出てきた。「大荒れの天気になるそうだ」

「あなたも一緒にどう？　キャリー・アン」わたしは席を立ちながら訊いた。ハンターの足は思ったとおり、裸足にサンダルばきだった。

「遠慮しとく」キャリー・アンは短い髪を両手ですいて、お気に入りのつんつん立ったスタイルに整えた。「これから用事があるの。じゃあまた、ハンター」

「迎えにいくよ」ハンターが言った。

「今度はいつ手伝いにいけばいい？」キャリー・アンがわたしに訊いた。

「双子の予定を見てから電話するわ」もう二度とごめん、というのが正直なところだけど、それはふたりきりのときに伝えるつもりだった。キャリー・アンは当てにならない従業員で――遅刻はするし、無断欠勤も何度か。十分ごとに煙草休憩を取り、二日酔いは毎度のこと。残念だけどしかたない。わたしたちは幼なじみで、楽しい思い出は山ほどあったが、彼女はしだいに酒に溺れるようになった。家族はもう何年もまえから、彼女が飲酒の問題を抱えていると注意してきた。五年まえ、夫に捨てられ、子どもふたりの親権を失ってからも、キャリー・アンは現実と向き合おうとはしなかった。

スチューの店はうちと同じで、オコノモウォク川のほとりにある。先住民のウィネベーゴ族がそう名づけたが、よその人には舌を嚙みかねない名前だ。オコノモウォクは〝湖の川〟を意味する。このあたりが湖水地帯で、オコノモウォク川がいくつもの湖をつないでいることを知らなければ、紛らわしく感じるだろう。

「ベンはどこ？」ハンターの犬がさっきから見当たらない。

「トラックにいるんだ。あまり長引かなければ、車で待たせておける」

「じゃあ急ぎましょう」

ハンターはウインドブレーカーを腰に巻きつけた。ふたりでスチューのカヌーを川に押し出し、サンダルとロープをデッキに放りこむと、一メートルばかり川のなかを歩いてから、カヌーに乗りこんで、それぞれ前と後ろのシートに腰を下ろした。なめらかな身のこなしと、息のあった動きで。

大気は甘く生暖かかったが、頭上では雲が渦を巻いていた。

出発してすぐに、風が吹きはじめた。

7

わたしたちは上流に向かった。ハンターのほうが力があるので後ろからカヌーを操縦し、わたしは前のシートでパドルを漕ぎながら、岩や浅瀬はないかと前方に目をこらした。モレーンの町を出ると、川の両岸から尾根にかけて広葉樹が一面に生い茂っている。やがて東側の木立がとぎれ、ガマの群生する沼地が現われた。ハゴロモガラスがガマの穂先や水辺の草に止まって、鳴きかわしている。鳥たちがほぼいっせいに飛び立ったのは、これから起こる出来事の前触れだったのかもしれない。でも、わたしたちはその警告を見逃した。

ハンターとわたしはそのときまであまりしゃべらなかった。わたしは好奇心ではちきれそうになり、とうとうこらえきれず、「キャリー・アンと何かあったの?」と訊いた。お節介かもしれないけど、ふたりで何をしていたのかどうしても知りたくて。ハイスクールでキャリー・アンとわたしはいつも一緒にいたが、ハンターは彼女が苦手だった。もちろん時がたてば人も変わる。それでも、ふたりが親しいというのはどうもしっくりこなかった。

ハンターはわたしの後ろで屈託のない笑い声をあげた。「焼きもちかい?」

「もう、男はこれだから」わたしは軽くいなした。「おあいにくさま、ただの好奇心よ」

でも、それは必ずしも事実ではない。最近ハンターとちょくちょく会うようになって、好意を感じはじめていたのだ。

ハンターはくすくす笑ったが、質問には答えなかった。

わたしはもうひと押しした。「キャリー・アンには店をやめてもらうつもりなの」

そう言いながら、カヤックが見当たらないかと周囲に目を光らせた。まずは、小さな悪党たちが岸に引き上げたのではないかと両岸を見渡し、つづいて、前回のように沈められている場合を考え、川のなかほどに目をこらした。どこに置き去りにされたのか、知れたものではない。

「ぼくならクビにしない」とハンターが言った。

「あの気まぐれな行動にはついていけないの。アルコールの問題もあるし」

「彼女には仕事が必要だ。きみなら安定した生活を与えてやれる」

「ずいぶんかばうのね」わたしはパドルを逆サイドに移し、水中にブレードを入れた。風が吹きつけ、川面が波立ってきた。鳥たちがすっかり姿を消したのは、嵐が近づいているからだ。

「キャリー・アンがアルコール《A》依存症自助グループ《A》の集会に出ていると聞いたら、考え直してくれるかい？」とハンターが言った。

「いつから？　昨日も店で飲んだくれてたけど」

「さっき初めてのぞいたばかりなんだ」

おやまあ。キャリー・アンが飲酒の問題を抱えていることを認める気になったとしたら、それは大きな進歩だ。

そう言われてみればたしかに、昼食のテーブルでビール瓶を見たおぼえがない。

「でも、わたしは何も聞いてないわ」と言った。「キャリー・アンはひと言も話してくれなかった。親戚なのに」

「親戚だから、じゃないかな」

「わたしは口がかたいのよ。信頼してくれてもいいのに」

「もう一度チャンスをやってくれないか」

「ちょっと考えさせて」わたしはパドルを漕ぐのをやめ、体をひねってハンターを見た。「そろそろ引き返さない?」彼は空を見上げた。わたしもそれにならった。出発したときよりも、空がずいぶん暗くなっている。

「まだ雷は鳴ってない」とハンターが言った。「ぼくは少々濡れてもかまわない。きみが帰りたければべつだけど」

わたしも雷の音がしないか耳をすませた。「何も聞こえない」

「じゃあ前進だ、ポカホンタス」

やはりというか、それからまもなく雨が降りだした。ぱらぱらと梢《こずえ》をたたく音が聞こえたと思ったら、川に張り出した枝を突き抜けて、カヌーの周囲に散弾のような大きな雨粒が降りそそいだ。雨宿りするために木々の生い茂った川辺にカヌーを近づけると、わたしたちはデッキの真ん中で身を寄せ合い、ハンターが折よく持ってきたウインドブレーカーを頭からかぶった。

お天気がよければ、このあたりはオコノモウォク川でお気に入りの場所だ。このまま進めば、州有林の谷間にひっそりと抱かれたロウ湖にたどり着く。わたしはこの景色のよい川の旅を何度も楽しんできた。ここからだと、アイス・エイジ・トレイルという氷河時代の景観や自然を楽しめる遊歩道が、川の西側に沿ってつづいているのが見える。

まもなく車軸を流すような大雨になり、ウィンドブレーカーでは防水シートの役割をとても果たせなくなった。ハンターはカヌーが流されないようにカエデの太い枝にしっかりつかまっている。さもなければ、渦に巻きこまれ、操縦不能に陥っていただろう。いつ竜巻が起こってもおかしくない空模様だ。

消防署の竜巻警報が鳴りだしたら万事休す。

わたしは昔、『ロマンシング・ストーン』を見て、マイケル・ダグラスとキャスリーン・ターナーがコロンビアのジャングルでくり広げる大冒険にあこがれた。『6デイズ　7ナイツ』のハリソン・フォードとアン・ヘッシュのように、無人島に不時着したいとも思った。アン・ヘッシュがどうしてあんないい男にひと目惚れしないのか、理解に苦しんだけど。

向こう見ずな冒険とロマンス。わたしの心を捉えたのはそれだった。

ハンターにはハリソン・フォードやマイケル・ダグラスにそなわっているのと同じ、輝くばかりの男らしい魅力があった。あいにくわたしのほうは、キャスリーン・ターナーやアン・ヘッシュに遠く及ばない。体じゅう泥まみれで、髪が顔に貼りつき、寒さに震えているのは同じでも。ふいに、雨に濡れた服が肌にぴったり貼りついて、死にそうなくらい寒いことに気がついた。気分は最悪だし、色気のかけらもない。

「大丈夫か？」ハンターが雨に顔を打たれながら訊いてきた。

「熱いシャワーが浴びたい」わたしは泣き声を出すまいとこらえた。このさいカヤックがどこへ行こうと、知ったことではない。

「熱いささやきでがまんしてくれ」とハンター。カヌーが流されないように、相変わらず片手で枝をつかんでいたが、もう一方の手でわたしを引き寄せた。そこからだと、彼の足が間近に見えた。

その足は日焼けしてたくましく、雨に濡れて輝き、それぞれの指にはごつい毛が生えていて……。

いいかげんにしないと、ハンターに気どられてしまうわよ。たいていの男には、こちらの不埒な気分を感知する能力がそなわっていることに、わたしは気づいていた。

「グレースに検死に同意するようすすめてくれたそうで、ありがとう」わたしはマスカラを拭きとりながら言った。映画スターたちは絶対に化粧くずれしない。たとえだれかと一夜を共にしたあとでも……。しつこいわよ、もう、そこまで。

「グレースはこうと決めたら、てこでも動かない女性だな」とハンターは言った。

「弟の奥さんの話だと、養蜂組合の人が今晩巣箱を引き取りにくるって」

「きみはそれでいいのかい？」

「そりゃあよくないけど。でも、グレースはわたしに託すのが一番いいとは思わなかったみたい。もともと、あの蜂はわたしのものじゃない。少なくとも法的には。持ち主はマニーなの。グレースはなんなりと好きなようにできる」

「きみに預けたら、家から近すぎると思ったんじゃないかな。蜂を見るたびに、ご主人を亡くした日のことを思い出してしまうから」

突風がまたしても吹きつけ、わたしはガタガタ震えた。たたきつける雨が錐《きり》のように肌を刺す。「ここから出ましょうよ」

「追い風になるのを待って、試してみよう」ハンターはさらにわたしを抱き寄せた。まだそんな余地があるとして。「でもそのまえに、キャリー・アンにもう一度チャンスを与えると約束してほしい」

「ずいぶんこだわるのね」わたしは思わずそう言った。体を引き離して、彼の目を見た。

「どうしてそこまで気にするの？」

「彼女が助けを求めてきたから」

「どうしてキャリー・アンはそんなことを？」

ハンターは肩をすくめた。「きみの答えは？」と返事をうながす。「大目に見てやってくれるかい？」

その深いブルーの目を見れば、いやとは言えなかった。わたしはため息をついた。

「禁酒をつづける、遅刻しない、仕事をきちんとする。それが守れるなら。いいわ、もう一度チャンスをあげる。あなたに免じて」

「ありがとう。じゃあ、行こうか。嵐もおさまってきた」

そのとおりだった。雨は降りだしたときと同じように、あっというまに上がった。雲の切れ間から光が射してくるのはまだ先だが、峠は越えたようだ。あとはこの風さえやんでくれれば。ハンターが体を離すと、わたしはびしょ濡れのホルターネックをしぼった。

ずっとあこがれていた冒険とロマンスの幻想はすっかり打ち砕かれた。

「あれは、きみのカヤックじゃないか？」ハンターが大声をあげた。わたしは彼の視線をたどった。

「そうよ！」

湿地のガマの茂みに引っかかっていたのが、風と大雨のせいで動きだしたにちがいない。スピードの出るタイプなので、追い風を受けてみるみる近づいてきた。水草が後ろにたなびいているさまは、まるで水底の墓からよみがえったよう。わたしたちは必死でパドルを漕ぎ、カヤックがこちら側の岩場にぶつかったり、途中で進路を変えたりして、わたしたちの目の前を流されていってしまうまえに、なんとか捕まえようとした。

手を伸ばせば届くところまできた。わたしはパドルを前のデッキに置くと、両手を伸ばしてカヤックをしっかりつかんだ。

カヤックをのぞきこんだとたん、ショックのあまり思いきり尻もちをついた。言葉が出てこない。舟のなかで人が仰向けに倒れていたのだ。その姿が目の奥にこびりついて離れない。もつれた髪が顔に貼りつき、ぐっしょり濡れた赤い上着はずたずたで、まるでインクが飛び散っているように見える。

「くそ」後ろから声が聞こえた。

8

ハンターが急いでカヌーの前方に移動しようとしたので、舟がひどく傾いてふたりともあやうく川に投げ出されそうになった。わたしは両サイドをつかんで中腰になり、カヌーが安定してくれそうな方向に体重をかけようとしたが、頭がうまく働かなかった。

「すわってろ」ハンターがどなった。

手遅れだった。麻痺した頭がその動作をのみこむよりも早く、カヌーは転覆した。水しぶきが上がり、やがてわたしたちは咳きこみながら水面に顔を出し、カヌーの底にしがみついた。

ハンターはこの状況にふさわしい言葉を二つ三つ口にしたが、それをここでくり返すつもりはない。彼が投げかけた射るような視線もやり過ごし、わたしたちはどうにかカヌーを起こして乗りこんだ。

カヤックはすでに川岸にぶつかって止まっていたので、わたしたちはそこまで漕いでいった。

「だれだろう？」ハンターはカヌーから飛びおり、カヤックが流されないようにしっかりつかんだ。「知ってる？」

ハンターはこちらを見ていなかったが、わたしはうなずいた。

「フェイ・ティリーという人」

わたしは、この女がわたしの元夫と腕を組んでいるのを、離婚審問の席で見ていた。もっと最近では、〈ワイルド・クローバー〉の店先でこれ見よがしにいちゃついていたところも。フェイは審問の日と同じアクセサリーをつけていた――蝶をかたどった髪留め、それにトンボの形をしたピアスが右耳からぶら下がっている。左はなくなっていた。

わたしは不安定なカヌーからしっかりした地面によろよろと降りて、このまま気絶しようかと考えた。でも、そんなことをしても建設的なことは何もできない。そこでどさっと腰を下ろして、ハンターがすばやく行動に移るのを目で追った。それからの出来事をかいつまんで話すと――

・ハンターはカヌーとカヤックをどちらも岸に引き上げてから、携帯電話をウインドブレーカーから取り出し、支援を要請した。
・警察が陸路と水路に分かれて到着するまで、いやというほど待たされた。最初にカヤックを発見したおおよその地点には、浮標《ブイ》で印がつけられた。
・反対側の川岸一帯は格子状に区切られ、証拠の捜索が始まった。
・ダイバーが川に潜って、凶器その他の手がかりを探した。

・検死官のジャクソン・デイヴィス、警察長のジョニー・ジェイが到着。ハンターとわたしはそれぞれ供述を行なった。ジョニー・ジェイが仕事に追われ、わたしを罵倒するひまがなかったので、胸をなでおろした。
・現場検証のあと、スチューのカヌーをこんなへんぴな場所に置き去りにするわけにはいかないので、わたしたちは車の同乗を断わって、ずぶ濡れのままカヌーで町へ引き返した。

図書館で開かれているブルーグラスのコンサートは、わたしたちがスチューの店の近くまで戻ってきたときは休憩中だった。バーの客がちらほら、わたしたちが近づいてくるのを川辺から見ていた。ハンターはカヌーから飛びおりるなりトラックに駆け寄って、警察の捜索に加わるべくすぐさま引き返した。わたしの頭はまだ混乱しきっていた。哀れなフェイの死に顔を消し去ることができない。

それにクレイのことも。彼に知らせなければならない。この恐ろしい知らせを伝えるのは、わたしの役目だろうか。

カヌーを引き上げると、わたしは岸に降り立った――裸足で、びしょ濡れで、風に打たれながら。わたしのビーチサンダルはどこへ消えたのだろう。ああ、そうだ、思い出した――カヌーが転覆したとき、川に落ちてしまったのだ。

野次馬がしだいに川辺に集まりだした。うわさが口づてで広まっているらしい。クレイの別れた妻が、自分のカヤックのなかで元夫の恋人が死んでいるのを発見した、と彼らが聞きつけるまえに、ここから逃げ出さなければならない。

クレイ・レーンが死ねばいいのにと思ったことは何度もあるし、ときには人前でも平気で口にしたが、その思いを彼の浮気相手にぶつけたことは一度もない。わたしの考えでは、いずれクレイが見かけだおしの男だったと思い知ることで、彼女たちは充分に罰せられるから。

恐ろしい考えがふと頭をよぎった。もしクレイが彼女を殺したとしたら？　いや、それはありえない。あの男はその手の激情に駆られるタイプではない。わたしたちが一緒にいたあいだに情熱を示したものといえば、彼自身の生理的欲求を満たしてくれるものだけ。おいしい食事と見さかいのないセックス――そのふたつが、なくてはならぬ生活の必需品なのだ。

だれかがタオルをふわりと肩にかけてくれた。母さんとおばあちゃんがどこからともなく現われて、野次馬の群れからわたしを救い出し、おばあちゃんのキャデラック・フリートウッドまで連れていった。だれにも行く手を阻ませず。

ブルーグラスの演奏がまた始まった。


家で熱いシャワーを浴びると、母さんが湯気の上がるお茶をわたしに手渡し、台所の椅子に腰かけさせて、おなじみのしぶい顔で、わたしの自信を打ち砕きにかかった。「こんな事件に巻きこまれるなんて、いったいどういうつもり？」

思わずカッとなったが、その気持ちを無理やり押し殺した。

長女というのは損な役まわりだ。内心ずっと思ってきたけど、わが家で母と娘が衝突するのは、わたしが長女だから？　母と娘の関係については、わたしなりに思うところがある。母親と長女はいくら努力しても、どうしてもうまくいかない。よその家庭でも、同じような例をいやというほど見てきた。ただし、うちの母さんが毒舌家で、人を傷つけるようなことを平気でずけずけ言うのに対し、大部分の母と娘はもっとさめた、そっけない関係だ。いっそ、うちの母さんも冷淡で抑制の利いたタイプだったらよかったのに、と思うことがたびたびある。

うちの家族や近い親戚はたいてい半径十五キロ圏内に住んでいるので、わたしはだれともそつなくつきあうように心がけてきた。それなのに母さんとだけは、どうしてもしっくりいかない。

おばあちゃんがわたしの腕をぎゅっとつかんで、おまえの味方だよと身ぶりで伝えてくれた。白髪まじりの髪をいつも小さな髷《まげ》に結って、摘んだばかりのデイジーの花を挿している。もう八十なのに、熱心な園芸家で、トランプの名手で、おまけにアマチュア写真家ときている。

「まさか、あなたがあの人を殺したんじゃないでしょうね？」と母さんが訊いた。「後生だから、ちがうと言ってちょうだい」

「そんなわけないでしょう。わたしは発見しただけ。ほんとにそれだけなの」

「人さまにどう思われることやら」ほら、きた。母さんにとっては世間体が一番大事なのだ。

「ちょっと、ヘレン」とおばあちゃんがたしなめた。「あたしらが気にかけてやらなきゃいけないのは、おまえの娘でしょうが。ご近所の評判じゃなくて」

おばあちゃんにうながされて、わたしは知っていることを全部話した。といっても、せいぜいカヤックが行方不明だったことと、今朝クレイと話したときは、さもフェイが一緒にいるような口ぶりだったのに、じつはそのとき彼女はすでにカヤックのなかで死体になっていた、ということぐらいだったけど。

「おや、まだ震えてる」おばあちゃんは、わたしがお茶を飲もうとしたのに、手が震えてうまくいかなかったのを目ざとく見つけた。「セーターを取ってこようかね」

「大丈夫よ」とわたしは言った。

おばあちゃんはその言葉を信じなかった。何かはおるものを探しにわたしの寝室に行った。そのすきに、母さんが攻勢に出た。

「いつまで家族に迷惑をかけたら気がすむの」とこぼした。「おばあちゃんがどれだけ心配しているか。だいたい、あんなろくでもない男と結婚して……」

そのとおり。そもそも、クレイを好きになったのは、母さんのおめがねにかなわなかったからだ。

「私生活を町じゅうにさらすなんて。B級映画じゃあるまいし」

クレイが町じゅうの女と寝ようとしたことは、わたしの過ちではない。

「それにマニー・チャップマンは、あなたが飼っているのと同じ蜂に刺し殺されたそうね。ここの窓から、蜂がそこらじゅう飛びまわってるのが見えるわ。あなた、自殺願望でもあるの」

　重いため息。

「おまけに、ろくでもない事件に巻きこまれて。もしかしたら、三角関係のもつれが原因かもしれないのよ」

「もういいわ、そこまで」とわたし。「わたしの言い分も聞いて。その一、クレイの不始末の面倒まで見切れない。その二、マニーが死んで充分こたえてるんだから、このうえお説教はもうたくさん。わかった？　その三、彼を殺したのはスズメバチで、ミツバチじゃない。その四、わたしはどんな三角関係にも巻きこまれていない。その五、クレイが何をしでかそうと、わたしはもう二度と責任を取るつもりはないから」

「責任を取らないのは、あなたの昔からの悪い癖だわ」母さんは顔をしかめた。眉間にはつねに深いしわが刻まれている。わたしがそれを指摘したら、母さんはきっとわたしのせいにするだろう。

　おばあちゃんがカーディガンを持って、寝室から出てきた。

「母さんはもう帰るって」わたしはカーディガンを受け取って袖を通した。でも、鳥肌も身震いも、寒さのせいではなかった。どれだけ重ね着しようと、マニーとフェイが生き返るわけではない。「さっきは川辺で助けてくれてありがとう」

　おばあちゃんはにっこりした。「どういたしまして。体を大事にするんだよ。ひとりがいやなら、しばらくうちにおいで」

「考えとくわ」とんでもない！　毒キノコを食べるほうが、母さんとひとつ屋根の下で暮らすよりはまだましよ。

「わたしが運転しますよ」

母さんが玄関でおばあちゃんに言っている。ところ変われど、毎度おなじみの押し問答。もういいかげん、あきらめたらいいのに。

「あたしのことならご心配なく、ヘレン」

おばあちゃんは運転席を譲るのをあっさり断わって、母さんをやきもきさせた。キャデラック・フリートウッドはおばあちゃんご自慢の愛車なのだ。九〇年代半ばに流行った超豪華モデルで、おばあちゃんはそれはそれは大切にし、これまで自分以外のだれにも運転させたことはない。

母さんはわたしに向かって顔をしかめ、目をむいてみせた。わたしの苦労がわかるでしょうと言いたげに。

ご先祖さまがモレーンに入植してから祖母で三代目、母が四代目で、わたしは五代目になる。わが家はこの町の旧家のひとつだ。わたしの父もこの近在の出なので、〈ワイルド・クローバー〉の隣にある古い墓地には、両家のご先祖の名前がずらりと刻まれている。うちと同じくらいの古株で、しかも祖母の世代の人間なら、モレーンでは顔が利く。彼らは互いに目を光らせ、口には出さないが、町のどんな出来事にも通じている。

おばあちゃんと母さんが帰ろうとしているころへ、従姉のキャリー・アンがやってきた。

「あら、元気なの？　キャリー・アン」母さんはややよそよそしい口調で言った。キャリー・アンは父さんの姉の娘。母さんはマーラ伯母さんとそりが合わず、わたしの従姉も、彼女の乱れた生活も嫌っていたが、礼儀上、無視するわけにはいかない。

「元気です」とキャリー・アン。「ありがとうございます」

わたしたちの見送りを受けて、車はせいぜい時速十五キロのスピードでのろのろと遠ざかっていき、メイン通りの交差点でがくんと停止した。

「左腕を食いちぎりたい気分よ」とキャリー・アンはぼやいた。わたしは、彼女がガムをくちゃくちゃ噛んでいるのに気がついた。みごとな噛みっぷりで、しゃべりながら口のなかで転がしている。わたしは思わず見とれた。「今朝から禁煙してるんだけど、きつくて。このニコチンガムのおかげで、どうにか正気を保ってるけど」彼女はガムをポケットから出し、銀紙をむいて、まだ口のなかにあるのにさらに放りこんだ。

アルコールと煙草。従姉はどうやってふたつの依存症をいっぺんに断ち切るつもりだろう。でもそれは彼女の勝手で、わたしがとやかく言うことではない。ハンターはハイスクールで、煙草飲みとはデートしなかったし、いまでも敬遠しているはずだ。キャリー・アンが禁煙を始めたのは、彼のため？　アルコール依存症自助グループのことも訊きたかったけど、それは信頼を裏切る行為のような気がした。ハンターがわたしにそんな話をすることを、キャリー・アンが望んでいるとは思えない。

「いいにおいね。煙草くさくないわ」わたしは励ますつもりでそう言った。彼女は家にあがりたそうだったが、わたしは人をもてなすような気分ではなかった。「ライラックみたい」

「そう？　ありがとう」

「意志の力がくじけそうになったら、催眠術が効くって聞いたけど」

「へぇ。覚えとく。いまは壁に頭をぶつけたい気分だけど。脳みそを麻痺させてくれるものなら、なんだって大歓迎よ。あとはこの手がね、手もちぶさたでしかたないの」キャリー・アンはわたしの顔をのぞきこんだ。「事件のことを聞いたわよ。大丈夫？」

「なんとか」

「顔色がすごく悪いけど」

「なんでもないわ、ほんとよ」

「まあ、そう言うんなら」そこで、キャリー・アンはようやく訪ねてきた用件を切り出した。「わたしの次のバイトの日取りはもう決まった？　あんたのカヤックで死体が発見された日に、こんな話を持ち出すのは不謹慎だと思うけど、家賃を払わなきゃいけないし、いまは家計がピンチなの」

　考えてみれば、〈ワイルド・クローバー〉が繁盛し、アルバイトを雇う余裕があるなんて、わたしはずいぶん恵まれている。いまは不景気で、双子たちは大学の授業料を納めなければならないし、キャリー・アンは家賃を払わなければならない。わたしは経済的に余裕があった。ただし、マニーとわたしが計画したように物事が進み、〈クイーンビー・ハニー〉を拡大できたら、将来はもっと安心だったのに。

「明日の午後、店にきてくれる？」と彼女に言った。「ふたりで話し合って、これから計画を立てましょう」

それをしおにキャリー・アンは立ち去った。これからどこへ行くのだろう――家か、バーか。前者ならいいのだけれど。

わたしは家に入ると、しゃがんで、ブラインドのすきまから外をのぞいた。パトカーがヤナギ通りにやってきて縦列駐車した。警官たちがこの近辺を片っぱしから調べている。A班がうちの裏庭にどっとやってきたが、巣箱には近づかなかった。川に沿って捜索している。保安官助手のひとりが、通りの向かいのモレーン自然植物園に入っていくのが見えた。クレイの車は隣にあるので、彼は家にいるということだ。警察長のSUVが歩道に寄って止まった。ジョニー・ジェイがうちの呼び鈴を鳴らす。じつは、これまでだれひとり、わたしの在宅を確認しないので不思議に思っていたけど、ようやくわかった――彼らは近づくなと命令されていたのだ。警察長みずからその役割を担いたいらしい。

わたしは居留守を使うことにした。精神的にくたくたで、このところなじんできたやりかたでジョニー・ジェイとやり合うだけの気力がなかった。わたしが出なかったので、彼はクレイの家に向かった。電話も何度か鳴ったが、それも取らずに留守電にまかせた。

9

日々の生活では、要点をまとめるだけでなく、優先順位をつけることも大切だ。マニーを失い、さらにフェイの死体を発見したことで、気持ちは暗く沈んでいた。できれば寝室のクローゼットに永遠に閉じこもってしまいたかった。でも、わたしにはミツバチを守るという使命がある。このうえ彼らまで失うのはいやだった。ぐずぐずしているひまはない。もうじき何者かがグレース・チャップマンの家を訪ね、巣箱を持ち去ってしまう。

そういうわけで、お日さまが地平線の向こうに沈み、警官たちがうちの庭の捜索を終えて、パトカーが通りからいなくなると、わたしはいじけた自己憐憫とはきっぱり縁を切って、グレースに電話した。

「グレース、ストーリー・フィッシャーよ」

「うちの義妹《いもうと》と、二、三、行き違いがあったそうね」とグレースは応じ、会話の出だしとしては、かつてないほど気まずいものになった。

「それは失礼」とわたしは言った。「なにしろ、気が急《せ》いていたから。まあ、おたがいさまだと思うけど。それはそうと、蜂について訊きたいことがあるの。どこかへやってしまうつもり？」

「うちの蜂を引き取りたいという電話があったの。ここに残しておいてもしかたないし」

「わたしに譲ってもらえないかしら」グレースは空とぼけているのだろうか？

「あなたが興味を持ってるとは知らなかった」

うそばっかり。

「わたしには大事な蜂なの。マニーにとってもそうだった。厄介払いすればいいってもんじゃない。わたしが買い取ります」

「ストーリー、マニーはあの蜂に殺されたのよ。あんなことがあったのに、毎朝起きるたびに、殺人蜂《キラー・ビー》が窓の外を飛びまわってるなんて耐えられる？　それに、もう代金もいただいたの。危険だって説明しようとしたけど、先方は心配していないみたいだった」

「あの蜂たちは無実よ。マニーをあんな目にあわせたのは――」

でも、グレースは聞く耳を持たなかった。「これ以上話し合うつもりはないわ。もう決めたことだから」

「じゃあ道具やほかのものはどうするの？　遠心分離器とマニーの日誌は、わたしにまず声をかけてもらえないかしら」

「まだそこまでは考えられない。なんにせよ、すぐに遺品の整理に取りかかるつもりはないから。マニーの生前、わたしはあの小屋に足を踏み入れなかったし、いまさらそれを変える気もないわ。でも、あなたがここにきて、はちみつを持っていくのはかまわない。販売用にね。売り上げのことはきちんとしてくださるでしょうし」

「それはもちろん」わたしはほっとしたあまり、最後の当てこすりは大目に見ることにした。つまりは、なんらかの形でわたしと提携する気はあるらしい。それにしてもグレースの頑固さにはまいった。

「蜂を引き取りにくる養蜂組合の人はなんという名前？」とわたしは訊いた。

「ジェラルド・スミスよ」と彼女は言った。「あと一時間もしたらくるわ」

「マニーのことはご愁傷さまでした」わたしはお悔やみを言いかけたが、グレースはすでに電話を切っていた。

これで、しなければならないことがはっきりした。わたしの動機には一点の曇りもなく、いまさら引き返すことはできない。

マニーの巣箱を盗めるだけ盗んでしまうつもりだ。


黒はおしゃれな色だ。まずは着やせして見える。着る機会を選ばない――トレーニングによし、寝巻きによし、正装によし、そして夜陰に紛れるのにも都合がよい。

わたしは黒いスエットパンツと黒いTシャツを着た。ドアをあけると夜気が冷たかったので、黒のフリースジャケットをさらに着こんだ。黒い野球帽をかぶって、髪をなかにたくしこむ。

トラックは〈ワイルド・クローバー〉に置いてきた。それはふだんどおりの手順だ。家まで二ブロックなので、わざわざ車で往復する必要はない。それにトラックは家の用事よりも仕事で使うことのほうが多い。わたしは通りにもう警官がいないことを確かめると、物陰を選んで歩きだした。

足音をひそめて通りを歩きながら、計画を練った。蜂の巣箱は簡単に動かせるほど軽くはないので、わたしひとりの力では限界がある。そもそもこんな短い時間では、巣箱を全部運び出すのは難しい。それでも二つ三つなら、夜闇に乗じて持ち出せるだろう。残りの巣箱を——こんなこそこそした方法でなく——取り戻す算段については、またあらためて考えることにした。

ところが、この名案は計画倒れに終わった。〈ワイルド・クローバー〉の駐車場からトラックを出そうとした瞬間、警察長が警笛を鳴らしたのだ。ジョニー・ジェイはわたしの進路をふさぐと、車から降りてズボンをぐいと引き上げ、トラックに近づいてきた。わたしが窓を下げず、トラックから降りようともしなかったので、彼はしびれを切らして、銃床でフロントガラスをたたき割ろうとした。そこで、わたしは助手席側の窓を途中まで下げた。運転席側に立っていたジョニー・ジェイは、反対側までぐるりとまわらなければならなかった。

「なに？」わたしは彼をにらみつけながら、いかにも迷惑そうにふるまった。この鼻持ちならない態度は、人の感情を思いどおりにあやつる天才——わたしの母親——から学んだものだ。

「話がある」とジョニー・ジェイは言った。「署まできてもらおう」

「いま忙しいんだけど」わたしは腕時計をちらりと見た。いま行動を起こさなければ、ジェラルド・スミスに先を越され、またとない好機を失うことになる。「そのSUVをどかして」

「これは任意同行じゃない。おたがい気持ちよく手間ひまかけずにやりたいが、それが無理なら、わたし好みの方法を取るまでだ」彼は手錠をガチャガチャ鳴らした。

「ハンターはどこなの？」とわたしは訊いた。ジョニー・ジェイはこの町の警察長だが、ウォーキショー郡の保安官事務所に勤めているハンターのほうが職権は上かもしれない。わたしはそこに望みをつないだ。

「ハンター・ウォレスはこの町の警察業務とはなんの関係もない」警察長はその希望を打ち砕いた。「CITの一員として、凶悪事件に対応しているときはべつだが」

またしても手錠をもてあそぶ。

「これはそういう事件のひとつじゃないかしら」とわたしは言ってみた。

「そもそも、犬係がどうやってあんたを助けられる？　あいつが本物の警官から、犬どもを訓練するK9係に異動させられたのを知らないのか？」ジョニーはせせら笑った。まるで、K9係および警察犬の訓練が、見下げはてた仕事だと言わんばかりに。

ハンターがSUVの後部座席に犬を乗せて現われたとき、彼が警察犬の訓練を専業にしているとは思いもしなかった。わたしたちはふだん軽口ばかりたたいているし、最近はあいつぐ死体発見に気をとられ、その話題はまだ出ていなかった。

ジョニー・ジェイはトラックのドアを開けようとしたが、わたしはロックしてあった。彼は窓から手を伸ばして解錠し、ドアを開けた。「さっさと降りろ!」

そのあと、わたしはまるで映画のように署まで連行された。ただし、警察署は映画とちがって町なかにはない。新庁舎が大きすぎて、表通りの商店街には収まらなかったからだ。それにしても、小さな町がこぞって税金を無駄づかいし、最先端の消防署を自前で持ちたがるのはどうしてだろう。モレーンの場合はまだしも、何百万ドルもの税金を投入したぴかぴかの合同庁舎に、警察署と消防署が仲よく同居しているけれど。九・一一の同時多発テロ以降は、いずこも消防と警察は最優先事項で、そのおかげでジョニー・ジェイにも格別の便宜が与えられていた。

わたしの事情聴取は、何も載っていないテーブルと椅子が六脚、それに白頭鷲の絵が壁にかかっているだけの殺風景な会議室で行なわれた。警察長は、ハンターとカヤックと不運な川の旅について、手を替え品を替えてねちねちと責めつづけた。わたしは何も隠し立てせず淡々と答え、行き先も決断もハンターに従ったことを忘れずに強調した。ジョニー・ジェイが友人でないことはとうに知っている。

取り調べの厳しさからみて、フェイ・ティリーは殺害された可能性が高かった。カヤックには血痕その他、暴力の形跡は見当たらなかったが、わたしはそうではないかとにらんでいた。どうせ殺されるなら、何もわたしのカヤックでなくてもよかったのに、という思いがまず頭をよぎり、ついでそんなことを考えた自分を恥ずかしく思った。

そうはいっても、手持ちの服のなかで刑務所暮らしにふさわしいものはひとつもない。いま着ている黒の上下も含めて。

「何があったか、もう十六回は話したわ」わたしは大げさに抗議した。「それにハンターからも聞いたでしょ。ほかにどんな情報をしぼり取れると思ってるの？　いいかげんにして」

「被害者がどうしてあんたのカヤックにいたのか、まだ聞かせてもらってないが」

ジョニー・ジェイは回転椅子の背にもたれかかると、テーブルに足をのせ、かかとを交差させた。

「そんなこと知るわけないじゃない。カヤックは行方不明だった。子どもたちが無断で持ち出したとばかり思ってたわ。ハンターが捜すのを手伝ってくれて、見つかったら、彼女がなかにいた」

「そんな説明じゃ納得できんな」

わたしはこれ見よがしに、うんざりした重いため息をついた。

ふいにジョニー・ジェイの足がテーブルから消えたかと思うと、ぐっと身を乗り出して、顔を突きつけてきた。小ばかにしたように笑って、失せろと言ってやりたかったが、そんな衝動に従うのは得策ではなさそうだ。その次の言葉に、わたしは骨の髄まで震えあがった。

「昨夜のことを話してもらおうか」と彼は言ったのだ。「あんたの家の裏手にある川岸で、フエイ・ティリーと何をしてた？」

背筋を冷たいものが走った。やぶからぼうに何を言いだすのだろう。「なんのこと？」わたしはかすれた声を無理に押し出した。

「あんたたちを目撃した人間がいる。ふたりは言い争っているように聞こえたそうだ」

ショックと憤慨のあまり思わず息をのんだ音が、怯えた耳にもはっきりと聞こえた。

「だれがそんなでたらめを?」ったく、どこのだれよ? 正気の沙汰とは思えない。

その答えはジョニー・ジェイの目に現われていた。わたしがフェイを殺したと考えている。

「つまり、事実じゃないと言うんだな?」と彼はたずねた。

「ちがうわよ……じゃなくて、そのとおりよ!」

「どっちなんだ、はっきりしろ」

「わたしはフェイと言い合いなんてしていない。そもそも会ってもいないんだから。そいつは大うそつきよ」

「だから、答えはイエスかノーか?」

ジョニー・ジェイが人をはめようとするおなじみの手口だ。彼の質問にどう答えようと、足をすくわれてしまう。イエスと言おうがノーと言おうが、彼は襲いかかってくる。

わたしはつづけた。「そんなデマをどこで仕入れたの?」

ジョニー・ジェイは頭をのけぞらせ、見下すようにわたしを見た。「タレコミがあった」

「そのタレコミをしたのがだれなのか、ぜひお聞きしたいわ」

「あんたに何かを要求する権利はないんだ、弁護士を呼ぶこともな。逮捕と決まるまでは」

「わたしを逮捕するつもり?」わたしは彼が肯定するだろうと思った。あらためて考えてみると——死体が見つかったのはわたしのカヤックのなか。しかもただの死体ではない、元夫の恋人の死体。おまけにタレコミもある。有罪にするには充分だろう。だから、彼の言葉は意外だった。「いや、まだだ。あいにくタレコミは匿名だった。証人を見つけたら、またあんたを訪ねるよ」

「じゃあ、ここから出ていってもいいのね」わたしは椅子からさっと立ち上がった。

「ミッシー・フィッシャー」彼は最後につけ加えた。「これからも目を離さないから、そのつもりで。この件はまだ終わっちゃいない」

わたしは出ていく途中で通信指令室に立ち寄った。サリー・メイラーは店のなじみ客で人柄もいい。彼女はここで勤務している。

「こんにちは、サリー」と声をかけた。

「釈放されたのね」サリーはにっこりした。「よかった。心配してたのよ」

「わたしも。フェイ・ティリーは殺されたの？」

「警察長が発表するまではちょっと」と言いながらもうなずいて、答えを教えてくれた。

「どうしてジョニー・ジェイはわたしをつけねらうの？」と訊いた。「あれはわたしのカヤックだけど。でも、それだけとは思えない」

「たしかに目の敵にしてるわね。警察長は根に持つタイプじゃないかしら」

「なんのこと？」

「プロムの誘いを断わったのを後悔してる？」

「もう十五年もまえの話じゃない。冗談よね。ほんとにそれが原因？」

「そういううわさもあるってこと」

わたしは半信半疑で首を振った。「匿名のタレコミがあったって聞いたけど。わたしがフエイと一緒にいるのを見たとか」

「そうらしいわね」

「だれが電話してきたの？」

「わからない」

「これだけの設備がそろっているんだから」——わたしはぴかぴかの装置やチカチカと点滅しているライトを身ぶりで示した——「電話の逆探知ぐらいできるでしょうに」

「電話じゃなくてパソコンから送られてきたの——eメールで」

「発信元をたどった？」

「ええ。図書館にそなえつけられたパソコンの一台からだった。そこまではわかったけど、メールを送るのに使ったアカウントまではたどれない」

なんと。それはつまり、だれにでも可能性があるということだ。

10

その夜はなかなか寝つけず、友人で養蜂の恩師マニー・チャップマンが亡くなったことや、元夫の一番新しい恋人、フェイ・ティリーの死体がカヤックのなかで発見されたことをあれこれ考えた。だれかが汚い手を使って、わたしにフェイ殺しの罪をかぶせようとしたことも、もちろん気にかかっていた。

おまけに、フェイ殺しで一番疑わしいのは、別れた夫クレイ・レーンだ。フェイと言い争っていたのはクレイかもしれない。そのときふいに、夜中に大きな声が聞こえたことを思い出して、体がすくんだ。あのときは、悪い夢を見たと思いこんでいたけど、あれは悪夢ではなく、フェイの悲鳴だったにちがいない。

クレイが恋人を手にかけたということはあるだろうか。

でも、かりに手段と機会についてうまく説明がついたとしても、人を殺すだけの強い動機が思い当たらない。クレイがそんな面倒なことをするだろうか。そりゃまあ、わたしであれ、ほかのどの女であれ平気で裏切ったけど、浮気の虫が収まると、相手には見向きもしなくなった。のぼせあがるのは最初だけ、やがて手のひらを返したようにつれなくなる。

死んで当然の人間がいるとすれば、それはクレイのはず。どこかの女にとうの昔に殺されていてもおかしくない。

そう考えると、彼の女のひとりが犯人かもしれないという可能性が浮かんだ。世間には頭のおかしな人間が山ほどいる。嫉妬に狂ったどこかの女が恋敵を殺したのではないか。たとえそうだとしても、わたしに言わせれば、クレイのような見かけ倒しの男のためにそんな極端な手段に訴えるなんて、正気の沙汰ではない。ただし、犯人がクレイにしろ、彼の女のひとりにしろ、ジョニー・ジェイから聞いたタレコミの件からみて、何者かがわたしにその罪をかぶせようとしているのはまちがいない。

夜が白々と明けるころには、わたしは睡眠不足のせいで苛立ち、クレイと取っ組み合いの喧嘩でもしかねない気分だった。

それでも、毎朝いの一番に、コーヒーを飲むよりも先にすませているのが、わが家の蜂たちのご機嫌うかがいだ。わたしはふたつの巣箱をすばやく点検した。蜂たちは元気いっぱいで、忙しそうに働いていた。

つづいて、クレイの家のドアをどんどんたたいたが、ふと気がつくと私道に彼の車がない。わたしの頭は、徹夜明けでろくに働いていなかった。クレイはお世辞にも早起きとはいえないから、昨夜はたぶんよそで泊まったのだろう。もう新しい彼女ができたのだろうか。人間のクズにしても、それはちょっとひどすぎる。

……悪態をつく自分がいやになった。

クレイが留守で出端をくじかれはしたが、彼が玄関に鍵をかけないことを知っているので、勝手におじゃますることにした。何を探したらいいのかもよくわからないけど、いざそれを見つけたら、ぴんとくるだろう。

ひとつ褒めるところがあるとすれば、クレイは自分のねぐらをきちんと整頓していた。セクシーな足ときれい好きという二点に、かつてのわたしはだまされた。いまなら何はともあれ、元夫のような男ではなく、ずぼらでも誠実な男を選ぶだろう。

クレイはジュエリー・ショップの奥で寝起きしている。小さな寝室と居間、それにミニキッチンと手狭なので、ひととおり見てまわるのにほんの数分しかかからなかった。ベッド脇のテーブルに並んだアダルトグッズ、クローゼットやトイレの脇に積み重ねられたポルノ雑誌は見て見ぬふりをした。あの男にはセラピーが必要だ。セックス依存症は、人間関係をうまく築けない大きな理由のひとつだという。本人もとっくにわかっているはずだけど。

ワイヤージュエリーの作業場のほうは、もっと時間がかかりそうだった。隠し場所がごまんとあるからだ。仕事机は大工の作業台のようで、ペンチ、やすり、ハンマー、万力、溶接トーチ、ワイヤーカッターがずらりと並び、その上の棚には作品の制作に必要な材料を入れた容器が積み重なっている。銅、銀、真鍮《しんちゅう》、金の各ワイヤー、ビーズ、宝石。つくりかけの作品もそれとはべつの大きな区画を占めている。

完成した作品を陳列しているショールームもあった。認めるのはしゃくだけど、いくつかは傑作だ。

作業場の捜索に取りかかったとたん、クレイの車が私道に入ってくるのが見えた。クレイが車から降りて、玄関に向かってくる。わたしは慌てふためいたり、隠れたりするだけの気力がなかった。そこで、居間で彼を出迎えた。

「ここで何をしてる？」クレイはわたしがソファにすわっているのを見て驚いた。彼もさんざんな一夜を過ごしたように見えた。目は腫れぼったく、縁が赤くなっている。わたしのそばをふらふらと夢遊病者のように通りすぎ、質問の答えも待たずに、わたしと並んでソファにぐったりすわりこんだ。「まいったよ」と彼は言った。

「ようやく意見が一致したわね」わたしは警戒をとかず、いざという場合にそなえて身構えていた。ひと晩じっくりためこんだ怒りがあれば、みすみすやられはしないという自信があった。でも、やつれてみじめな様子のクレイを見ているうちに、非力で、とことん身勝手な彼の性格を思い出した。愛されたい、ただ、それだけ。

「あなたがフェイを殺したの？」わたしはずばりと訊いた。

クレイは前かがみになり、わたしには目もくれず、両手に顔を埋めた。

「あいつが死んだなんて信じられない」とつぶやいた。というか、くぐもった声だったので、そんなふうに聞こえた。

「彼女とご家族にはお気の毒だと思うわ。あなたもご愁傷さま」とわたしは言った。「でも、こっちは昨夜、警察長に連行されたのよ。フェイを殺したのはおまえだといわんばかりの態度で」

クレイは顔を上げ、初めてわたしをまともに見た。

「おまえもいたのか。おれはひと晩じゅう帰してもらえなかった。警察長のジェイは、おれがあいつを殺したと考えてる」

「ジョニー・ジェイがねらいをつけてるのは、わたしだと思ってたけど」

「そのとおり」とクレイ。「やつは、おれたちがグルだと思ってるんだ」

「ばかばかしい」とわたし。「町の人はひとり残らず、わたしの気持ちを知ってるわ。離婚祝いのセールを開いたばかりなのよ。なんであれ、あなたと一緒になんかするもんですか。同じ通りに住んでるだけでもいやなのに、あなたの彼女を共謀して殺すなんて」

「おれもやつにそう言った」

帰るまえに、問いただしておきたいことがまだいくつかあった。

「わたしがカヤックのことを訊きにきたとき、どうしてフェイが寝室にいるなんて言ったの？」と訊いた。「もうそのころには亡くなっていたでしょうに」

「喧嘩して、あいつは出ていったんだ。ここにいたなんて、ひと言も言ってないぜ」

「いいえ、たしかに聞いたわ」というか、彼は少なくとも身ぶりと表情でそうにおわせた。裁判では通用しないかもしれないけれど。

「もめたんだ」と彼は言った。

「なんのことで？」

クレイは天井を仰いだが、それは、うそをでっちあげようとしている紛れもない証しだ。

「うーむ」

「わたしにその手は通じないわよ」

クレイの視線がもとに戻った。「話すつもりはない」

「そう。じゃあ、あなたと彼女はやり合った。それから？」

「あいつはぷいと出ていった。最初は、外で頭を冷やしていると思ってた。それきり戻ってこなかったから、きっとスチューの店に行って、車を呼んで帰ったんだろうって」

その説明は筋が通っているように思われた。フェイには迎えにきてくれる友だちがいるのだろう。

クレイは足を抱き寄せ、背を丸めた。

「クレイ、こっちを見て」

彼はちらりと目を上げた。

「わたしの目を見て」ごたごたつづきだった結婚生活が終盤にさしかかったころ、わたしは彼のうそを見やぶるコツを会得していた。彼の口がうそ八百を並べようと、目がそれについていけない。「あなたは恋人を殺したの、殺さなかったの？」

彼の視線はまったく揺るがなかった。「おれはやってない。これで満足か？　だいたい、カヤックで殺すつもりなら、あそこでやるわけがないだろうが。そんなことをするやつの気がしれん」

「うそ、わたしのカヤックでしたの？」

「昼間、おまえの店が離婚祝いとやらを開いていたときに」

「あんたって最低！」

わたしは彼の家を飛び出した。クレイにほとほと愛想を尽かし、思いつくかぎりの悪態をつきながら。でも、犯人は九分九厘、彼ではないと確信していた。眠れぬ一夜を過ごしたのは、とんだ取り越し苦労だった。おまけに、その勘が正しければ、容疑者の範囲は一挙に広がる。フェイには、彼女を殺してしまうほど憎んでいた敵がいたのだろうか。わたしは、ぬれぎぬを着せられるほど恨まれているのだろうか。ろくに考えもせず、思ったことをそのまま口にする癖はあるが、人を故意に傷つけたことは一度もない。ま、ジョニー・ジェイはべつだけど、それはおたがいさまだ。

わたしはシャワーを浴び、濃いコーヒーを淹《い》れてカラフェに移すと、店に出かけた。

いつもレシピの試作をお願いししているミリー・ホプティコートと、ほぼ同時に店に着いた。庭に咲いているコスモス、ヒマワリ、ロシアンセージ、ルリジサ、シャスタデージー、ヒゴタイ、カスミ草でこしらえた花束を、段ボール箱いっぱい抱えている。

「昨日の分は、全部売り切れたのよ」と嬉しそうに言った。

「すごくきれいだもの。さあ入って」わたしは彼女のためにドアを開け、カラフェをカウンターに置いた。

明かりをつけ、札を営業中に替えると、ミリーが花を専用の台に並べるのを手伝った。水をたっぷりやって、濡れた手をジーンズでぬぐうと、わたしの夢の店をしみじみと眺めた。

何もかもまばゆく輝いて、お客の心を引きつけている。古い教会を買い取って店を開いたのは正解だった。

「来月のお便りには、どんなレシピを載せるつもり？」とミリーが訊いた。「そろそろ試作に取りかかりたいんだけど」

「ヤマブドウを川のすぐそばの穴場で見つけたの。ヤマブドウをメインにしたら？　よかったら明日、摘んでくるわ」

「いいわね。やってみましょう」

「それはそうと、昨日の午後、図書館に行った？」わたしはコーヒーを注いで、ミリーに渡した。

「ええ、町じゅうの人がね」彼女はコーヒーカップを手に取った。

「そんなに大勢？」

ミリーはうなずいた。「もう大盛況よ。楽しかったわ。雨が降ったけど、テントの下で濡れずにすんだし。でもフェイのニュースが流れたとたん、まるで爆破予告があったみたいに、会場は空っぽ。みんなスチューの店の岸辺まで、野次馬根性丸出しで走っていったの。あなたが川で、元ご主人の恋人の死体を発見したと聞いて、わたしたちが何を考えたか想像がつく？」

「まあね。さぞかし大騒ぎになったでしょう」わたしはその騒動に、間一髪で巻きこまれずにすんだ。おばあちゃんのおかげだ。

「そりゃあね。で、彼女は殺されたって聞いたけど」

「そうなの？」

「溺死だけど事故じゃなかったって、もっぱらのうわさよ」

これぐらい小さな町では秘密は長つづきしない。ジョニー・ジェイが情報を隠したくても、そこまで手がまわらないのだろう。どうか、警察署でのわたしたちのやりとりが外に洩れていませんように。フェイが死ぬまえに、わたしと彼女が言い争っている声が聞こえたといううわさは、まさにみんなが聞きたがっているものだ。

「クレイも図書館にいた？　フェイの第一報が流れたとき」わたしは自分にもコーヒーを注ごうとカップに手を伸ばして、彼女の答えを待った。うそのタレコミは土曜日のどこかで──フェイの遺体が発見されてから、図書館が閉館するまでのあいだ──警察に寄せられたにちがいない。もしクレイがその場にいなければ、図書館のパソコンを使ってeメールを送ることはできないから、彼に対する疑いは完全に晴れる。

ミリーは額にしわを寄せて考えこんだ。

「えーっと、いなかったんじゃないかしら。でも、大勢の人が出入りしていたから」と口ごもった。「そういえば、ラリー・クーンが恐ろしいニュースを知らせに飛びこんできたときには、会場にいなかった。もしいたら、どれほどショックを受けたことか。まあ、あとで聞いてもひどいことに変わりはないけど」

「クレイに知らせる役目がわたしでなくてよかった」

「そうそう、思い出したわ」とミリーは言った。「エミリーがあとで言ってたけど、クレイがきてるのを見てすごく嬉しかったんですって。これまで一度も図書館に足を踏み入れたことがなかったから。だから、わたしは言ったのよ。あの人は人生の新たなページを開こうとしているんじゃないかって。そう、本のページをね。こういうときこそ何か気晴らしが必要で、読書はおあつらえ向きじゃないかしら」ミリーはコーヒーをひと口飲んだ。「エミリーの話だと、例のニュースが流れたあとで館内に戻ったら、もうクレイはいなかったそうよ。あら、どうかした?」

わたしが注いでいたコーヒーはカップをそれて、カウンターにはでに飛び散った。

11

元夫があの日の午後図書館にいて、わたしを陥れるeメールを送ることができたと知ってからも、わたしは落ち着きを失うまいとした。ほぼ町じゅうの人が図書館にいたのよ、と自分に言い聞かせた。だれがeメールを送ってもおかしくない。そう、だれにでも可能性はある。

ありがたいことに、日曜日はいつもお客で立てこんでいるので、暗い物思いにとらわれずにすんだ。うちの店では、はちみつスティックが子どもたちに一番人気がある。あとは、大きな樽形の容器に入ったさまざまなペニーキャンディ――もっとも近ごろでは、一ペニーでは買えないけれど。町の人たちは家族で囲む日曜日の夕食の材料を買いがてら、ゴシップに花を咲かせる。P・P・パティはトウモロコシ六本と引き換えに、フェイの死に関する情報を、わたしからできるかぎり引き出そうとした。

「話すわけにはいかないのよ」わたしは自分の短所に〝おしゃべり〟をつけ加えたくなくて、口から出まかせを言った。「いま警察が捜査中で、しばらくは何も口外しないように言われてるから」

「ということは、この事件について何か重要なことを知ってるのね」とパティはすかさず指摘した。「警察で取り調べを受けたって聞いたけど」

「事情聴取よ」とわたしは訂正した。うちの母はいち早くうわさを聞きつけるにちがいない——本人は〝風の便り〟と称しているが。

スタンリー・ペックには彼なりの意見があった。「ひょっとしたら、川の上流のほうで不法行為があったのかもしれん」と言いながら、買い物かごにビールとプレッツェルを入れた。「泥棒どもが盗品かもっとヤバいものを取り引きしてた。フェイはたまたまその現場に踏みこんだ。連中としちゃ、黙って帰すわけにはいかんわな。面が割れちまったんだから」

「その話を警察長にしてみなさいよ」とパティがそそのかした。

スタンリーはがぜん調子づいた。「そうするか。川下りは気をつけたほうがいいぞ。あんたもだ、ストーリー。せめて警察が事件を解決するまでは。こんな大事件は、わしが足を撃ってから初めて。いや、その、足を撃たれてから初めてだ」と思わず口をすべらせて、しおらしく赤面した。やっぱり、あのうわさは事実だった。スタンリーは自分で自分の足を撃ち抜いたのだ。

そこにロリ・スパンドルがやってきて、わたしにはマニーの蜂がいなくなったことを証明し、大衆の不安をしずめる責任がある、とわざわざ念を押した。もうあまり時間がないわよ、とつけ加えた。そんなことは百も承知してるのに。ロリはまだ覆面布をかぶっていた。「あなたも商売を始めたら」とわたしは嫌味を言った。「商品を売りこむのがお得意みたいだから」

「言っときますけど、商売ならもうしてるわよ」と不動産の仲介屋は言った。「マニーのお葬式が終わったらすぐに、グレースに家の売却を持ちかけるつもり」

この女はおそろしく獰猛だ。不動産開発業者の夫のほうも負けてはいない。スパンドル夫妻は名コンビで、妻がたくみに地主から土地を買い取ると、すかさず夫がやってきてその土地を宅地に造成する。

「マニーが生きてたら絶対に売却なんかしなかったわ」とわたしは言った。

「マニーはもういないのよ」とロリ。「決めるのはグレースだから。そうそう、忘れないでよ」と、またもやだめ押し。「あんたは、あの蜂がもう攻撃圏内にいないことを証明しなきゃいけないいんだからね」

「マニーのところの蜂でしょ、わかってるわよ」とわたしは言った。「五時に店を閉めたら、空っぽの裏庭の写真を撮ってくるから。蜂はすっかりいなくなったって、グレースが言ってたわ」昨夜の事情聴取のせいで、けっきょく巣箱はひとつも救い出せず、きれいさっぱりなくなってしまったのだった。そのことを思い出して胸が痛んだ。

「あんたの蜂も」と、ロリはつづけて言った。「処分してもらわないと」

わたしは首を振った。「うちの蜂には手を出さないで。これまでだれにも迷惑をかけてないんだから。ミツバチがマニー・チャップマンを殺した犯人じゃないってことも、いずれ証明するわ」

「それについては、明日の晩の集まりで話し合いましょう」ロリはしてやったりという笑みを浮かべた。

「集まり？」

「今月の町議会の定例会よ。ただし、今回の議題は一刻の猶予も許さないから、住民投票で決めることになる。あんたの蜂には消えてもらうわ」

わたしはうめいた。ふだんなら月に一度の定例会は、た・い・く・つ以外の何ものでもない。でも、ロリのぎらぎら光る目を見れば、今回はただではすまないような気がした。ロリは殺人蜂《キラー・ビー》に対する恐怖を郡の津々浦々にまで広め、わたしの養蜂業を廃業に追いこもうと執念を燃やしている。しかも自分の主張を通すために、町長という夫の肩書きを利用することもいとわない。

「楽しみにしてるわ」とわたしはうそをついた。「でも、町議会はわたしに通知を寄こしてしかるべきじゃない」

「町の住人に危害を及ぼす場合はべつよ。あんたの言い分なんてどうでもいいの」

「そんなことあるもんですか。わたしも出席するし、わたしの一票はあなたの一票と同じだけの重みがある」小さな町の議会によくあるもうひとつの問題は、自分たちの都合に合わせて、平気で規則をねじ曲げてしまうことだ。

ぼやき屋パティがわたしたちのやりとりを、まるでバイキングのデザートテーブルに載っているチョコレートムースのように、心ゆくまで味わっていた。「お医者さんに行かないと」ロリがそそくさと店を出ていくと、パティは最新の悩みを盛大にぼやきはじめた。「この手を見て。震えてるでしょ」と、片手をわたしの目の前でぶるぶる振ってみせる。「コーヒーの飲みすぎじゃないの」とわたしはあしらった。

「カフェイン入りの飲み物は全部やめた。もしかしたらパーキンソン病かもしれない」とパティ。「もしそうならどうしよう。あたしには看病してくれる人も、あの大きな家や庭の世話を頼める人もいないのに。アライグマを退治してくれる人だって」

「あなたは自分で思いこんでるほどか弱くないわよ」

「独り身の女は何かと大変なのよ。だから、あたしたちの仲間がせめてひとりとも、男を見つけられてよかった」

わたしは思わずパティを見た。「あなた、いい人ができたの?」パティとは長いつきあいだが、これまで浮いたうわさひとつ聞いたことがない。

「あたしじゃなくて、キャリー・アン。ハンター・ウォレスとデートしてるのを見たの。最新のニュースよ!」

あーあ。いまの話は聞きたくなかった。お気の毒さま。ハンターにかすかに興味を感じたか感じないかのうちに、さっとかすめ取られたような気分。わたしには山ほど欠点があるかもしれないけど、人さまの恋人を横取りするつもりはない。クレイと結婚していたころはずっと被害者の側だったので、そのつらい立場は身にしみてわかっていた。

ありがたいことにちょうど店が込んできたので、パティから逃れることができた。

スチューが新聞の日曜版を買いにきて、わたしがキャリー・アンを見かけた昨日のお昼どきから、彼女がずっとバーに顔を出していないことを教えてくれた。町の外にある酒場にこっそり通っているか、家で飲んでいるのでなければ、まる二十四時間、酒を断っていることになる。

それはキャリー・アンにとってはめでたいことだった。ハンターにとっても。彼女の断酒の努力であれなんであれ、彼女を支えているのだから。

お客がとだえるたびに、わたしはマニーの身に起こったことを思い返し、蜂を飼ったことのない人が蜂の群れに襲われたら、どんな行動を取るかを想像してみた。しろうとならとっさに走って逃げるだろうが、マニーほど老練な養蜂家なら、シャツをたくし上げて頭と目を守ることも心得ているはずだ。だから、マニーの腹部はむき出しになっていた。でも、大きな問題がひとつある。どうしてマニーは走るのをやめてしまったのだろう。家からさほど離れていたわけではない。車にいたっては目と鼻の先にあった。車に乗りこめば助かっていた。安全な場所まで足を止めなければよかったのだ。

ほとんどの事故死の場合、このたぐいの後知恵と後悔の念はつきものなのだろう。もし事情がちがっていれば。もしわたしがその場にいれば。蜂が攻撃してきたとき、もしグレースが家にいれば。もし、もし、もしと。

ただし、彼の命を奪ったのは、急所へのひと刺しだったかもしれない（検死官がジョニー・ジェイに伝えたように、たとえば口のなかとか）。マニーは自分が死ぬとわかっていたのだろうか。長く苦しんだのだろうか。どうか、わたしの想像よりも速やかで安らかな最期でありましたように。

午後二時にキャリー・アンが店に顔を出した。顔色が悪かった。

「頭がどうかなりそう」と言いながら、しきりに爪を嚙んでいる。「でも、あれから煙草は吸ってないのよ、一本もね」断酒のことは、相変わらず黙っている。

「とにかく忙しくして、べつのことを考えてみたら」とすすめたが、それはかなり難しいだろう。

「店で何時間かバイトさせてもらえる？」

「そうね」わたしは予定表を確認した。キャリー・アンがお酒をやめられるとはちっとも期待していない。いずれ元の木阿弥になるだろうけど、ハンターとの約束があるし、人手があればわたしも助かる。

細かいことを相談するまえに、妹のホリーの真っ赤なジャガーのコンバーチブルが正面の窓から見えた。濡れたような光沢のある車体が、九月の暑い陽射しを受けて輝いている。隣に並ぶと、わたしの青いトラックは錆びたボルトの寄せ集めにしか見えなかった。

せっかくだから、妹につきあってもらって、マニーの養蜂場から巣箱がなくなった証拠写真を撮りにいくことにした。それに、フェイの事件についても話し相手が欲しかった。

「さっそくだけど、いまからお願いしてもいい？」とキャリー・アンに頼んだ。

従姉はとまどったような表情を浮かべた。まるで、わたしがアルバイトを頼むとは思っていなかったように。「いいけど」

「これから写真を撮りにいかなきゃならないの。それと明日、わたしの代わりに午前中、店番をしてくれる？」

「わかった。まかせて」

キャリー・アンの笑顔に送られて、わたしは店をあとにした。

「あら、姉さん」ホリーがさっそうと近づいてきた。ジーンズ、Vネックの綿のプルオーバー、カジュアルな夏のサンダルというわたしと同じような普段着だが、ひとつちがっているのは、彼女が身につけているものはどれもこれも、わたしのより十倍は高そうに見えるというところだ。実際、そうだけど。「母さんが、姉さんの様子を探ってこいって」と妹は言った。

「これからマニー・チャップマンの家に行くの。一緒にこない？」

「K（了解）。わたしが運転するわ」ホリーはおばあちゃんの血をたっぷり受け継いでいたが、ありがたいことに運転はずっと上手だった。「あそこで何をするの？　マニー・チャップマンが亡くなったことは聞いたわ。ご愁傷さま。いいお友だちだったのにね」

「ありがとう」目頭が熱くなったが、涙をこらえて、仕事に意識を集中した。「これからマニーの養蜂場の写真を撮りにいかなきゃならないの。車のなかで説明するわ。でも母さんには何も言わないで。いい？　わかった？」

ホリーはわたしと同じはしばみ色の瞳で、こちらをまじまじと見た。「K」

わたしは、これが思いつきで企てたスパイ活動であることも、どんなことがあってもミツバチの汚名をそそぐつもりでいることも黙っていた。

12

グレースの家の私道にホリーのジャガーを止めたころには、ミツバチ騒動についてだいたいの説明は終わっていた。養蜂場をひと目見て、巣箱がすっかりなくなっているのがわかると、もう二度とそちらを見る気になれなかった。「できない」とわたしは言った。「わたしには無理だわ」

「SC（落ち着いて）。わたしが写真を撮るから」とホリーが言ってくれた。「何もないところを撮ればいいのね。巣箱があったのはどのあたり？」

わたしはうなずいた。「背景に母屋も入れて。マニーの家の裏庭で撮った写真だとわかるように。どうせロリのことだから、写真を細工したとか言いだすに決まってるけど」ホリーは携帯電話を持って養蜂場の跡地に向かい、わたしは母屋を訪ねて玄関をノックした。だれもいない。よし。はちみつ小屋がわたしを招いていた。

自分の鍵を使って南京錠をあけ、はちみつの甘い香りを吸いこむ。明かりを全部つけて、すみずみまでくまなく捜索を始めた。数分してホリーもやってきた。

「何をやってるの？」と妹が訊いた。

「自分でもよくわからない。小屋の外まわりを見てくれる？　スズメバチがいた形跡を探してほしいの」

「ひゃあ」とホリー。「いやよ、ここで姉さんと一緒にいる！」

妹はたしかに、『ディスカバリーチャンネル』（パニック、災害、超常現象などを扱うドキュメンタリー番組）のファンではない。

このまえとは打って変わって、たっぷり時間をかけてはちみつ小屋を見てまわった。マニーの日誌が相変わらず見当たらないのは気がかりだったが、スズメバチが二匹、床で死んでいるのを見つけた。これだけではなんの決め手にもならないけど、わたしから見ればやはりあやしい。「ほら、スズメバチよ」と知らせた。

ホリーは遠くから、昆虫の死骸に目をこらした。

「どうやって見分けるの？　わたしにはどの蜂も同じに見えるけど」

「この二匹は、ミツバチみたいに花粉を運ぶための毛がふさふさした後ろ肢がないでしょ。ほら」わたしは一匹をつまんで、つるりとした肢を見せた。妹ははるか遠くにいるので、どうせ見えやしないのだけど。わたしはその蜂を、捜査に必要になるかもしれないので、もう一匹の蜂と一緒にとりあえず作業台に載せてから外に出た。

「これからどうするの？」ホリーは少し苛立っているようだった。「写真を二、三枚撮ったら、帰るんじゃなかった？」

「もうすぐだから。ほかにもスズメバチのいた跡がないか探すのを手伝って。でも気をつけてよ」

「ＯＭＧ（ちょっと）、やめてよ！　車で待ってる」

ホリーはジャガーに向かった。

スズメバチはときには地中に営巣することもあるが、地面の近くで活動している蜂は一匹もいなかった。わたしは何度か深呼吸してから、かつて養蜂場だった土地のまわりを、大きな円を描くようにして歩きだした。何も見当たらない。スズメバチは木の枝や、納屋や、家の軒先や、壁の亀裂などにも好んで巣をつくるので、捜索の範囲を広げたが、なんの収穫もなかった。

がらんとした養蜂場のすぐ近くで、気の荒いスズメバチの巣を見つけることができれば、ミツバチの血に飢えている陪審団を説得し、全員一致の無罪判決を勝ちとることができるかもしれない。それがわたしの役目だ。確証を探すこと。そうと決まれば、怖がらずに、かつてはにぎやかだった養蜂場に足を踏み入れなければならない。

秋もたけなわのウィスコンシン州の九月、わたしは意を決して養蜂場に入った。小鳥が木立のなかでさえずり、虫があたりを飛びかい、ときたまスズメバチも見かけたが、わたしの願いもむなしく、スズメバチの巣が近くにあることを示すような活発な動きは見られなかった。無意識のうちに、聞きなれたミツバチの羽音に耳をすませたが、聞こえてくるのはうつろな静寂だけ。

そのあと、ひさしを見上げながらはちみつ小屋をぐるりと一周したところ、蜂用の送風機につまずいて転びそうになった。このまえマニーの体からミツバチを引き離そうとして探したけど見つからなかったのに。どうしてこんな裏手にあるのだろう。マニーは道具の扱いにうるさく、いつも決まった場所になければ気がすまなかった。彼が送風機を外に出しっぱなしにしたはずがない。

そのときあるものが目に入った。とても小さいのであやうく見落とすところだった。小さな切れ端だが、わたしにはそれが何かひと目でわかった。紙のように薄い巣の外皮。スズメバチは木をかじりとってパルプ状にしたものを巣の材料にする。

頭を上げたが、ひさしにはかつて巣のあった痕跡はなかった。それでも……。

マニーはスズメバチの巣を発見して、壊そうとしたのだろうか。だから、スズメバチに襲われた？　でも、マニーはプロの養蜂家だ――暗くなるまで待つだけの分別はあるだろうし、生きたスズメバチがいる巣を落とそうとするほど、浅はかだったとは思えない。まずは、大量の殺虫剤を巣に浴びせたはず。

マニーはどうするつもりだったのだろう。

わたしは送風機を倉庫にしまった。それから二匹のスズメバチの死骸と巣の一部をティッシュに包んで、ビニール袋に入れた。

「それは？」わたしが車に戻ると、ホリーが目ざとく見つけた。

「たいしたものじゃない」

「そう、なら言わなくてもいいわよ」

けれどもわたしは話した。町全体がミツバチと戦争を始めようとしていることを。その一部は、ここへくる途中ですでに説明してあった。グレースが検死を断わったことも話した。検死をしていれば、マニーを殺したのはスズメバチだと証明できたかもしれないのに。そして本来ならわたしが引き継いだはずのミツバチを、グレースがよそへやってしまったことも。

「ここで見つけたものを、警察に持っていくわ」とわたしは話を締めくくった。

ホリーは笑った。「ＡＹＳＯＳ？」

「なんて？」

「姉さん、気はたしか？《アー・ユー・スチューピッド・オア・サムシング》」

「怒るわよ」

「姉さんが警察長と話すときは、わたしも同席しないと。姉さんの声が聞こえてきそう。『ほら、ジョニー・ジェイ。やっぱりスズメバチが犯人だった。ミツバチのしわざじゃないわ。マニーの倉庫で見つけたスズメバチの死骸と巣のかけらがその証拠よ』」

たしかに説得力がなかった。でも、ホリーのものまねにはまだつづきがあった。

「さあ、ジョニー・ジェイ。町の人たちに伝えて。わたしにこれ以上かまうなら、法的手段に訴えるって」

わたしは言葉につまった。図星だったから。

「ストーリー、何もしないのがたぶん一番よ。マニーを尊敬していたのはわかるけど、彼はもういないのよ。ＢＯＮ（そうでしょ）」

「わたしは何があったのか知りたいの」

「もうやめたほうがいい。ＳＳ（残念だけど）、たぶん母さんの言うとおりよ」

「どういう意味？」

「姉さんは自分を追いつめすぎて、ちょっとおかしくなってる」

「率直なご意見をありがとう」

わたしたちはまだマニーの家の前にいた。「それにしても、マニーの日誌はどこに消えたのかしら？」ホリーにというより、なかば独り言のように言った。「きっと家のなかね。そろそろ出発しましょうか。グレースが帰ってきて、見つかるまえに」

ホリーが車を出し、わたしたちは町へ向かった。そのときになってフェイ・ティリーとクレイのことが初めて話題に出た。ホリーはわたしがその話をする心境でないことを見抜いていたにちがいない。こちらから口にするまで待っていてくれたからだ。

「母さんが電話をかけてきたけど、くわしいことは何も聞いてなかったの。大変だったわね」わたしが川での出来事――嵐、凍えるような風、わたしのカヤックでフェイの死体を発見したこと――を話しおえると、ホリーはそう言った。

「死体が見つかるなんて思ってもみなかった」とわたし。

「彼女はどうして殺されたのかしら」

「さあね」わたしは、離婚審問のさいフェイがこれ見よがしに法廷に入ってきたことを思い出した。さらに、わたしに見せつけるようにクレイと長々とキスを交わしたときの満足そうな様子も。「でも、同性からは嫌われるタイプだわ」

「それは言えてる」ホリーにはその意味がすぐに通じた。一部の女性は男性からも女性からも好かれるが、フェイは意地悪だし、気が強すぎる。

わたしはeメールによるひどい中傷のことは、まだ伏せていた。ホリーが運転席を離れるまで明かすつもりはない。まだ死にたくはないので。

〈ワイルド・クローバー〉に戻ると、事務所に入った。事務所といっても、机をひとつ、在庫品の棚の奥に無理やり押しこんだだけだ。蜂がいなくなった養蜂場の写真を二部ずつ、仕事用のパソコンに取りこんで印刷した。

「ここで待ってて」とわたしはホリーに言った。「大事な話があるから」わたしは大急ぎで、証拠のひと組を玄関ドアに貼りつけた。もうひと組はキャリー・アンに預けた。

「もしお客さんに蜂のことを訊かれたら」と指示した。「この写真を見せてあげて」

「了解」

それから急いで事務所に戻り、ドアをできるだけ静かに閉めた。わたしの秘密はだれにも、とりわけキャリー・アンには聞かれたくなかった。

「話を聞いても、大声を出さないって約束して」と切り出した。

「OMG（うそ）！」ホリーは息をのんだ。「妊娠したのね」

「しーっ。声が大きい」

それがこれから話す悪い知らせの中身だったらどんなによかったか。だれかをこの世に送り出すほうが、この世からだれかを消す企みに巻きこまれるよりもずっといい。

わたしは首を振った。「まあ、すわって」ホリーはわたしの事務椅子に腰を下ろした。

「フェイ殺しについてのタレコミが、図書館のパソコンから警察署に送られてきたの」

「それで？」

「そのタレコミは事実無根だけど、ジョニー・ジェイはうのみにして、告発した人間を捜してるわ」ホリーはなんの話かよくわからないと言いたげに、顔をしかめた。

「それで、わたしが思うに」とつづけた。「タレコミをした人間は、わたしに深い恨みを抱いてるにちがいない、そうでしょ？」

ホリーはお手上げという顔をした。

「姉さんは何が言いたいの？　タレコミ？　告発がどうしたって？」

わたしはしゃがみこんで、妹の両手をにぎりしめた。

「そいつは、わたしがフェイと川辺で言い争っているところを見たと言ってるの。わたしとハンターが彼女の遺体を発見するまえの晩に」

「――つまり、姉さんのカヤックで」とホリーがあとを引き取った。頭のなかで明かりがぱっとついたようだ。

わたしはうなずいた。

「ばかばかしい！」ホリーはそう言うなり椅子から勢いよく立ち上がったので、わたしは尻もちをついた。「SNAFU（そんなむちゃくちゃな）！　いったいどうなってるの？」

13

月曜の朝早く、ホリーに言われた手きびしい批判と小言がまだちくちくと胸を刺すのを感じながら、わたしはパティオのテーブルでレッドクローバー・ティーを飲んでいた。妹は思いやりのある態度にはほど遠かったが、それでもじょじょに落ち着きを取り戻した。ふたりとも、わたしを見たというそつきは決して姿を現わさないだろうと確信していた。でも目撃証言がなくても、ジョニー・ジェイはわたしには充分な動機があると考えるかもしれない。嫉妬です、と彼は陪審員に訴えるだろう。ストーリー・フィッシャーは、クレイ・レーンがほかの女と一緒のところを見るのががまんできなかったのです、と。

警察はフェイが殺害されたとどうやって断定したのだろう。それをいうなら、マニーの死が事故だと言いきれるのはどうしてか。

死亡証明書のなかで、死因が事故死あるいは自然死と書かれたものは、毎年、山ほどあるにちがいない。それらの一見、なんのやましいところもない死亡のうち、じつは殺人だったという事例がどれだけあるかは、だれにもわからない。

わたしは縁起でもないことを考えたり、陰惨な筋書きを作るのをやめられなかった。クレイの家をちらりと見やり、わたしの身は安全かしらと不安になった。

昨夜、ホリーはわたしに、優先順位を見直したほうがいいとお説教した。手が後ろにまわりかねないときに、蜂の巣を探したり、死んだスズメバチを集めたりするなんて、どういうつもりなの、と。いまの状況を考えると、警察に追われる身にはなりたくないけど、わたしは、そんな事態に陥るのを指をくわえて見ているつもりはなかった。ぬれぎぬを晴らす何かよい方法はないだろうか。

いつまでも過去にとらわれ、ああだこうだと思い悩んでいてもしかたない。生死の問題には、おいそれとは答えが出ない、きびしい問いかけがつきもの。わたしはホリーに、マニーやフェイを生き返らせることはできないから、せめて数百匹のミツバチの命だけは救ってやりたいのだと説明したかった。それぐらいしかわたしにできることはないから。でも、妹はその夢にもけちをつけるだろう。

沈んだ気分を引き立てようと、家庭菜園をまわって、よく熟れた野菜を収穫した。庭の野菜は家で食べる分で、〈ワイルド・クローバー〉の野菜売り場には並ばない。毎年ためしに、ちがった種類の野菜を植えている。レタス、エンドウ、キバナスズシロ、ラディッシュなどの夏野菜はもう終わった。秋にとれる作物は――

・トマト――取りおきの種から育てた在来種の〝パイナップル〟と〝ローマ〟。庭でもいだらすぐに冷凍庫で保存する。

・ホオズキ――莢《さや》に包まれた実は、トマトとサクランボとパイナップルをかけあわせたような味がする。パイにするとほっぺたが落っこちそう。
・サルサをつくるお気に入りの具材――ピーマン、アナハイム・ペッパー、ポブラノ・ペッパー、玉ねぎ、トマティーリョ。
・ビーツ――赤と黄色。お手製のビーツスープは中西部一の自信作。
・カボチャ――夏カボチャと冬カボチャ。
・ジャガイモ――フィンガーポテトとレッド・ゴールド。

腕いっぱいの野菜をパティオのテーブルに置くと、わが家の蜂たちのために、二十リットル入りバケツにはちみつを入れて庭に出した。マニーも死ぬ直前に、蜂へのご褒美として、はちみつを用意していた。わたしはカヤックの置き場所を未練たっぷりに見つめた。いつになったら警察から返してもらえるのだろう。それに、もし返してもらっても、フェイの死体を思い浮かべずに、川下りができるだろうか。クレイとフェイがわたしのカヤックでけしからぬふるまいをしている場面は言うまでもなく。

ミツバチの奏でる音楽に耳を傾けていると、ブンブンというおなじみの羽音にかぶさるように、人の声がいくつか聞こえた。ロリ・スパンドルのかん高い声がひときわ耳についた。蜂よけの覆面布をつけた彼女が家をぐるりとまわってきた。そのすぐあとから、数人がぞろぞろとついてくる。

今朝これから、店のお得意さんを何人か失うことになるかもしれない、という悪い予感がした。

クレイが彼の家から出てきて、ポーチからこちらをうかがっている。P・P・パティ・ドワイヤーが敷地の境界にあるヒマラヤスギの陰にすっと身をひそめた。でも、彼女がロリの一行に加わらなかったことは、少しは褒めてあげないと。パティは生け垣から離れず、耳をそばだてていた。

「あなたも彼女とグルなの？」わたしはロリのほうにあごをしゃくりながら、スタンリー・ペックに声をかけた。スタンリーは一行のなかで頭ひとつ高く、身を隠すのが難しかった。当然ながら、ばつが悪そうだ。わたしは後ろまで目をこらして、頭数を数えた。全部で七人。それよりもずっと大人数に感じる。

「事態が手に負えなくなるといかんからな」と彼は言った。

ロリがきっと振り向いた。「だれが保安官になってくれと頼んだ？」

スタンリーはロリににらまれてもじもじしたが、それ以上は何も言わなかった。

「敵か味方か、はっきりしなさいよ」彼女は一行に——主としてスタンリーに向けて——そうつけ足すと、わたしに注意を戻した。「レイ・グッドウィンが昨日、配達中に蜂に刺されたわ」

「レイはいつから日曜も働くようになったの？」とわたしは訊いた。レイはたいてい週に二度、ときにはそれ以上、自分の都合に合わせて配達する。でも、日曜にやってきたことは一度もなかった。

「景気が悪いから」とだれかが言った。「贅沢は言ってられん」

「レイの配達の予定なんてどうでもいいじゃない」ロリはもどかしげに言った。「肝心なのは、彼が蜂に刺されたってこと。二度もね」

「スズメバチよ」とわたしは言った。

「彼女に言ってやって、スタンリー」ロリが腰に手を当てて言った。

「レイはそのあとうちにきたんだ」スタンリーは、わたしと目を合わさないようにしながら言った。「ミツバチの針には逆とげがついているよな。わしはその毒針を抜いてやった」

おやまあ。針が残っていたなら、この一件をスズメバチのせいにすることはできない。

「どこで刺されたって？」わたしは訊いた。

「カントリー・ディライト農場」とロリが答えた。「今日配達するリンゴを収穫してたそうよ」

カントリー・ディライト農場は町から三キロも離れていない。リンゴ、カボチャ、リンゴ酒といった秋の農産物が専門で、トウモロコシ畑の迷路や、干し草を積んだ馬車で農場をめぐるなど、秋ならではのイベントも行なっている。

「レイの姿が見当たらないけど」出しゃばりロリは自分の商売そっちのけで、レイの問題にかまけているようだ。「もし困っているなら、本人がくるべきよ」とわたしは言った。

「わたしたちはレイの代理なの」とロリは言った。「あなたの蜂は、この町と住人の生活を脅かしてるのよ」

「うちの蜂はカントリー・ディライト農場まで遠出しないわ」と、わたしはうそをついた。

「スタンリーはちがう意見みたいだけど」とロリ。

「いや、その、ロリに訊かれたから」わたしが彼に向けた目つきを見て、スタンリーはしどろもどろに言った。「ちょっと調べてみたんだ。ミツバチは三キロかそこらなら飛んでいくってな」

「この件はいますぐ対処しないと」とロリが言って、どこからともなくスプレー缶を取り出した。

人間はどこまで卑劣になれるのだろう。とりわけ、この愚かで、押しの強い、ロリという名の不動産仲介人は。「ミツバチに日中、薬剤をまくのは禁止よ」とわたしは言った。「昼であれ夜であれ、あなたにそんなまねをさせるつもりはないけど」

「へぇ、だから?」ロリはわたしの言葉を挑発と受け取り——そのとおりだけど——一歩前に出た。彼女がうちの蜂に殺虫剤を浴びせたら、何匹かは死ぬだろうが、残りは一丸となって襲いかかり、わたしたちは命からがら逃げるはめになるだろう。蜂たちがロリを殺さなければ、わたしがやる。

このひどい状況に終止符を打つため、わたしはロリを突きとばした。腕にかなりの力を込めたのは、彼女が勢いよく突進してきたせいだが、わたしも正直、ただ阻止するだけでは気がすまなくなっていた。野次馬がまわりを取り囲み、全員がロリとわたしを注視している。

まるで闘鶏になったような気がした。

ロリはよろけて後ろへ吹っ飛んだ。人指し指でちょっと突いたら、倒れかねない勢いで。そこで体勢を立て直したものの、覆面布が斜めにかしいでいた。それをかなぐり捨てると、丸顔がパティオテーブルの上の熟したローマ・トマトと同じ色になっている。射るような目つきでわたしをにらみつけた。

「下がって」ロリがまたしても襲いかかってこようとしているのを見て、わたしは警告した。

「だれか彼女を止めて。お願い」

みな金しばりにあったように、だれひとり動かない。

ロリがまっしぐらに向かってきた。スプレー缶をわたしの顔に向けて。気はたしか？　本気でわたしの顔に殺虫剤をまくつもり？　遅まきながら、彼女が動員した〝善意の人〟たちが行動を起こした。ロリが何をしようとしているかわかると、いくつもの手が彼女を押さえた。

「クレイ！」わたしは叫んだ。「警察を呼んで！」

「それにはおよばん」スタンリーがどなると同時に、銃声が響きわたった。みな凍りついたように動きを止めた。わたしの耳は両側からシンバルでたたかれたように、わんわん鳴っていた。二、三人はさっと地面に伏せた。何人かは両手で耳を覆い、啞然とした表情を浮かべ、口をぽかんとあけている。

わたしは何度かまばたきし、頭を振ってはっきりさせようとした。

スタンリーは装塡《そうてん》した銃を、これ見よがしに高く掲げていた。

「みんな帰るぞ！」と彼は言った。「ぐずぐずするな！　ほら、ロリ」

「ついてくるんじゃなかった」と、だれかがぶつくさ言った。「ロリがこんな手荒なまねをするなんて。ただの話し合いだと思ってたのに」

「町で銃を撃つのは禁止よ！」ロリがスタンリーにかみついた。「頭がおかしいんじゃないの？」そうは言いつつも後ずさりし、スプレー缶をしまった。それからわたしに指を突きつけた。「ストーリー・フィッシャーが先に手を出したのよ、みんなも見たでしょう。暴行罪で訴えるときは、証人になってもらうから」

「ストーリーは自分の財産を守ろうとしただけだ」とスタンリーが言った。銃はいずこともなく消えていた。「あんたのほうが訴えられなかったら、もうけもんだ。さあ、行くぞ！引きあげよう」

裏庭の招かれざる客たちはぞろぞろと出ていった。スタンリーだけがあとに残った。P・P・パティは生け垣の奥へ引っこんだ。きっと電話に飛びつき、ゴシップをばらまいているにちがいない。クレイが家に入るのが見えた。わたしを助けるために指一本上げようとせずに。彼はまたしても男を下げた。

ロリの覆面布が芝生に落ちていた。あわてて退却したときの忘れ物だ。わたしはそれを拾って、パティオのテーブルに載せた。

「あなたもこれでロリのリストに載ったわね」わたしはスタンリーに言った。「いったん目をつけられたら、とことんやられるわよ。わたしはそのせいで痛い目にあっているところ」

「かまわんさ。わしに手を出してみろ、どっちがしぶといか思い知らせてやる」

それを聞くなり、わたしは腕を広げてスタンリーに駆け寄った。彼が止めてくれなかったら、事態はどこまでエスカレートしていたかわからない。感謝のしるしにぎゅっと抱きしめていると、ハンターが犬のベンを連れて家の横手から現われ、ぴたりと足を止めた。わたしはまだスタンリーに熊のように抱きついていた。彼の肩ごしに、ハンターが後ずさりし、引き返したそうなそぶりを見せたが、もう手遅れだった。

わたしはスタンリーから体を離した。ハンターはどう思っただろう。人の恋路をじゃました、とか？　スタンリーはわたしよりずっと年上だ。それにここが肝心だが、まったく好みではない。

ところが、やってきたのはハンターとベンだけではなかった。ＣＩＴの残りの面々が彼のあとからぞくぞくと現われ、さらにジョニー・ジェイが家の反対側にのっそりと現われた。うちとクレイの家を隔てている私道のところだ。

来るべきものがきた。ずっと恐れていた瞬間だ。彼らはわたしを逮捕し、刑務所に送りこむつもりだ。うちのミツバチたちはロリのスプレー缶の前に無防備な姿をさらすことになる。わたしのみじめな人生もこれで一巻の終わり。

「こんなに大勢で乗りこんでくる必要はなかったのに」わたしはハンターにぽつりと言った。表情ひとつ変えずに。「騒いだりしないわよ」

「これが通常の手順なんだ」ハンターは深刻な表情で答えた。犬に目をやると、いつでも飛びかかれる態勢を取っている。取りすぎかもしれない。この犬をけしかけられるのだけはごめんこうむりたい。

わたしは両手を高く掲げた。犬が落ち着いてくれるのではないかと思って。降伏を表わす世界共通の身ぶりが、どうか犬にも通じますように。

「銃声はどこから聞こえた？」とハンターが言った。わたしがスタンリーを盗み見ると、彼もまた腕を上げた。

「暴発したんだよ」スタンリーは不法行為を認め、白状するつもりでそう言った。

「家のなかからじゃなかったんですね？」

「むろん、ちがう」とスタンリー。彼は法執行官たちをぐるりと見渡した。「たかが銃弾一発のために、雁首そろえてやってくることもなかろうに」

ハンターは首を振り、いぶかしげに眉をひそめると、わたしたちの高く掲げた両手に青い目をちらりと走らせた。

「家のなかで待っててくれ、ストーリリー。あなたもです、スタンリー」

そこで、わたしはようやく気がついた。ＣＩＴの面々が注意を集中しているのはスタンリーとわたしではなく、クレイの家だった。

「これはなんのまね？」わたしは腕を下ろして、思いきってたずねた。

「いまから、きみの元亭主を逮捕する」とハンターが言った。「さあ、家に入ってください」

14

肝心なのは気の持ちようだ。前向きな考え方もそう。とはいえ、いまのわたしには、どちらも少々難しかった。さまざまな感情が入り乱れて、収拾がつかない。まず、刑務所行きを免れてほっとしていた。ひどい日焼けの最終段階のように、ようやく癒えはじめた恐怖が、肩からぽろぽろとむけてきた。手錠をかけられて連行され、やってもいない罪で告発されるのは絶対にごめんだ。それでも元夫が殺人を犯したと考えると、それに、ガマの茂みから見えぬ目で現われたのがわたしだったかもしれないと思うと、胃が締めつけられるように痛んだ。

別れた夫が恋人を殺した。彼が他人に暴力を振るうような人間ではないというわたしの勘は、ものの見事にはずれた。

彼を見かぎるのはまだ早いとわかっているけど、どうしようもない。アメリカでは被告は有罪と立証されるまでは無罪というのが建前だが、人びとの心証はそうはいかない。現実には無罪と証明されるまでは有罪で、しかも無罪を勝ちとるのは運しだい。

ジョニー・ジェイとハンターは速やかにクレイを逮捕し、パトカーに乗せて連れ去った。

そのあとべつの専門家チームが手袋をはめ、備品を入れた箱を抱えて家に入った。

「証拠を捜してるんだな」スタンリーが窓からのぞいて言った。

「そろそろ、出かけるわよ」余計なことをして、ジョニー・ジェイの注意を引くのはまずい。警察長がクレイとわたしの共犯を疑っているというクレイの言葉を、わたしは忘れてはいなかった。ようやくひとつ、前向きな考えを思いついた。今日は町じゅうクレイ逮捕の話で持ちきりで、わたしやうちの蜂はお目こぼしにあずかれる。蜂たちの身はとりあえず心配ない。捜査のさなかに、うちの裏庭に忍びこもうとする者はいないだろう。

おもてに立っていた警官たちは、わたしとスタンリーが出ていくのを制止しなかった。彼らから見れば危険はもうない。けれども、メイン通りとヤナギ通りの角の人だかりを見て、わたしたちは急いで引き返し、モレーン自然植物園の裏をこそこそと通り抜けた。わたしは店に向かい、スタンリーは自分の車で走り去った。

歩道から〈ワイルド・クローバー〉のステンドグラスの窓を見上げると、信者たちが教会に集まって、賛美歌を歌っていた時代を思い返した。尖塔の鐘の音が聞こえたような気がした。

レイ・グッドウィンのトラックが止まったので、足早に近づく。

「まだ、だれもきてないのよ」自分の声が心なしか震えているように聞こえた。「わたしでよければ、荷下ろしを手伝いましょうか?」

「いいや、大丈夫」とレイは言いながら、リンゴの木枠を配達トラックから勢いよく下ろして、手押し車に載せた。

「配達をもっと遅い時間、たとえば三時以降にしてもらえたら、双子がたいていいるんだけど」

「大丈夫だって。通りの先でなんかあったのかい？」

「ついさっき、別れた亭主が恋人殺しで逮捕されたの」

「なんとまあ」レイは黙りこんだ。わたしたちと同様、言葉を失っている。

わたしはレイの頭の横、目のすぐ脇が腫れているのに気がついた。

「蜂に刺されたんだって？　痛そうね。すぐに氷で冷やした？」

レイはそろそろと指でさわった。「もちろん」と言ったが、あやしいものだ。

「重曹を水で練ったものがよく効くわよ」養蜂家は蜂刺されの特効薬をいろいろ知っている

――食肉軟化剤を水で溶いたもの、生の玉ねぎ、アンモニア、歯磨き粉もびっくりするくらい効果がある。

「指もやられた」と、レイは刺された跡を見せた。ほとんど腫れていなかったが、指を刺されるとものすごく痛い。わたしにも覚えがあった。

「スタンリーにどうやって毒針を抜いてもらったの？」ロリとの大立ち回りやクレイの逮捕のあとだけに、本音をいえばどうでもよかったけど、ひとりでいるとろくなことを考えないに決まってる。

「どうしてそんなことまで？　この町じゃ一日じゅう人のうわさをするほか、やることがないのかね」

「まあまあ。彼がどんな方法を使ったか教えてよ」

「とげ抜きだよ」とレイは言って、リンゴの箱を積み上げる作業に戻った。

「それがいけなかったのよ」とわたしは言った。「毒針をつまんで抜こうとしたから、まだ残っていた毒液をさらに注ぎこんでしまった。この次は、こんなふうにこすってみて」わたしは親指の腹で毒針を払い落とすまねをした。「クレジットカードでこそげ落としてもいい」

「この次がないことを祈るよ」とレイ。

「何をして蜂を怒らせたの？」わたしはそう訊かずにはいられなかった。ロリはクレイの家に忍んでいく途中、わたしの養蜂場でドタバタ動きまわって蜂たちを怒らせたのだが、レイも同じようなことをしでかしたにちがいない。

「べつに何も。蜂をかばうのもいいかげんにしろよ。蜂はときどき、人間にはわからない理由で刺すこともあるんだろ」

わたしは答えなかった。痛いところを突かれたからだ。そこで、話題を変えることにした。

「ロリ・スパンドルと最近話をした？」

「いいや、どうして？」

「あなたが蜂に刺されたのが、彼女にとっては願ってもないタイミングだったから。ロリは町の人たちを焚きつけて、うちの蜂を退治しようとしているの」

「おれはあんたの蜂には何の文句もない」とレイは言った。「もし役に立つなら、ロリと話して、全然たいしたことじゃないと言っとくけど」

わたしはうなずいた。「助かるわ」と言ったが、正直なところ、何をしようとあの女の勢いを止めることはできないと思っていた。

レイとわたしは裏口に一緒に向かった。キャリー・アンはレジにもたれて、携帯をかけていた。「じゃあ今晩。それと、どうもありがとう、ハンター」と言うのが聞こえた。

「おはよう」と声をかけたが、ハンターのことを考えると、いまだにばかげた喪失感で胸がうずいた。こんなことなら、彼の口説きにもっとまえに気づいて、それに応えていればよかった。彼とわたしの従姉がつきあうようになるまえに。

「あれ、どうしたの？」キャリー・アンが尻ポケットに携帯をしまいながら訊いた。「今日は休みじゃなかったっけ」

わたしはそれとなく空気を嗅いだが、煙のにおいはまったくしなかった。

「むしゃくしゃした気分を仕事で発散しようと思って。ジョニー・ジェイがクレイを逮捕したの」

「そのことなら聞いた。パティが電話をかけまくって、ニュースを広めてるわよ。熱々のポップコーンにかけたバターみたいに」キャリー・アンの目に、やけを起こしたような奇妙な色が浮かんだ。「とんだことになったわね。あんたも気の毒に」

「そっちはどうなの？」とわたしは訊いた。

「禁煙をつづけるのはそろそろ限界かも」

「そんなことないって」

「忙しいと気が紛れるんだけど。ちょうどよかった、お客さんがきたわ」

わたしはキャリー・アンを彼女の悪魔のもとに残し、レイが頼んだとおりの場所にリンゴを置いてくれたかどうか確認した。それから仕事に取りかかり、リンゴを見栄えよく並べながら、他人の悩みから気持ちをそらそうとした。九月に収穫されるコートランド、ガラ、マッキントッシュ、ジャージー・マックといったリンゴが入荷した。来月になれば、レイはハニー・クリスプ、スパルタン、エンパイアなどを配達するだろう。いまのはほんの一例だけど。

ミリーが店にきて、ヤマブドウをきょろきょろと探している。そういえば、店のお便りに載せる新しいレシピ用に、わたしが摘んでくると約束したのだった。

「うっかりしてた」とわたしはあやまった。「ごめんなさい。ほかのことに気をとられて」

「そうでしょうとも。クレイの逮捕のことは聞いたわ」ミリーは買い物かごを手に取り、コートランドを品定めした。「あなたも大変ね。何か手伝えることはない？」

「平気よ。もう結婚してるわけじゃなし」やれやれ、ありがたい。

「このリンゴ、おいしそうね」

「そうでしょ。ねぇ、あとしばらく待ってもらえるなら、これからヤマブドウを摘んでくるけど」

「いいわよ。じゃあぶらぶらして、逮捕についてのうわさ話をたっぷり仕入れることにするわ」と言ってレジに向かった。そこではキャリー・アンと客がかぎられた情報をもとに意見を交換していた。

わたしはおやつ用においしそうなリンゴを選び、事務所からビニール袋を取ってきて、ドアから出ようとしたところで、キャリー・アンがクレイの浮気癖についてしゃべっているのが聞こえた。

「いまなんの話をしてたの？」二歩後戻りしたところで、客がサリー・メイラーだとわかった。わたしがジョニー・ジェイから取り調べを受けたすぐあと、通信指令室にいた女性だ。サリーが言うには、ジョニー・ジェイはわたしがプロムの誘いを断わったことを、いまだに根に持っているらしい。わたしは問題の根っこはもっと深いような気がするけど、思い過ごしかもしれない。ジョニー・ジェイは深みのある人間ではないから。

「ごめん、聞こえちゃった？」キャリー・アンがわたしにあやまった。「あんたの前では、元旦那の悪口を言わないようにしてるんだけど」

「そもそも」とサリーが言った。「わたしが警察の捜査について話せないことを、キャリー・アンは心得てるわ。ジョニー・ジェイに知られたら、その場でクビだから。じゃあまたね、おふたりさん」

わたしはレジにひとけがなくなるまで待って、キャリー・アンを問いつめた。「わたしの知らないことがあるなら、教えてよ」と迫った。

「あんたが何を知らないか、あたしが知るわけないでしょ。だから何をしゃべったらいいのかもわからない」

「わたしたちが別居中に、ロリ・スパンドルとクレイが火遊びをしてたのは知ってるわ」

「町じゅうがね。ロリのご主人グラントをのぞいて。あの女は小学校のときからずっと、あんたの男を追いまわしてきたじゃない」

それは事実だった。ロリは十二歳のころから胸が大きくて、わたしのボーイフレンドにひとり残らず見せつけたものだ。

「それに、クレイがいやというほどわたしを裏切ったことも」わたしは自分の好奇心を後悔しはじめていた。「もし過去の話なら、やっぱり知りたくない」

「あんたたちが別れてからのことだと思うけど」

わたしの好奇心をこれほどそそるものはなかった。「だれなの？」

「だれでもない。へんなことを言いだしてごめん」

「そんな、いまさら」

「だから、だれでもないって」

「クレイはモレーンの女をだれかれかまわず追いまわしてた。あなたが何を言おうと驚かないから」

「あたしも一度言い寄られた」キャリー・アンはそう言ってから、はっと口を押さえた。「引きこもるとろくなことはないのよ」と押さえた指のすきまから言った。「でも心配しないで、何もなかったから。あたしたち従姉妹なんだし。そんなのはまちがってる」

「じゃあ、だれなの？」わたしは〝ごまかされないわよ〟という目で彼女をにらんだ。「わたしに気をつかう必要はないわ。ちなみに、クレイはそんなこと一度もしてくれなかった」

「そこまで言うんなら。うわさによると、相手はグレース・チャップマンよ」

「グレースとクレイが？」わたしは控えめで目立たないグレースを思い浮かべた。「ほんとに？」

キャリー・アンはうなずいた。「それがいま巷《ちまた》で流れてるうわさよ。そんな目で見ないで。言いだしっぺはあたしじゃないし、それが事実かどうかも知らない。あたしに怒らないでよ」

「そんなこと、これっぽっちも信じない」わたしは言い放った。

でも、信じていた。

15

クレイとグレースが！　わたしはこの問題をべつの角度から見てみることにした。グレースがマニーを裏切っていたと信じるのはそれからでも遅くない。まずは、彼女の夫であり、わたしの友人からだ。マニーは家庭のことはあまり口にしなかったが、言葉のはしばしから察するに、夫婦仲はよさそうだった。実際、マニーがグレースの悪口を言うのは聞いたことがない。

とはいえ、クレイはたしかに魔性の男で、本人がその気になれば、これまで異性にちやほやされたことのない地元の女をなびかせるのは朝飯前だろう。でもグレースは尻軽には見えないし、わたしの知るかぎり、クレイの本性をまだ知らない女はこの町にはひとりもいない。

小さな町のゴシップはささいなひと言から始まり、あれよあれよというまに尾ひれがついてまったくちがったものになる。わたしにも経験があった。とくに元夫のようなタイプは、そもそもの最初から、とびきりおいしいネタを提供してきた。

考えれば考えるほど、そんなうわさを信じるのがばかばかしくなってきた。

さっさと忘れて、何も聞かなかったことにしよう。あのおかたいグレースがそんなことをするはずがない。マニーを裏切るなんてありえない。

ヤマブドウは木の枝のようにごつごつした多年生のつるを道路や牧草地のへりに沿って伸ばし、立木にからみつくようにして上に登り、実を鈴なりにつける。わたしは自宅の裏から草をかき分けながら下流へと進み、川っぷちの奥にある穴場にやってきた。ヤマブドウはカシやカエデなど広葉樹や紅葉したウルシの木に巻きついて、六メートルもの高さまで伸びていた。

ミリーに必要と思うだけのブドウの房を摘みおわると、川岸の大きな岩に腰かけて足を水にひたし、リンゴを食べ、まわりの自然を眺めながら、頭を空っぽにした。それにはいくらか努力が必要だったけれど。

もうしばらくのんびりしたあとで、ミリーがまだ〈ワイルド・クローバー〉で待っているにちがいないと思い出した。そこで、だれかしら運のいい動物のおやつ用にリンゴの芯を投げ捨て、急いで店に引き返したところ、おばあちゃん、母さん、それに妹が店に入っていくのが見えた。これはまずい。隠れなければ。三人そろってのお出ましとは、よくないことにちがいない。

「いまこそ家族の出番よ」と母は言った。わたしがブドウの入ったビニール袋をミリーに渡したあと、母さんは家族全員を事務所に呼びつけてドアを閉めきった。「あなたがこの危機を乗り越えられるように、みんなで支えるわ」

わたしはホリーにちらりと目をやった。妹はうつむいたまま視線をそらしている。かすかに首を振ったのは、図書館から発信されたタレコミの件はまだ口外していない、という意味だろう。

「あんないい青年が人を殺《あや》めたなんて、信じられないねえ」とおばあちゃんが言った。いつでも他人の最良の面を見ようとするのだ。その人間にいい面があろうとなかろうと。

「クレイが犯人に決まってるじゃありませんか、お母さん」母が苛立ちをにじませて言った。

「いい青年だなんて、よくもまあ！　うちにはいい迷惑ですよ。いまさら手遅れかもしれないけど、なんとか家名を守らないと」

「うわさはそのうち下火になるわよ」とわたしは言った。「いまはクレイが逮捕されたばかりだから町じゅう大騒ぎだけど、いずれ落ち着くわ。もう少し様子を見ましょう」ただし、それは彼の不謹慎な言動がひとつ残らず暴かれ、微に入り細をうがって分析されてからの話。それが終わると、動機について諸説飛びかい、やがて人の心に疑惑が深く根を下ろす。「どうせ、もう赤の他人だし」

「こんなときこそ、家族は一致団結しないと」母さんはさらりと言ってのけた。「ホリーが店を手伝うから」それは、妹をお目付け役にするという通告にほかならない。わたしがこれ以上ごたごたに巻きこまれて、家名に泥をぬらないように。

「ご心配なく。いまのままでなんの問題もないから」とわたしは言った。「ホリーに手伝ってもらわなくてもけっこう」

「そうはいきません」母さんは有無を言わさぬ口調で言った。「ホリーはお金を用立てているんだから、クレイの持ち分はこの子のものよ。わたしは契約書を読んだの。融資したお金が戻ってくるまで、ホリーは自分がいいと思う方法で投資物件を守ることができる。そこで経営に参加するという道を選んだの。そもそも店がここまで大きくなったら、ひとりで切り盛りするのは大変でしょう」

「あんたの意見は？　ホリー」わたしは妹に気骨のあるところを見せてもらいたかった。そういえば融資の契約書はどこにしまったのだろう。あんな細かい文字を全部読む人がいるなんて。

「契約書の内容は母さんの言うとおりよ」とホリーは言った。「マックスはこのところ出張つづきだから、姉さんの店で働かせてもらえたら嬉しい。それに、マニーの養蜂道具を買い取って、はちみつ生産に本腰を入れるつもりなら、いままで以上に手助けがいるんじゃないかしら」

ホリーは目配せをして、意味深長な賄賂を申し出た。つまり、マニーのはちみつ小屋を買い取るのに必要なお金を妹が用立てる代わりに、わたしのほうは生きがいを提供する。商売は順調なので、借金はそのうち返済できるだろう。そうなれば妹とわたしは五分と五分に戻り、その先のことはいずれまた考えたらいい。暗黙のうちに立てられた計画は、まんざら捨てたものではなかった。

それに妹も打ちこむものがあれば、略語だらけのしゃべり方も少しはまともになるだろう。

「それにしても、おまえたちふたりは、ほんとに器量よしだねぇ」とおばあちゃんが言った。「キャリー・アンに頼んで、家族写真を撮ってもらおうよ」おばあちゃんは小型のデジカメを取り出し、わたしたちはぞろぞろと部屋を出た。

そのあとみんなで計画を立て、わたしもそれを了承した。負けを認めるのはしゃくだけど、母さんの言うとおりだ。客足が増えたので、一日の大半は、店員がせめてふたりいないと間に合わない。わたしたちは平日の勤務表を決めた。まず、キャリー・アンとわたしが朝の十一時まで店番をする。なにしろ、ホリーは結婚してから日の出を拝んだことがないので。それから妹とわたしで午後三時まで働き、そのあとは双子に引き継ぐ。週末どうするかはまだ決めていないけど、二、三日のうちにはつめるつもりだ。

ホリーはうきうきとキャリー・アンのあとをついてまわり、レジの使い方を教わった。母さんとおばあちゃんは例によって、家までどちらが運転するかでもめている。勝ったのはまたしてもおばあちゃんで、家族のなかでただひとり、母さんとの対決に勝てる人間だと証明し、車はいつもどおりのろのろと通りへ出ていった。クラクションが鳴り、腹を立てた男が耳をふさぎたくなるような言葉を叫んだ。

ホリーが何ごとかとそばにきた。「おばあちゃん、そのうちに事故を起こすわよ」

「でも、本望じゃない」

「IK（かもね）。BTW（それはそうと）、あのタレコミのことが心配で、昨夜は一睡もできなかった。クレイが逮捕されてひとまずほっとしたけど。でも、姉さんの容疑はすっかり晴れたのかしら。eメールの件はどうなった？　クレイのしわざだと思う？　もしそうなら、さっさと自白したらいいのに」

「ホリー、グレース・チャップマンに人が殺せると思う？」

「なにそれ？　彼女がフェイを殺したってこと？」

そこまでは考えていなかった。「どっちかというと、マニーのほうだけど」

「冗談でしょ。どうしてグレースがご主人を殺さなきゃならないの？」わたしがそれをほのめかしただけで、ホリーはあっけに取られていた。「それにどうやって？」

「彼女がスズメバチの巣を捕まえて、送風機を使ってマニーを襲わせたとしたら？」われながら無理があると思えたが、これまでにない視点だし、可能性もゼロではない。「グレースならマニーを母屋からも車からも閉め出すことができた。つまり、マニーは身を隠す場所がなかったの。スズメバチは獲物を追いつめるまであきらめないのに」

「そのあいだグレースはどうしてたの？　なんで刺されなかったの？」

答えがひらめいた。「防護服を着てたのよ」

「グレースって、あの地味で、やぼったくて、もったいぶった人よね？」

「まあ、そんなところ」

「じゃあ、動機を思いついたら教えて」

「ホリー、じつはクレイとグレースが不倫をしてたといううわさがあるの」

「うっそぉ！」

わたしは自分の知っていることをホリーに話した。まったく根拠のない、ただのゴシップにすぎなかったけれど。

「人の話をうのみにしちゃだめよ」とホリーにたしなめられた。わたしも初めて聞いたときはそう思ったのに。

「そうよね。グレースとクレイなんて想像もできない」

「絶対にありえないわ。たちの悪いうわさ話よ。放っておきなさい」

「わかった」

「そもそも、姉さんは事件とは距離を置く約束じゃなかった？」

「ごもっともです」


わたしはトラックでホリーヒルに出向き、ハンターの自宅を探した。どうか家にいますように。ホリーヒル聖母教会のそばを通りすぎた。カルメル会が運営しているカトリック教会で、ウィスコンシン州の南東部で一番標高の高い場所にそびえている。敬虔な信者たちが神聖な礼拝堂に詣でる一方、週末には何百人もの観光客が敷地内でピクニックを楽しむ。

教会の前を通りすぎてフリース・レイク・ロードに入り、道路沿いの郵便受けをひとつひとつ確かめながら、キャリー・アンがナプキンの裏に走り書きした住所と一致するものを探した。ほとんどの家はくねくね曲がった長い私道の奥にあり、松の木やこのあたりに自生している低木の陰に隠れている。キャリー・アンの書いたものと同じ番地があったので、なかに入っていった。

ハンターのトラックとハーレーが、木立に囲まれた小さなログハウスの隣に止めてあった。ウィスコンシンはハーレーの本拠地だ。ハーレーダビッドソンのすばらしいオートバイはここで製造されている。

九月の午後の木洩れ日を浴びながら、わたしはその家に近づいた。薪の燃えるにおいがあたりに漂っている。きらりと光る犬の目が、網戸の内側からわたしをじっと見つめていた。警戒し、油断なく身構えている。

「こんにちは、ベン」名前を呼んだら緊張をといてくれるかと期待して、声をかけた。尻尾を振ってもらえたらしめたもの。ひと声かふた声なら、吠えられてもがまんしよう。でもベンは何かを待ちかまえているように、黙りこくってわたしを見つめていた。

「やあ、ストーリー」ハンターが家から出てきた。ジーンズを腰ばきにし、シャツを頭からかぶりながら。鍛えた筋肉と引き締まった体がちらりと見えた。「どうした?」

「留守じゃなくてよかった」

「遅めの昼食を取りに、家に寄ったんだ」ハンターはわたしの肩に手をのせた。「よかったら一緒にどう?」

「いいわね」と言いながら、お腹がぺこぺこなのに気がついた。「でも、外で食べない?」

「入ってこいよ、こいつは噛んだりしないから」ハンターは網戸を開けて、わたしが入るのを待っている。ベンはそこでドアの番をしていたが、舌なめずりもせずにわたしを通してくれた。

「郡のK9係に異動したんですって？」

「ああ。願ってもない異動だよ。ベンは相棒で、ふたりでチームを組んでほかの犬の訓練に当たっている。ぼくはこの仕事が気に入ってるんだ」ハンターはわたしをキッチンに案内した。内装は赤みがかった木と柔らかな革で統一されていて、いかにも野外生活を愛する男の住まいだ。

「すわって」ハンターはデリの包みを持ち上げた。「スモークターキーでいいかい？」

わたしはうなずいて腰を下ろし、そのあいだに彼はおいしそうなサンドイッチをつくってくれた。

「ジョニー・ジェイがクレイを逮捕したからには、証拠がたっぷりあったんでしょうね」と、わたしはサンドイッチを一口かじりながら言った。

ハンターはうなずいた。「充分だろうな。アリバイがないし、おまけに指紋がきみのカヤックにべたべたついてた」

それはあのふたりがカヤックで寝たからよと言いたかったが、考えてみれば、自分の指紋がついている理由を説明するために、クレイがでっちあげたうそかもしれない。

「彼はもう罪を認めたの？」わたしはもうひと口頬ばりながらたずねた。

ハンターはサンドイッチの材料を片づけて、テーブルについた。

「ひと言もしゃべらない。弁護士を要求したほかは」

「抜かりないのね。わたしでもそうするけど」けれどもそれは取りもなおさず、クレイがわたしを陥れるためについたうそをまだ認めていないということだ。

ハンターはにやりとした。

「きみが相手なら自供を取れるんだがな。足をくすぐればいいんだから」

「よく覚えてるのね」わたしは足に関しては、ものすごく敏感なのだ。十代のころ、ハンターとくすぐり合いをして、あやうくお洩らししそうになったのは一度や二度ではない。

「覚えてるのはそれだけじゃない」と彼は思わせぶりに言った。わたしは赤くなるまいとし、ハンターがわたしの反応をじっくり見ていたにもかかわらず、なんとか赤面せずにすんだ、と思う。

「フェイのもう片方のイヤリングは見つかった？」と話題を変えた。

ハンターは首を振った。

「川沿いの茂みにはなかった。ダイバーたちも見つけられなかった」

「クレイの家には？」

「いや」

「クレイはどこに勾留されてるの？」

「ウォーキショー刑務所だ」ハンターは頬をゆるめた。「ぼくから情報を引き出しにきたのかい？」

「じつは相談したいことがあって」

どこからどう始めたらいいのかわからなかったので、前置きなしで、思いつくまま話しだした。

「だれかがジョニー・ジェイに告げ口したの。わたしたちがフェイの死体を見つけた日のまえの晩、わたしとフェイがうちの家の裏で言い争ってたって」とひと息に言った。「それはうそよ。わたしはあの晩、彼女と会ってないもの。でもたしかに、暗くなってから外で大きな声が聞こえた。それなのに、わたしはそのことをジョニー・ジェイに言わなかったの。いまさら言ったところで、作り話をしてると思われるだけ。おまけに、クレイが逮捕されるまえに言ってたわ。警察長は、わたしと元夫が共謀してフェイ・ティリーを殺したと考えてるって」

「全部話してくれないか。最初から順を追って」

わたしはそうした。フェイとクレイに関して知っていることはひとつ残らず。

話が終わると、ハンターはわたしの目を長々と見つめた。それから机の上に重ねた自分の手に視線を落とした。どうやらご不満らしい。わたしは下唇を血が出そうなくらい強く噛みしめた。彼はようやく口を開いた。

「彼女の死体を発見したとき、どうして悲鳴のことを話してくれなかった？」

「ジョニー・ジェイがタレコミのことを言うまで、思い出しもしなかったの。気がついたときにはもう手遅れだった」

「フェイが殺されたのは、金曜の深夜から土曜の早朝にかけてだ。きみが耳にした悲鳴は犯行時刻の特定に役立つ。重要な情報なんだ」

「夢を見たと思ったのよ」わたしはぼそぼそと言った。

またしても長い沈黙。昔はハンターのそういうところが好きだった。ただ一緒にいるだけで、無理に沈黙を埋めなくてもよいところが。いまではそれほど確信が持てなかったけれど。

「事実を話すのに手遅れということはないさ」ようやく彼が言葉を継いだ。

わたしは同意しかねた。そうでない場合もあるのではないだろうか。

「わたしをはめようとしたのはクレイだと思う？」

「いまの時点ではなんとも言えない」とハンター。

「フェイはなんで死んだの？」とわたしは訊いた。「刺し傷とか目立った傷は見えなかったけど」

「顔を水に押しつけられて溺死した。いまのところ極秘なんだが」

なんて恐ろしい。川のなかで空気を求めてあがいていたフェイを想像すると、わたしまで息苦しくなった。

「ずっと押さえておくには、力のある男でないと無理よね」とわたしは指摘した。「クレイはヘビー級とはいえない」

「頭部の傷は平たいもので殴られたことを示している。おそらくパドルじゃないかな。そのあと水中に沈められた」

「まあ」

「ジョニー・ジェイはきみが情報を隠してたと知ったら、頭にくるだろう」とハンターは言った。

「だからここにきたんじゃない。助けてくれる？」

「奇跡は起こせないけど、できるだけのことはするよ。自分から出頭するのが一番だろうな」

「そうする。でも、少しは取りなしてね」

ハンターの目が和らいだ。「きみがこの窮地から、できるだけ早く抜け出せるようにしよう」彼はテーブルごしに手を伸ばし、わたしの手を包みこんだ。からみ合った指先から、電気がぴりっと流れるのを感じた。

ついでハンターはやさしく愛撫するようにわたしの顔に触れた。この先に何が待っているかは言わずと知れたこと……。ところがあと一歩というところで、残念ながらキャリー・アンのことを思い出した。

わたしははじかれたように立ち上がった。未熟なわたしは、ハンターもすみにおけないと感じていた。でも大人のわたしは、ハンターのふるまいはクレイとたいして変わらないと見抜いていた。従姉とつきあっていながらわたしを口説くなんて、どんな言い訳もできない、まさかお忘れじゃないでしょうね。

「ばかにしないで！」わたしは毒のある言葉を投げつけた。蜂のひと刺しのように。

ハンターの顔にあっけに取られたような驚きの表情が浮かんだが、わたしはこの場にとどまってじっくり話し合うつもりはなかった。ったく男ときたら、どいつもこいつも！　この世にはもう、まともな男はひとりも残っていないのだろうか。

わたしは家を飛び出し、車を方向転換しようとして、あやうく彼のトラックにぶつけそうになった。ぶつけたところで、わたしの錆びたトラックは痛くもかゆくもないけど、ハンターには思い知らせてやれただろうに。

〈ワイルド・クローバー〉が見えてきたころには頭も冷えて、自分がばかなふるまいをしたことがわかった。どうやらクレイの浮気による心の傷は、思っていたよりも深手だったらしい。

16

キャリー・アンは火のついていない煙草をくわえて、店の外にあるベンチにすわっていた。わたしを見てあわてて抜き取り、手のなかに隠した。

「火をつけようとしたわけじゃないの」わたしの目がその動きを追っているのを見て、キャリー・アンは言った。「このとおり。なんなら身体検査をする？　ライターも持ってないんだから」と立ちあがったが、わたしの頭にあるのはべつのことだった。

かなりの車が路上駐車している。ということは、店はそうとう忙しいはずだ。

「なかは、ホリーひとりなの？」

キャリー・アンは、わたしが煙草のことで小言をいう気はないと見抜いたようで、煙草を口の端に戻すと、そのまましゃべりだした。

「あの子はレジ打ちの天才よ。それに、あたしもひと息つきたかったし。ずっと働きづめというのは慣れてなくて、ときどき一服したくなる」

「お客さんがずいぶん多いのね」ずらりと並んだ車を見渡しているうちに、祖母の車がすぐそばに止まっているのを見つけた。ああ、そうだった。

毎週月曜日の午後は、お年寄りのグループが昔の聖歌隊席でカード遊びをするのだ。店を地域の行事に利用してもらうというのは、当初から計画していた。この店を第二のわが家と思ってもらえたら嬉しい。

「今日はなんのゲーム？」と訊いた。

「シープスヘッド」とキャリー・アン。「いつもどおり、家が三キロ離れていようが二軒先だろうが、全員車で集合よ。店も込んでるけど、人手が足りないってほどじゃない」

シープスヘッドはウィスコンシンを代表するカードゲームで、ここに入植したドイツ系移民が持ちこんだ。シープスヘッドを知らないようではもぐりだ。お年寄りたちにも一番人気がある。ちなみに、ラミーがわずかの差で二番。

キャリー・アンは煙草を口から抜き取ると、物欲しそうに眺めてからふたたびくわえた。

「今晩の定例会で決まるんでしょ。準備はできた？」

「もうばっちり。応援にきてくれる？　あなたの一票が必要なの」

「悪いけど、先約があるの」

「ハンターも連れてきていいから」

キャリー・アンの口があんぐりあいて、煙草が下唇の端からぶら下がったが、すぐに舌先で器用に押し戻した。プロのお手並みだ。「どうしてそれを知ってるの？」

「見ればわかるわよ」とわたし。

「そう？」

わたしはうなずいた。

「だれにも言わないで、お願い」

「K」と、妹の口まねをした。「わたしたちふたりの秘密よ。それで、今晩きてくれるの？くれないの？」

「行かない」とキャリー・アン。

どうしてあんなまねをしたのか自分でもわからないが、体の奥で荒れ狂っていた感情、怒りやら苛立ちやらのせいにちがいない。わたしは手を伸ばして彼女の口からぶら下がっていた間の抜けた煙草を引き抜くなり、ふたつにへし折った。ついでその手に残骸を押しつける。

「好きにして」と言い残して、すたすたと店に入った。

振り返らなかったが、キャリー・アンが背後でまくしたてているのが聞こえた。

「あら、姉さん」ホリーは晴れやかな笑顔を見せた。「レジのコツがわかってきたの。わたしって天才かも」

さんざんな一日にもかかわらず、わたしはどうにか笑顔をこしらえ、レジに並んでいるお客さんに挨拶した。気を取り直して、ちょっとした言葉を交わす。

笑い声が上のほうから降ってきた。ゲームが盛りあがっているようだ。店にはステンドグラスのまばゆい光があふれている。ミリーの花束はカウンターのすぐ隣にあり、お客さんたちはあたりに漂う甘い香りにつられてつい手を伸ばす。売り場に並んだトウモロコシやキイチゴや色とりどりのカボチャは、さながら幸福と豊穣を絵に描いたようだ。

「ストーリー、尻振りダンスをやってみようよ」キャリー・アンがレジのところにやってきて言った。

「はぁ？」レジに並んでいた最後の客を送り出しながら、ホリーが首をかしげた。

「ストーリーの蜂たちは新しい花粉のありかを見つけると、ダンスをするのよ」とキャリー・アンは言った。「そうよね、ストーリー」

「外勤蜂が新しい花粉源を発見したら」とわたしは説明を始めた。「その蜂は巣に飛んで帰って巣箱にもぐりこみ、ちょうど8の字を描くようにダンスをする。その動きによって、ほかの蜂たちに新しく見つけたお花畑の位置を正確に伝えるの」

「こんなふうにね」キャリー・アンはお尻を突き出し、左右に振ってみせた。彼女が尻振りダンスのことを知っているのでびっくりしたけど、そういえばキャリー・アンが店番をしていたとき、ミツバチの尻振りダンスをこの目で見たと息せき切って店に駆けこみ、実際に踊ってみせたことがあった。キャリー・アンはそれを覚えていてくれたのだ。気分転換にちょうどいい。

ホリーもまねをしてお尻を振った。三人の姿は、窓から店をのぞいた人や、店にいるお客さんたちには滑稽に見えたにちがいない。でも、わたしたちはそんなことにはおかまいなくお尻を振り振り通路を練り歩き、最後には大笑いして、この世もまだまだ捨てたものではないという気分になった。

それから数分後、わたしは事務所の小さな机に向かい、やるべきことを順番に書き出した。

意外にも、最初にあがった項目は一番気乗りしないものだった。潜在意識のなせるわざかもしれない。できあがったリストは――

・グレースとクレイのうわさはかなり広まっている。グレースはほんとうにマニーを裏切ったのだろうか？　もしそうなら、いつ、どこで？
・マニーを殺したのがスズメバチだと証明する。検死官による正式な解剖がなければ難しそうだけど。
・マニーの巣箱を持ち去った養蜂組合の会員、ジェラルド・スミスを見つけ、巣箱を返してもらう。
・それがうまくいけば、八十一個の巣箱を運搬する方法と、町の人たちがまだミツバチを敵視している場合には、保管場所も考えなければならない。
・グレースと交渉してマニーの養蜂道具を譲ってもらう。ホリーが資金を援助してくれることになったので、はちみつ小屋も含めて道具一式を買い取りたい。
・妹に借金を返すのにどれくらい時間がかかるか、おおよそのめどをつける。いつまでも家族の言いなりにはなっていられない。
・グレースの気持ちに配慮して、養蜂道具買い取りの交渉は明日の葬式が終わってからにする。

最初のふたつよりも簡単そうだったので、三番目から取りかかることにした。まずは、マニーのミツバチを持ち去った養蜂家を捜し出そう。わたしは郡の養蜂組合会長エリック・ハンソンに電話した。

「やあ、ストーリー。久しぶりだな」とエリックは言った。「マニー・チャップマンのことは聞いたよ。惜しい人を亡くした」

「マニーのいないことがまだ信じられないんです。悪い夢を見てるみたいで」とわたしは相づちを打った。「じつはエリック、マニーの件でお電話しました。組合の会員でジェラルド・スミスという人がマニーの巣箱を引き取ったと聞いて、捜しているんです。その方の連絡先を教えていただけませんか」

「その名前に心当たりはないが、名前だけの会員も大勢いるからな。こっちで調べて十分ほどで折り返すよ」

返事を待つあいだに聖歌隊席をのぞいてみた。お年寄りの大半は正面にトランプの柄がついたおそろいのシャツを着ている。

おばあちゃんがわたしにウインクした。おなじみのデイジーを髪に挿し、クイーンを何枚も持っている。抜群の手札だ。

シープスヘッドは真剣勝負。プレイヤーはおしゃべりもそっちのけで、じっくり作戦を練る。そのおかげで、クレイの逮捕や恋人の殺害について質問攻めにあわずにすんだ。あれこれ訊かれるのは面倒だから、ゲームがお開きになるまえに姿をくらますことにした。

五分後、わたしは事務所に戻って電話帳をめくっていた。それにしてもスミスという人はずいぶんたくさんいる。ジェラルドはいないが、G・スミスなら何人かいた。

指でコツコツと机をたたきながら、もしジェラルド・スミスが出たら、どう言って蜂を返してもらおうかと思案した。そもそも、蜂を取り戻すこと自体がぺてんと言えなくもない。納得してもらうには、熱弁を振るわなければならないだろう。

ホリーが事務所にきてドアをぴたりと閉めると、警察長がおでましだと言った。おやおや。

「姉さんに会いたいって」

電話が鳴った。わたしは指を立て、この電話に出るから少し待ってと伝えた。

「エリックだ」と養蜂組合の会長が言った。「あんた、名前をまちがえたんじゃないか」

「ジェラルド・スミスですけど」その名前をゆっくりとくり返したが、言いおわるまえから答えはわかっていた。

エリックは予想どおりの答えを口にした。

「組合にはそんな名前の会員はひとりもおらんよ」

「それに近い名前は？　わたしの聞き違いかもしれないので」

「残念ながら」

わたしは電話を切った。

「ジョニー・ジェイはどうする？」とホリーが訊いた。「姉さんが出なくてもいいように、ここにいるかどうかわからないと言っておいたの。わたしが代わりに相手をしましょうか？

姉さんはＣＢだと言っとくから」

「ＣＢ？」その略語は初耳だった。

「コーヒー・ブレイクよ」とホリーが翻訳した。

「あんたらの声は筒抜けだ」警察長が大声で言いながら、招かれもしないのに入ってきた。

「念のために言っとくが、公務執行妨害は違法行為だぞ」彼はホリーをにらみつけた。

「ジョニー・ジェイ」わたしはにこやかに呼びかけた。「ちょうど電話しようと思ってたところ」

「ジェイ署長だ。同じことを何べんも言わせるな。しかるべき敬意を払いたまえ」

ジョニー・ジェイは虫の居どころが悪いようだ。

「ホリー、証人として同席して」わたしは、警察長がその地位を悪用しかねないことをほのめかした。それはうそではなく、とりわけ腹を立てているときには要注意。

わたしは椅子から立ちあがった。ジョニー・ジェイをさらに優位に立たせるつもりはない。背筋をぴんと伸ばすと、わたしたちの目の高さはほぼ変わらなかった。

「あんたは悲鳴を聞いたそうだな。重要な情報をわざと黙っていたのか」と、額に青筋を立てている。「さもなければ、何か後ろ暗いことがあってうそをついたのか。法執行官に白々しいうそをついたら刑務所行きだぞ、ミッシー・フィッシャー」

「うそなんかついてない。それにいまのは脅迫だわ。あんたも聞いた？　ホリー」

ホリーはわたしの視野の外にいたが、うなずいたのはまちがいない。警察長とわたしは一歩も引かずににらみ合った。彼は知らなかったが、わたしはにらめっこで負けたことは一度もない。

彼はわたしの顔に指を突きつけた。

わたしはまばたきひとつせず、言い返した。「わたしに触らないで」いかなる感情もおもてに出さない。いじめっ子は相手の反応を引き出すことによろこびを感じるから。最善の策は、平静を保ち動じないこと。「そんなことをしたら訴えるわよ、警察の暴行について」

ジョニー・ジェイは指を引っこめ、ホリーをちらりと見やった。にらめっこはあっさりけりがついた。「姉さんとふたりにしてくれ」

「いいえ、ここにいる」とホリーは言った。在庫品の棚にもたれて腕を組む。妹もいじめっ子に対する掟を心得ていた。友だちのそばから離れないこと。

小中学校のとき、ジョニー・ジェイは弱い子どもたちをつけねらっていた。彼に歯向かわず、泣き寝入りする子。あるいは、すぐにかんしゃくを起こす子。さっと襲いかかって相手を怒らせると、知らぬ顔を決めこむ。たいていの場合、窮地に立たされるのは犠牲者のほうだった。

わたしはどちらのタイプでもなかった。弱虫でもなければ、かんしゃく持ちでもない。

「きみらふたりは、どんなしつけを受けてきたんだか」

ジョニー・ジェイはいじめの常習犯だ。四六時中だれかをいじめてないと気がすまない。どんな理由かは知らないけれど、わたしが目下の標的らしい。ただし、わたしたち姉妹のしつけがなっていないなんて、冗談もいいところ。母さんは子どもに甘い母親ではなかったし、父さんのほうは仕事一辺倒で、子どもを頭ごなしに叱りつける母さんを見て見ぬふりをし、わたしを救い出してはくれなかった。

「これ以上うそをついてもいいことは何もない。さらに事態が悪くなるだけだ」と、警察長はかさにかかった態度で言った。「あんたはたしかに悲鳴を聞いた。ただし、ベッドでおねんねしてたわけじゃない。そろそろ認めたらどうだ。あんたとクレイ・レーンは手を組んだ。彼女がじゃまだったから。だが、どうして？　どうして殺さなきゃならなかった？」

ホリーがはっと息をのんだ。ちらりと見ると、口に手を当てている。

それを見て、わたしはとんでもないことを口走ってしまった。

「おたがい長いつきあいなんだから。頭をなぐってから、顔を水に押しつけて溺死させるなんて、わたしにそんなまねができると思う？」

ジョニー・ジェイの目つきが険しくなったのを見て、失言に気がついた。わたしがフェイの死因を知っているのはおかしい。ハンターは極秘情報だと言っていたではないか。

「ハンター・ウォレスから聞いたのか？」

もし事実を話したら、法執行官としてのハンターの将来はどうなる？

「ちがうわ」とわたしは答えた。彼の信頼を裏切るわけにはいかない。たとえ、そのせいで自分が窮地に立たされるとしても。

「さあ、行くぞ」と警察長は言った。

「どこへ?」

こうして、わたしはまたしても取り調べを受けるはめになった。

17

何時間にも思える長いあいだ、このまえと同じ部屋に置き去りにされ、わたしはさんざん気をもんだ。母さんの口癖を借りるなら〝身から出た錆《さび》〟ということになる。ここを抜け出して、今夜七時からの定例会に出席しなければならない。さもないと、うちの蜂をロリ・スパンドルから守ってくれる者がだれもいなくなってしまう。彼女はみなを扇動して、わが家にふたたび押しかけるだろう。ただし今度は暗くなってから、もっと巧妙に立ちまわるはず。

五時が近づき、過ぎ去った。警察長はまだやってこない。携帯でホリーを呼び出そうとしたが、この部屋は圏外のようだ。一度だけ認められている電話もまだかけさせてもらえない。これは吉兆だろうか、それとも凶兆？　これまででよい兆候といえるのは、ジョニー・ジェイが被疑者の権利を読みあげていないことだけ。

かくなるうえは、ホリーが母さんへの影響を最小限に食い止めてくれることを期待するしかない。なにしろ、ジョニー・ジェイはまるで動物を檻に入れるように、これ見よがしにわたしをパトカーの後部座席に押しこんだ。しかも、シープスヘッド愛好家のお年寄り――おばあちゃんとお友だち全員――の目の前で。

わたしは壁にかかった白頭鷲の絵を穴のあくほど見つめながら、何かが起こるのをひたすら待ちつづけた。ウォーキショー刑務所の独房にいるクレイのことも考えた。わたしも彼のあとを追うのだろうか。とんだことになった。それに、わたしが何の罪も犯していないのにこうして泥沼にはまりこんだとすれば、クレイの場合はどうなのだろう？　もし彼も無実だとしたら……。

途中でハンターの声がホールから聞こえたような気がしたが、空耳かもしれなかった。ときどきマジックミラーに向かってにっこりした。ミラーの向こうにだれかがいるとしたら、そのだれかさんの目に、わたしが沈着かつ冷静で、無実の人間に見えるように。

そうよ、そのとおり。

ようやく、ジョニー・ジェイがのっそりと入ってきた。

「そろそろ帰りたいんだけど」わたしはつとめて平静で事務的な声を出そうとした。「今晩、どうしても出なきゃいけない会合があるの。話はまたあとにしない？」——時計を確かめて——「今晩の九時か十時ごろ。できれば、明日の朝のほうが都合がいいけど。それでどうかしら」

それを聞いて、ジョニー・ジェイは笑いだした。「ここから出ていける見込みがわずかなりともあるとしたら」と言った。「それはあんたが事実を話すことだ」

わたしは彼の言うとおりにした。ひとつふたつ修正を加えて。

・はい、言い争っているような声につづいて悲鳴が聞こえました。(事実)
・でも、夢を見たにちがいないと思いました。そうじゃないとわかってすぐに、ハンターからその情報を警察長に伝えてもらいました。(わずかな修正)
・町の人はみんなフェイがどうやって殺されたか知っています。店は陰謀の巣みたいなものですから。(後半は掛け値なしの事実)
・死因をだれから聞いたかは覚えていません。(大きな修正)
・ええ、そりゃあもう、警察長が必要だとお考えなら、よろこんで嘘発見器にかかります。(おやおや)
・わたしの聞いた悲鳴がどんなに重要かわかっていれば、ただちにジェイ警察長に報告していました。(大きな修正)

ジョニー・ジェイを肩書きで呼んだのはこれが初めて。このさい、なりふりかまっていられない。

「ハンター・ウォレスがやってきて、あんたを釈放してもらおうともう何時間もねばってるぞ」警察長はようやく明かした。「それに、あいつがあんたにフェイ・ティリーの死因を教えたこともわかってる。だからかばうことはない」

ジョニー・ジェイは椅子の背に体をあずけると、なにやら考えこんだ。

「わたしは話のわからん男じゃない」と言った。わたしは言い返したいのをこらえた。「社会常識もわきまえている。嘘発見器を出し抜く人間もいるが、あんたには無理だ。いずれテストを受けてもらうかもしれん。どうせもう命運は尽きてるんだ。もしeメールを送ったのがクレイ・レーンなら自供を取る。あいつでなければ、その人間を見つける。めでたく証人が手に入るというわけだ。楽しみに待ってるんだな」

ふん、だれが刑務所になんか行くもんですか。

ジョニー・ジェイはつづけた。

「ひょっとすると、別れた亭主があんたをはめようとしたのかもしれんな」

「わたしもそう思います、ジェイ警察長」わたしはしおらしく言った。

「待てよ、あんたらはぐるで、あいつが裏切ったという可能性もある」

時計の針は動きつづけている。あと十分で町議会の定例会が始まる。

わたしは首を振った。「もしわたしが殺人を計画したとしたら」とわたしは言った。「死んだのはクレイのはずよ」

「つまり殺人も辞さないと。そういう意味か？　いまのは記録に残していいんだな？」

ジョニー・ジェイはわざと意味を取りちがえるというゲームを楽しみ、わたしは彼を殴り倒したくなった。ようやくわたしは釈放された。ハンターが外で待っているのではとなかば期待していたが、彼はいなかった。もう定例会には間に合わないとあきらめかけたとき、おばあちゃんの車がすっと隣に止まり、助手席の窓がするすると開いて、わたしを乗せてくれた。

「母さんはこのことを……なんて？」とわたしは訊いた。

「知らないほうがいいよ、おまえ。帰りも迎えにいってあげたいけど、時間が遅いからねぇ。目がすっかり悪くなったし、それにそろそろ寝る時間だから」

「大丈夫。なんとでもなるわ」

車は信じられないほどゆっくりとしたスピードでもたもたと進んだ。わたしの発言の時間に間に合うには開会が遅れることを祈るしかないが、それはいつものこと。

今回も例外ではなかった。

祖母に心をこめてありがとうと声を張りあげ、図書館のドアを駆け抜けると、ちょうど議員の最後のひとりが着席するところだった。わたしがきたからには、議事をどんどん進めてもらってかまわない。長時間、気をもみながら待たされたせいで、体じゅうに闘志がみなぎり、それが一挙にあふれ出した。

「発言したいことがあります」わたしは挙手した。

「あんたはいつもその調子だ」とトム・ピーターソンという議員が言った。お盆に用意してあるコーヒーを注ぐと議員席に向かい、ほかの議員たちと並んですわった。「みんなと同じように、手順に従ってもらわんと」

町議会の定例会はいつも閑散としている。二年に一度、無給とはいえ人気の高い町議の選挙が大々的に行なわれる。芝生には選挙の看板が立ちならび、地元紙は候補者全員を追う。やがて投票が行なわれ、わたしたちは〈スチューのバー&グリル〉に腰を落ち着けて結果を待つ。ベテランがほぼ毎回勝利を収めるものの、若手も臆せずに挑戦する。ときおり古参議員が老衰で亡くなると、新顔が登場する。たいていは故人の縁者だ。これまで女性はひとりも当選していないが、そんな旧弊は近いうちにあらためなければいけない。

こうして選挙のお祭り騒ぎが終わると、モレーンの住人たちはふだんの生活に戻り、議員がきちんと仕事をしてくれることを期待する。それが大きなまちがいということもないではない。

目下のところ、部屋の正面のひな壇中央に陣取っているのはロリの夫で、女房の尻に敷かれたへぼ町長のグラント・スパンドルだった。町長をはさんで両側に議員が二名ずつすわり、わたしたちが名前を忘れた場合にそなえて、小さな名札がそれぞれの前に置かれている。

町議会のメンバーは——

・グラント・スパンドル——町長。地元の不動産開発業者。
・トム・ピーターソン——町議。古くからの畜産農家。
・バド・クレイグ——町議。ウォーキショー郡の消防士で、うちの店のアルバイト、双子のブレントとトレントの父親。
・スタンリー・ペック——町議。農場主。
・ブルース・クック——小学校三年生の担任。新人議員。前議員である父親の急死を受けて出馬。

その他の出席者

・オーロラ・タイラー――わが家の向かいにあるモレーン自然植物園の持ち主。
・エミリー・ノーラン――図書館の館長。
・カリン・ノーラン――図書館司書、エミリーの娘。
・ラリー・クーン――フローズン・カスタード製造業者。〈クーンのカスタード・ショップ〉の店主。
・ミリー・ホプティコート――レシピの協力者。フラワーアレンジメントの名人。
・P・P・パティ・ドワイヤー――うちの隣人。町のゴシップ屋。
・顔は知っているが、名前の知らない住人が数名。書類を持っているので、今日の議題の関係者だと思われる。
（註）わたしの天敵ロリ・スパンドルの姿はなし。あれだけ脅しておきながら！

わたしはじれったいのをがまんして、前回の議事録と懸案事項についての長話を拝聴した。議事録の朗読はおそらく、わたしが思うほど長くはかからなかったのだろう。つづいて新しい議題に入ったが、わたしの順番は最後で、自転車専用道路やら条件つき使用許諾やらに関するいくつかの問題のあとだった。もう一秒だって待てない気分で、部屋の後ろの壁ぎわから離れ、大またで前方に進んだ。自信にあふれた、堂々たる物腰に見えることを期待して。だれもわたしを止めようとしなかった。通常、定例会は議題に沿って進む。だが、今回は波乱ぶくみの雲行きだった。

「きみの順番はまだだ」とグラントがわたしに言った。

「お待ちの方で、わたしが先に発言することに反対の人はいらっしゃいますか？」わたしは会議室をぐるっと見渡した。だれも反対しなかった。

「じゃあ、言いたまえ」グラントがあきらめて言った。

わたしは出席者をかき分けるようにして前に出た。

「ここにいらっしゃるみなさんもご存じのとおり、先日、マニー・チャップマンが――蜂に刺されて――亡くなりました。それからというもの、ある人が町のミツバチを一掃しようと運動しています。わたしはこの場をお借りして、それがまったくばかげたことで、町の利益にも反することをご説明したいと思います」

わたしは要点をまとめた項目を順番に述べた。

「その一」わたしは、関心を持って聞いているひと握りの市民と議員たちに向かって言った。「マニーを刺したのはスズメバチの一種で、ミツバチじゃありません。その二。マニーのミツバチが犯人じゃないのに、それでもミツバチを退治したい方はいらっしゃいますか？　その三。養蜂業はこの町に恩恵をもたらしています。ここにおいでのみなさんも、地元のはちみつ製品を利用されたことがおありでしょう。その四。ミツバチとスズメバチは別物だと、どうしてご理解いただけないのでしょうか。なんなら、いまここでその違いを説明しますが」

議員たちはたがいの目を見かわし、わざわざわたしの説明を聞きたい者がいるかどうか確認した。

「生物の授業を聴くのはやぶさかでないが」とグラントが代表して言った。「それにはおよばん。この壇上には教師がひとりいるから、鳥でも蜂でも必要ならいつでも説明してもらえる」

あちこちから忍び笑いが洩れた。

「わたしが言いたいのは、どなたもうちの蜂には手出しをしないでいただきたいということです」とわたしは言った。「よろしいでしょうか？」

「よくわかった」とスタンリー・ペックが言った。「だれもあんたに迷惑はかけんよ」

「そうじゃなくて、スタンリー。うちの蜂を心配してるんです」

わたしにはまだ言いたいことが山ほどあった。花粉媒介の大切さとか、作物が不作だと地元の農家はどこも経済的な打撃をこうむる、などなど。

ミツバチ擁護のつづきに戻ろうとしたところで、グラントが口をはさんだ。

「この件に関しては投票で決めよう。きみの蜂が町に危険をもたらすなら、対処しなければなるまい」彼は裏口に目をやった。「ロリはどこにいるんだ。出席して意見を述べるはずだったんだが。しばらく待ってみよう」

「それはおかしいでしょう」ブルース・クックが発言した。「彼女は定例会のことを知っていて、欠席することにしたんです。それに、われわれの大半はもうどちらに投票するか決めてますよ」

部屋のあちこちで出席者がうなずいたところを見ると、ブルースが言ったとおり、すでに態度を決めているようだ。ミリーとたぶんブルース——小学校の社会見学は無事に終わったので——のほかは、味方してくれる人がいるかどうか自信がなかった。蜂退治のほうに充分な票が集まれば、まずいことになる。

妹のホリーをもぐりこませることも考えたが、彼女がモレーンの住人でなく、投票する資格のないことはだれでも知っている。ハンターも事情は同じで、自宅は町の外にあった。キャリー・アンが応援にきてくれなかったのはかえすがえすも残念だ。

いよいよ投票の準備がととのったところで、町の南にある消防署でサイレンが鳴った。そのかん高い音色は町の緊急事態を知らせるもので、手の空いている有志の消防士は全員ただちに集合しなければならない。

その時点で、定例会はお開きとなった。議員が二名、トムとバドがいなくなるからだ。バドはウォーキショー郡の消防士だが、モレーンでもボランティアを買って出ていた。ふたりは職務に忠実だ。トムとバドが非常時に対応すべく姿を消すと、最後の雷鳴が消えたあとのように会議室には静寂が立ちこめ、グラント・スパンドルがペンにキャップをかぶせる音が響いた。

定例会は終わり、残りの者はぞろぞろと図書館を出た。黄昏どきで、そろそろ街灯がともる。わたしたちは図書館の前でたむろして、いったいどんな緊急事態が起こったのだろうと案じた。

「ロリはどこかしら」とミリーが訊いた。

「ほら、あそこ」とわたし。

ロリ・スパンドルは足早に歩道を歩いてきた。街灯がちょうどついたので、彼女がまたしても覆面布をかぶっているのが見えた。わたしの家に置き忘れていったものだ。いくつも持っているのでないかぎり、わたしの地所にまたもや無断侵入したことになる。うちの蜂たちは無事だろうか？　定例会をおとりにして、そのすきに蜂を殺したのでは？　わたしは彼女の顔から覆面布を引きはがし、びりびりに引き裂きたいという衝動をこらえた。

「定例会は終わったわ」とわたしは言った、蜂が心配で気が気でないところを隠そうとして。

「あなたの負けよ。これで蜂退治の話はもうおしまい」

「いやいや、そうじゃない」と彼女の夫が口をはさんだ。「投票が延期になっただけだ。残念だったね、愛しいおまえ。この件にすごく肩入れしてたからな。でも、いったいどこにいたんだい？」

「車の鍵が見つからなかったの」と〝愛しいおまえ〟は言った。「そこへ、妹からまたごたごたを起こしたという長電話があって、切るわけにもいかず」

「どうだい、うちの店でつづきをしないか？」と、商魂たくましいラリーが言った。

「先に図書館の戸締まりをしないと」とエミリーが言った。「おごってくれるんでしょう？ラリー」

「おいおい、エミリー」とラリー。「人の商売のじゃまをするのはよくないいな」

「あたしはアイスクリームがだめなの」とP・P・パティがぼやいた。「お腹がごろごろして。たまに吐いたりもするし」

「わしもだよ、パティ」とスタンリーが言った。「念のためビールにしておくか。なんの騒ぎかわかったら、スチューの店に行くよ」

けっきょく甘党と辛党に分かれることになったが、そのときサイレンの音が近づいてきたので、みな立ち止まって耳をすませた。わたしは蜂の様子を確かめに、家に帰ることにした。彼らを救うために定例会に出ているすきにロリが一匹でも傷つけていたら、夜が明けるまえに、警察長は殺人の容疑者をもうひとり逮捕することになるだろう。

ほかのみんなは歩道に立ったまま、消防車が〈ワイルド・クローバー〉の前を通りすぎるのを見守った。救急車とジョニー・ジェイのパトカーが消防車につづいて、わたしよりひと足早くヤナギ通りに曲がった。わが家がある通りだ。

わたしは走りだし、角を曲がった。三台の車はうちの前で止まっている。この通りの先にはクレイの家とわたしの家が並んでいる。その手前には、モレーン自然植物園と通りの角にパティの家があるが、そこは車がたったいま通りすぎた。

自然植物園を開いているオーロラ・タイラーが、わたしのすぐあとをぜいぜいあえぎながらついてきた。ふたりとも通りのなかほどで立ち止まった。消防車から飛びおりた消防士たちは、はたしてどちらに向かうのか。緊急車両がぞくぞくとヤナギ通りに曲がってきた。この地域で事件が起これば、近隣の町から消防車やパトカーが一台残らず応援に駆けつけてくる。今回も例外ではなかった。

オーロラは、最初に到着した一団が植物園の温室に向かうのを見て、わたしの腕をぎゅっとつかんだ。わたしは内心ほっとしたことをやましく思ったが、たちまちオーロラのことが心配になった。

こんなにたくさんの斧《おの》を見たのは生まれて初めてだ。消防士たちはみな斧を抱え、ヘルメットと長靴姿で、敵がなんであれ勇敢に立ち向かおうとしている。過去に漏電でぼやを出したことのある不幸な住人たちによると、家財にかなりの被害が出ることもあるらしい。熱心すぎる、という声も少なくなかった。

彼らは数多くの人命も救っていたけれど。

「火事はどこですか?」と消防士のひとりがオーロラに訊いた。あたりが暗いうえ、全身をすっぽり覆う防火服を着ているので、だれがだれやら見分けがつかない。

「わからない。わたしが通報したんじゃないので」と彼女は言った。

「じゃあ、ほかのだれかだな。ちょっと見てみましょう」

オーロラが先に立って併設の売店の鍵をあけ、消防士たちは斧を振りあげてなだれこんだ。いままでは町のほとんどの住人が通りの向こうから見物している。ジョニー・ジェイがそこまで下がらせたのだ。母屋に明かりがつき、ついで温室と倉庫も点灯した。大きな声が飛びかっている。

わたしはそのすきに急いでわが家の裏庭にまわり、巣箱の様子を確かめた。パティオのテーブルに載せておいた覆面布がなくなっていることからみて、やはりロリはここにきたにちがいない。よい兆候ではない。巣箱の近くにいつも用意している懐中電灯で照らした。ふだんとちがったものは見当たらなかったが、わたしは心臓をどきどきさせながら巣板を一枚、巣箱から引きあげた。

やれ、ありがたい。蜂たちはみな巣箱にいた。見たところ怪我ひとつなく、巣板の上を動きまわっている。残りの巣板も順に点検した。とりあえずみな無事のようだ。

家の正面の歩道に戻ると、おばあちゃんの車が警察長のパトカーからサイドミラーをもぎ取らんばかりにして停車した。警察長は注意を引こうとして、両手をむちゃくちゃに振りまわしたが、それを無視したのか、あるいは見えなかったのか。おばあちゃんがこんな遅い時間に出かけてくるのは、よっぽどのことだ。

「そこに駐車しないでください」ジョニー・ジェイがおばあちゃんに向かって叫んだが、それもどこ吹く風。おばあちゃん、ホリー、そして母さんはどやどやと車から降り、わたしを見つけて近寄ってきた。

「温室が火事なの？」と母さんが訊いた。

「炎も煙も見えないけど」とわたし。

「誤報だ」という声が、温室の裏手から聞こえた。

「だれだ？　通報したのは」べつの声がしたが、それはバドのようだった。

「いたずらね」母さんはだれにともなくそう言って、うんざりしたように首を振った。群衆も三々五々散りはじめた。

ジョニー・ジェイが足音も荒くやってきた。「偶然にしてはできすぎだな」と言って、わたしを正面から見すえた。「定例会はどうなったか聞かせてもらおうか」

「始まったとたんにお開きだ」と、グラント・スパンドルがすぐ近くから答えた。「議員の半分はボランティアの消防士だからな。彼らがいないと投票はできん」

「わたしが言いたいのもそこだ」警察長は相変わらずわたしをにらみつけたまま言った。「あんたの携帯を見せてもらおう」

わたしはあきれて目をぐるりとまわした。ジョニー・ジェイは、わたしが定例会を妨害するためににせの通報をしたと本気で疑っているのだ。ばかばかしい！　どうしても疑いたければ、ロリを疑うべきだろう。定例会に遅刻したうえに、うちの地所に無断で入りこんだという証拠がある。どうしてそんな通報をしたのやら見当もつかないが、あの女は頭がどうかしてる。いまさら理由などいるだろうか。

「携帯を見せるのはお断わりよ」わたしはジョニー・ジェイに言った。「よく考えれば、わたしが通報したはずないってわかるでしょう。議会で意見を述べてたんだから」

おばあちゃんは意気盛んだった。もう寝る時間はとっくに過ぎているのに、刺身包丁のように切れ味が鋭い。「あたしの身内が恥知らずなまねをしたって言うのかい」と、かわいい小さな声で彼に訊いた。「うちの孫娘はとってもいい子なんだよ」

「もちろん、そうでしょうとも」とジョニー・ジェイは言った。携帯電話の件はとりあえず引っこめた。彼はおばあちゃんには決して逆らわない。地元の年寄り連中を総動員して、彼をつけねらいかねないからだ。モレーンでは年長者には敬意を払わなくてはならない。さもないと手痛いしっぺ返しをくらう。

「ふたり一緒の写真を撮ってあげようね」とおばあちゃんは言った。「ストーリー、こっちにきて警察長さんの隣に並んでごらん」

「ちょっと」母さんが声を荒らげた。「写真はもういいかげんにしてくださいな」

おばあちゃんはそれにはかまわず、ジョニー・ジェイの顔にまともにフラッシュを浴びせた。

火事は影も形もなかったが、消防士たちはどこか見逃した片隅で火がくすぶっていないか確認するために、まだとどまっていた。ブレントとトレントがやってきて、もう店じまいしたこと、月曜の夜にしては売り上げもまずまずだったことを報告した。わたしは不意に店が恋しくなった——お客さんとのやりとり、さまざまなにおい、店全体の雰囲気。最近では、ふだんと何も変わらないのはあの店だけのようだ。

ハンターとキャリー・アンが爆音とともに、ハーレーダビッドソンでやってきた。ハンターの引き締まった腹筋に腕をまわしてるのがキャリー・アンだなんて、つらすぎる。

ハンターはわたしに会釈したが、近づいてはこなかった。彼を責める気にはなれない。もし、あんなひどいことを言ったのが彼なら、わたしだって同じことをしていただろう。キャリー・アンはわたしたちのところにきたが、ハンターは通行規制をしている警官のほうに向かった。

「火事は誤報だって」とわたしは従姉に言った。

「よかった」とキャリー・アン。「あんたの家かもしれないって心配してたのよ」

おばあちゃんがわたしたちの写真を撮った。

興奮はじょじょに収まった。

「話があるんだけど」ふたりきりになったときを見計らって、母さんが耳打ちした。「わたしたちだけで」

「今日はいろいろ大変だったの」とわたしは答えた。「ロリ・スパンドルがうちの蜂を殺そうとするわ、クレイは殺人容疑で逮捕されるわ、警察長には事情聴取に呼ばれるわ。おまけに、一瞬とはいえうちが火事だと思った」どれもこれも母の知っていることばかりだ。「悪いけど、もうくたくた」

「それは気の毒に。でも、今日はわたしの話を聞いてもらいますからね。これで最後だから。ホリー、おばあちゃんとホリーが母さんの言いつけに従うのを、恨みがましく見送った。これでわたしをかばってくれる後ろ盾はもういない。

わたしは、おばあちゃんをカスタード・ショップに連れていって」

母さんとわたしはフロントポーチに並んだ庭椅子にすわり、野次馬の最後のひとりが立ち去るのを見送った。わたしはランタンを灯し、晩秋になっても庭で過ごせるようにとポーチに置いてある小さなヒーターをつけた。気温は十度を下まわっているが、明日お日さまが顔を出せば二十度を超えるだろう。

母さんはべたべたと愛情を示すような母親ではなかった。わたしを愛してると言ってくれたのは数えるほどしかなく、そのどれもが最近の記憶ではない。しかもタイミングなど一切おかまいなし。何かを思いついたら次の瞬間には口にしている。だから今回は意外だった。

「クレイのことでほかに何か聞いてるの？」と母は訊いた。めずらしいことに、その声には怒りも嫌悪の色も感じられなかった。

「彼が刑務所にいて、黙秘していることだけ」

母さんはうなずいた。「じゃあ定例会は？　延期になったんだって？」

「そう。会合では敵意をひしひしと感じた。だれも事実に耳を傾けてくれないの」

「群集心理ね。野犬の群れとおんなじよ」母さんの声はむしろやさしかった。「それにしても、どれだけ心配をかけたら気がすむの。これまでずっと世間から後ろ指をさされないように生きてきたのに。わたしたちの世代では、体面は大事ですからね。あなたたちは、人からどう思われようと平気らしいけど」

ランタンの柔らかな光を受けて、母さんの目はうるんでいた。どなりつけられるより何千倍もこたえた。二年前にモレーンに戻ってきてから、わたし自身のごたごたとクレイの恥ずべき所業のせいで、母さんに肩身の狭い思いをさせてきたことを、あらためて申しわけなく思った。

「ごめんなさい」とわたしは言った。「これでも期待に応えようと、がんばったのよ」

それは口から出まかせではなかった。わたしはモレーンの町が好きで、受け入れてほしいと思っていた。それなのに、なぜかいつもよからぬことで世間の注目を集めてしまう。

「しばらくはおとなしくしてなさい」と母さんは言った。「仕事に打ちこんで、ふつうの暮らしをするの。もうこれ以上もめごとを起こさないと約束して」

「約束する」

ほかになんて言えるだろう？　母さんが聞きたい答えはそれだけなのに。しかも、わたしは本気だった。

「あんたの蜂が危険かどうかは、二の次なの」と母さんはつづけた。「蜂のせいで町が真っ二つに割れてしまった。処分するわね？」

わたしはしばらく黙りこんだ。

「どうなの？」

「わかった。そうする」

わたしはさっきと同じく、心からそう約束した。

19

電話帳には五人のG・スミスが載っていたので、片っぱしから電話をかけることにした。四人は女性。五人目は男性だったが、ジェラルドではなくゲーリーで、蜂のことは何も知らなかった。

もしジェラルド・スミスが実在しないとしたら――そしてわたしにはそんな予感がひしひしとするのだけど――マニーの蜂と巣箱はどこへ消えてしまったのだろう。マニーの蜂をどこにやったか知られたくなくて、グレースがわたしにうそをついているのだろうか。それとも、だれかがグレースにうそをついたのか。明日の葬儀が終わったら折を見て、消えた蜂の話題をぶつけてみよう。

その問題はとりあえずあとまわしにして、あたりが暗くなって人目につかないことを確かめると、わたしは母さんとの約束を果たすべく、さっそく仕事に取りかかった。

ウィスコンシン州では九月の夜はかなり冷えこみ、ミツバチを移動させるにはぴったりの時候だ。もっとも、雨のほうが蜂の群れが巣の奥深くにもぐりこんでくれるので、なお都合がいいけれど。わたしはマニーを手伝って、このふたつの巣箱を彼の家からうちまで運んだことがあった。ひとりでも、それぐらいはできる。

どこに巣箱を隠したらいいかは頭の痛い問題だ。ほとんどの人はミツバチが何匹か庭に迷いこんでも、忙しい働き蜂たちが迷惑をかけないかぎりとくに気にしない。だが働き蜂が何千匹もいる巣箱がふたつともなれば、だれだって不安になる。

スタンリー・ペックの地所は候補先のひとつ。彼は農地をたくさん持っているし、うちの蜂たちの行動半径についてみなに説明したことからみて、蜂の知識もいくらか持ち合わせているらしい。しかも、わたしをロリから守ってくれた。そうはいっても、彼をすっかり信用しているわけではない。もともとロリに扇動されてうちに押しかけてきたひとりだ。わたしはそのことを忘れていなかった。

ホリーが住んでいる湖畔の邸宅という手もないではない。でも、あそこの庭はすみずみまで手入れが行き届いている。うちのふたつの巣箱は、赤ちゃんのすべすべしたお尻にできたいぼみたいに目立つだろう。

となれば、残された場所はひとつ。おばあちゃんの家だ。位置的には申し分ない——うちから二キロ半しか離れていないので、蜂たちのふだんの行動圏内にある。もちろん、おばあちゃんや母さんには内緒。ばれたら、母さんは例によってくどくどお説教し、わたしを常識でがんじがらめにしようとするだろう。このまえも町を二分した云々という政治的な理由から蜂の処分を約束させられたが、母さんはもともと蜂を飼うことに反対だった。それをいうなら、これまでわたしのすることで、母さんが認めてくれたことがあっただろうか。昔もいまも。そして将来も。おっと、またもや長女のひがみ根性だ。この先一生、母さんから認めてもらおうと悪あがきをつづけるつもり？

なんでまた、おばあちゃんのようにやさしい人から、母さんみたいな意地悪な娘が生まれたのか。

それでもやっぱり、おばあちゃんの家が正解だろう。巣箱をこっそり持ちこんでも、おばあちゃんや母さんは気づかないはず。それはなぜかといえば――

・ふたりとも信じられないくらい早寝。
・おばあちゃんは屋根が崩れ落ちるほどの大いびきをかくので、母さんは耳栓を使っている。
・おばあちゃんは先祖代々の田畑を一カ所たりとも売らずにきた。だから、巣箱の隠し場所はいくらでもある。
・農地の一部はよその農家に貸し、今年はトウモロコシが植わっている（来年はアルファルファになる予定）。その人は来月の収穫まで畑に出てこないし、かりに巣箱が目に入っても、気にしないだろう。
・トウモロコシの緑色の茎は秋にはきれいな黄色に実り、巣箱をうまく隠してくれる。わたしは巣箱を、わが家とおそろいの黄色に塗り直した。黄色のトウモロコシに黄色の茎、そして黄色の巣箱。

わたしはトラックをバックで私道に入れ、つなぎの作業着と長靴に、覆面布をかぶり、手袋をつけ、蜂が入りこまないように裾をたくしこんだ。蜂の世話をするときはズボンの裾や袖をきっちり閉じておくにかぎるので、輪ゴムで留める。髪も後ろでひとつに結び、顔にかからないようにした。それから巣箱の出入り口をふたつとも金網でふさぎ、燻煙器を使って煙を二、三回吹きこんだ。煙を吸うと、蜂たちはうそみたいにおとなしくなる。トラックのエンジンもかけた。その振動が、理由はよくわからないが、蜂をしずめる効果があるので。それからトラックの荷台に巣箱を運ぼうとしたが、その作業は思ったよりも難航した。巣箱がおそろしく重かったから。

それどころか、持ちあげるのも無理だった。

わたしはあきらめてホリーを呼び出した。「ちょっと力を貸してほしんだけど」と電話で頼む。

「いま何時か知ってる?」

「だから? 朝はずっと寝てるじゃない。どうせ夜どおし起きてるんでしょう」

「K、K(しょうがないわね)。いつ、どこに行けばいいの?」

「うちにきて。いますぐ」

さいわい妹はなんに力を貸すのかとは訊かなかった。訊いていたら、絶対にこなかっただろう。

「冗談でしょ」わたしが仕事着を渡すと、妹は言った。「わたしは蜂が怖いの。アレルギー

は大丈夫」

「蜂毒のアレルギーは遺伝だから」わたしはその科学的事実をでっちあげた。「うちの家系

があるかもしれないし」

ホリーはため息をついた。いかにも迷惑そうな、なんでわたしがと言わんばかりの大きなため息だったので、もっと肝っ玉の小さい女なら手伝ってもらうのを遠慮したかもしれない。わたしが折れるつもりはないとわかると、ホリーは防護服に着替えた。

だが巣箱のそばまで連れていくのは、さらにひと苦労だった。蜂たちは巣箱から出られない、と言ってきかせた。「金網が見える？　あんたをやっつけたくてもできないの」なだめすかして、ようやく仕事に取りかかった。巣箱をできるだけ揺らさないように注意しながら、そろそろとトラックに積みこんだ。

蜂たちはご機嫌ななめだった。巣箱のなかでいっせいに羽を震わせブンブンうなっているので、怖じ気づいたホリーは何度も家まで走って逃げた。

巣箱をしっかり固定し、トラックのドアをそっと閉めて出発した。

そのとたん緊張が一気に和らぐのを感じた。家から遠ざかるにつれて、ますます気分がよくなった。ここ数日、ただでさえ悪いことがつづいたうえに、ロリ・スパンドルが最後に残ったふたつの巣箱まで抹殺しにくるという余計な心配までしょいこんでいた。その恐怖のせいで、首から肩にかけてがちがちにこっていたのだ。明日になるのが待ち遠しかった。わたしのミツバチはこれでひと安心、もうあれこれ思いわずらう必要はない。

バックミラーをのぞいて、つけられていないことを確かめた。よし、大丈夫。

「どこに行くの？」とホリーが訊いた。

「着いてからのお楽しみ」とわたしは答えた。

家から四百メートル離れたところでライトを消したときには、ホリーにも行き先の見当がついたようだ。わたしは窓を開けてひと息つき、土と植物が成長するにおいを吸いこんだ。コオロギが歌い、ヒキガエルがしわがれた声で鳴いている。畑へとつづく道はでこぼこで、トラックが跳ねあがった。蜂たちを気づかってスピードを落とし、そろそろと進んだ。

わたしが向かったのは、トウモロコシ畑の一番奥だ。あそこなら早朝の太陽が巣箱を温めてくれるだろう。巣箱はトラックに載せたときと重さは変わらないはずなのに、荷台から下ろすほうがはるかに楽だった。できるだけ平らな場所を選んで巣箱を据えつけると、ふたりともトラックに戻って、やや離れたところまで移動した。

「車のなかにいて」と妹に言った。「巣箱の入口を開けたら、怒って飛び出してくるから」

「すごい、最高よ」と言いながら、ホリーは床にしゃがみこんだ。

出入り口をふさいでいた金網はすぐにはずれた。

蜂たちが巣箱からぞろぞろ這い出してくるのを見て、わたしは必死で走った。蜂の群れはブブブブと怒りに満ちた大きな羽音を立てている。わたしが警告したとおりだ。

ミツバチはふだんは紫外線を頼りに飛行するが、だからといって夜、飛べないわけではない。光源に向かって飛んでいく。だからトラックのドアを開けて、車内灯を消し忘れていたことに気づいたときには、蜂たちもわたしにつづいて車内に飛びこんでいた。

車の窓が開けっ放しだったことは言うまでもない。

ドアをたたきつけるように閉めた。門番蜂たちもわたしと一緒に車内にとどまった。ホリーがいまにも死にそうな悲鳴をあげる。蜂たちは満場一致で、わたしたちを悪者と決めつけた。わたしの両手に襲いかかる。一匹が、蜂に刺されないという触れ込みの手袋の上からちくりと針を突き立てた。さいわい覆面布のおかげで頭と目は保護されていた。妹にどんな攻撃がしかけられているかはわからなかった。そちらを見る余裕がなかったから。

ホリーとわたしはトラックから飛びおり、べつべつの方向に逃げた。トラックのドアは大きく開けたまま。

やがて落ち合って、溝のなかでしばらくしゃがんでいた。ホリーはあんなに叫んでいたのに、ちっとも刺されていなかった。一カ所も。わたしのほうは、ずきずきする箇所が六つか七つ。トラックに戻るまえ、ホリーはここぞとばかりに胸にたまっていた鬱憤《うっぷん》をぶちまけた。「これからはもう二度とわたしを当てにしないで」と宣言した。「今度のは大きな貸しだから」

「わかってる」とわたし。ふたりでそろそろとトラックに戻ると、蜂はすっかりいなくなっていた。

「もう一度、蜂の様子を見ておかないと」とわたしは言った。

「こんなとこ、さっさと離れましょうよ」とホリーが泣きついた。いまにもヒステリーを起こしかねない声で。

「まあまあ」とわたしはなだめた。「今度は勝手がわかってるから。蜂たちが落ち着いたかどうか、何か大事なことを見落としていないか確かめるだけ。金網をすっかりはずしたか、とか」

「それなら心配ないわ、姉さんは全部はずしてた」

「もう一度確認しておかないと、今晩眠れないから」

「じゃあ先にわたしを連れて帰って。お願い」

「すぐにすむから」

わたしは蜂が入ってこないように車内灯を調節し、窓の閉め忘れがないことを確かめ、ホリーの泣き言を「しっ」と制すると、暗闇のなかをおそるおそる進んでいった。耳をすませると案の定、蜂たちはまだ騒いでいた。

しかも、すでに先客がいた。

言い忘れていたかもしれないが、スカンクは巣箱の入口にでんと腰をすえ、門番蜂をむさぼり食うのが大好きだ。どうして刺されても平気なのかだれにもわからない。スカンクはマニーの宿敵で、彼は知っていることをなんなりと教えてくれたが、せっかくのその教えがみすみす無駄になろうとしていた。もし蜂たちがあんなに騒いでいなければ、スカンクが足を踏みならす警告の音が聞こえたかもしれない。お月さまが出ていれば、スカンクが尻尾を高々と上げるのも見えただろう。でも、わたしは漆黒の闇のなかを手探りで歩いていた。

わたしはこれまで一度もスカンクにかまされたことがなかった。はっきり言って、この世にあれほどすさまじいものはない。わたしはまだ覆面布をつけていたので、分泌液で目を直撃されるのは免れた。けれども至近距離から発射された毒ガスで、焼けつくような痛みを感じた。そして胃が激しくよじれる。気分はもう最悪。

おまけに、ホリーはわたしがよろよろとトラックに戻ってくるのを嗅ぎつけたのか、あるいはわたしより夜目が利くのか、わたしをトラックから閉め出した。わたしは着ていた服を片っぱしから脱いで、覆面布も手袋も作業着も荷台に放りこんだ。何もかもスカンクのにおいがした。つなぎの作業着で保護されていたはずのジーンズと上着まで。

「車に入れてよ」わたしはホリーの側の窓をばんばんたたいた。「もうつなぎを脱いだから、におわないわよ」

白々しいうそだが、背に腹は代えられない。

それに答えて、ホリーはすばやく運転席に移動すると、エンジンをかけて走り去った。わたしは小さくなっていく尾灯を茫然と見送った。

気が進まなかったが、とぼとぼとおばあちゃんの家に向かい、呼び鈴を押した。五、六回鳴らすと、ぱっと明かりがついて、寝巻き姿のおばあちゃんがドアを開けた。

「あれまあ」と言うなりドアを閉め、わずかなすきまから、「おまえ、スカンクにやられたんだね」と言った。

「どうしよう」泣いちゃだめ、とわたしは自分をいましめた。お姉ちゃんは泣かないの。

「ちょっとお待ち」台所の照明がついた。窓ごしに、おばあちゃんが消毒剤、石鹸、その他もろもろ取り混ぜて洗浄液をこしらえているのが見えた。母さんが台所に入ってきた。ふたりの口が動いている。母さんが窓をにらみつけた。わたしは見つからないように、さっと身をかがめた。

おばあちゃんがドアを開けると、母さんの声が聞こえた。「ストーリー、みっともないまねをして。今度ばかをやっても泣きついてこないでよ」

わたしは母さんに泣きついたわけじゃない。念のために言っておくと。おばあちゃんを頼ってきたのだ。おばあちゃんは洗浄液をドアのすきまから押しやった。「これでよく洗ってごらん」と言った。「全身をごしごしとこするんだよ。それからホースで洗い流しなさい」

「外で洗わなきゃだめ？」

母さんが大声で答えた。「そりゃそうでしょ。なに？　そんなにおいのままで家にあげてもらえると思った？」

「家族のきずなはどうなったの？　助けてくれるんじゃなかった？」

だれも答えなかった。

わたしは物置の裏にまわって服を脱ぐと、洗剤を泡立ててごしごし洗い、水で流した。それをくり返していると、肌がひりひりしてきた。そのときになって悪臭が染みついたジーンズとTシャツのほかに着替えが一枚もないことに気づいた。さすがにスカンクのガスを浴びた服をまた着る気にはなれない。それぐらいならモレーンの町なかを裸で駆け抜けるほうがまだましというもの。

もしホリーが戻ってきてくれなかったら、実行していたかもしれない。

それでも実家にはなんでもそろっているので、汚れたつなぎが納屋に吊り下げてあるのを見つけてそれを着た。金具をきつく締めて、隠すべき場所は隠した。それから庭のあちこちを探しまわって、必要なものを調達した。

あのスカンクはいずれ戻ってくる。今夜でなければ明日にでも。巣箱の入口を爪でひっかいて、門番蜂が調べに出てくるのを待ちかまえる。手をこまねいていたら、どちらの群れも全滅してしまう。わたしはベニヤ板を二枚探し出し、釘を二センチ間隔で板一面に打ちつけた。それから歩いて引き返し、わたしの傑作を巣箱まで引きずっていくと、釘の突き出た面を上にして巣の正面に敷きつめた。スカンクは蜂が欲しければ、釘の上を歩いていかなければならない。

エンジンの音が聞こえたので振り返ると、トラックがちょっと離れた場所でアイドリングしていた。

帰り道はきたときよりも静かだった。妹が口をきく気のないことは火を見るよりも明らか。わたしは朝まで少しでも眠ろうと、ベッドに入った。今日はわたしの「人生最悪の日」のリストでも、かなり上位に食いこむだろうと思いながら。

20

火曜の朝、空には雲ひとつなかったが、大きな嵐が迫っているかのように大気は重く湿っていた。モレーンという小さな世界も、嵐のまえの静けさと期待に満ちていた。葬儀のある日には、きまってそんなふうに感じる。

友人であり恩師でもある人が今日埋葬されるというのに、わたしはそれを認めたくなかった。お葬式で一番つらいのは、棺のふたが閉じられるときだ。毎回これで永遠のお別れだという思いがずしりと胸をうつ。

フェイのことも気にかかった。遺体はもう引き渡されたのだろうか、葬儀の手はずはもう整っているのだろうか。そして、クレイはほんとうに有罪なのか。拘禁され、動物のように閉じこめられるのは、どんな気分だろう。

店に行く支度をしていると、レイ・グッドウィンが裏口をノックした。わたしは睡眠不足で機嫌が悪く、それに、まだスカンクのにおいがぷんぷんした。悪臭が肌から染みこみ、血流に乗って体じゅうに広がっているのだ。さいわい、蜂に刺された跡はもうほとんど目立たない。

わたしはレイを家にあげず、外に出て挨拶した。

「あんたの蜂を処分するかどうか、町議会で話し合ったと聞いたけど」レイはあちこちきょろきょろと見まわしたが、わたしとは目を合わさないようにしていた。「蜂が見当たらないな――けっきょく引き渡したのかい？」

「わたしの蜂はだれにも渡さないわ、レイ。巣箱を移したの。ロリが勝手なまねをしないように」

「そいつはよかった。おれが蜂に刺されたせいで、あんたに迷惑をかけちゃ悪いからな」

「そりゃもうひどい目にあったけど、悪いのはロリで、あなたのせいじゃない。ご心配なく」

「おれがきたから、びっくりした？」

「まあ、少しは」

「お悔やみを言いたくてな。あんたとマニー・チャップマンは親しかったから」

「それはどうも。じつは、わたしも折り入って訊きたいことがあるの」レイならマニーの蜂について、わたしの知らないことを知っているかもしれない。日ごろから配達で郡のあちこちをまわり、立ち寄る先々でいろいろな話を耳にしている。「まあ、すわって」とパティオのテーブルと椅子を身ぶりで示した。

レイは席についたが、鼻をひくつかせたり、椅子を遠ざけたりしなかったので、スカンクのにおいは気のせいかもしれないと思えてきた。

「ケニー養蜂場に出入りしたのは悪かったよ」と彼は言った。「あのことでまだ何か？」

「いいえ、そうじゃない。あなたがきっぱり手を引くなら、ケニー養蜂場のはちみつを売っていたことは水に流すわ」わたしは、〈クイーンビー・ハニー〉の存続があやういことは黙っていた。

「このまえ話し合ってから、一度も訪ねてないよ」

「よかった。話というのはマニーの蜂のことなの。巣箱の行方がわからなくて、いま捜しているところ」

「グレースに訊いてみた？」レイは野球帽をかぶり直した。

「ジェラルド・スミスとかいう人が持っていったそうよ」

「なら、そうなんだろ」

「その人は電話帳に出てないし、養蜂組合でも聞いたことがないって」

「じゃあ、よその人間だな」

「グレースは、マニーと同じ組合の人だってはっきり言ってたわ。配達中に何か聞いてない？」

レイは裏庭とその先にある川に目をやりながら思案した。「そういえば、マニーの蜂はどれも強群で、巣箱に働き蜂がたっぷりいると聞いたことがある。それに、ほかの大勢の養蜂家連中とちがって、巣から蜂が消えちまうおかしな病気にもかかってないってな」

「そのとおりよ」とわたし。「マニーは優秀な女王蜂を人工授精で育てていたの。大っぴらにはしていなかったけど。でも、わたしが知ってるのはそれだけ。彼の研究はどれもこれも〝極秘〟だったから」わたしは両手の人指し指と中指で引用符「〃」の形をこしらえて、それがどれほど極秘情報だったかを強調した。マニーいわく、蜂の病気や異常の対処法が見つかれば公表する。それ以外のことはわざわざ知らせるまでもない。

マニーの研究のことを話しているうちに、日誌のことを思い出した。あとでグレースに見つかったかどうか確認して、わたしに譲ってもらえないか、もう一度訊いてみよう。

「マニーが研究のことを、あんたにもっと話していればよかったのにな」とレイが言った。

「強勢の巣箱は金になるから」

「わたしは養蜂の基礎を習うだけで手いっぱい。経営のほうはさっぱり」それは必ずしも事実ではないけど、レイには関係のないことだ。マニーは仕事に精魂を傾けていたが、そこから利益を生み出す術も心得ていた。「そろそろ出かけるわ」とわたしは言った。「店を開けないと」

「カントリー・ディライト農場から、できたてのリンゴ酒を大量に仕入れてきた」とレイが言った。「あんたの店にもいくつか置いていこうか」

「それはもうぜひ。ところで、あれからはもう蜂に刺されてない？」

「心配ご無用」と彼は言った。「おれは物覚えがいいから」

わたしは家の戸締まりをして、〈ワイルド・クローバー〉に向かい、いつもの手順で店を開けた。レイはそのあいだにかなりの量のリンゴ酒を運びこんだ。そこに電話の音。キャリー・アンからだ。

「今日は行けそうにない」と、聞き覚えのある二日酔いの声で言う。「頭ががんがんするの」

がっかりだった。陰ながら断酒をずっと応援してきたのに。それでも、連絡してくれただけでもよしとしよう。以前のキャリー・アンなら気にもとめなかっただろう。

「わたしに何かできることはない？」

「ありがとう。でも寝たら治るから。つまりその、頭痛には睡眠が一番ってこと」

「そうね」

後ろで人の声が聞こえた。「その声はハンター？」

「そう」

「彼にひどいことを言ったの。あやまっておいて」

「自分で言えば」キャリー・アンが受話器を渡す音がした。

いや、そんな。ハンターに面と向かって詫びる覚悟はまだできていない。たとえ受話器ごしでも。彼のしたことがまだ引っかかっていた。キャリー・アンとつきあっていながら、わたしを口説こうとするなんて。

「やあ」ハンターは屈託のない声で言った。

「ごめんなさい、いろいろ言いすぎたわ」とわたしは言った。

少し間があいた。「ひとつしか覚えてないけど」

「でも頭のなかでは、あれこれと」

「おやおや」またしても沈黙。「会って話せないかな」

「そうね、そのうち」

わたしは電話を切った。キャリー・アンにもう一度チャンスを与えるという約束は、まだ生きているのだろうか。ハンターはそれをもうひと押しするつもりにちがいない。キャリー・アンの断酒はほんの数日しかつづかなかったというのに。でも、従姉の問題でこれ以上悩んでいるひまはなかった。店が立てこんできたからだ。

スチュー・トレンブリーがバーに行く途中で立ち寄り、新聞と小型のチョコバーをひと袋買った。

「キャリー・アンはバーによくきてる?」と訊いてみた。

「今週は、昨日の晩が初めてだった」

わたしの疑惑を裏づける答えだ。「今日はまだ火曜日じゃないの、スチュー」

そこにミリー・ホプティコートが花台に置くみずみずしい花束を持ってきた。そのあとからP・P・パティ・ドワイヤーも。ちょうどよかった。

「パティ、気になるうわさを聞いたんだけど」と切り出した。ゴシップにくわしい者がいるとすればパティだ。つまり、知りたいゴシップがあるならパティに訊くのが一番。

彼女はがぜん活気づいた。「あら、ほんと!?」

「別れた亭主のことで」

彼女は軽くいなすように片手を振った。「もうみんな知ってるわよ。いまさらそんな」

「相手がグレース・チャップマンでも？」

パティの目がぱっと輝いた。「何を知ってるの？　情報をつきあわせてみましょうか」

「わたしが聞いたのは、彼女とクレイが……その……あやしいって」

ミリーは花のぐあいを直していたが、感心しないというように舌打ちした。「グレースのご主人のお葬式は、今日の午後なのよ」

「あなたの言うとおりだわ」とわたし。「たしかに軽率だった」

まさしく。

ミリーは花束を手直ししながら、ここに花をひとつ挿し、あそこを動かし、後ろに下がって作品のできばえを確かめた。パティは、ミリーが帰ったらすぐに情報交換しましょうと目配せして離れていった。

パティにはしばらく待ってもらうことになった。店が忙しかったからだ。わたしは折を見てレイが持ってきたリンゴ酒をひと瓶あけ、小さな紙コップに注いで、客たちに味見してもらった。

電話も二つ三つかかってきたが、留守電にまかせた。手が二本ではとても間に合わない。もっと頼りになるアルバイトを探さなければ。パティは外に出てベンチにすわり、たとえ一日待つことになっても、話のつづきをしようという構えだ。

わたしが警察に連行されたときに、聖歌隊席でカード遊びをしていたお年寄りたちの何人かは特ダネをせがんだ。

「あれはまちがいだったの」とわたしは言った。「警察長の勇み足よ」

「別れた旦那のほうはどうなんだい？　彼がやったのかね？」

「いずれ裁判で明らかになるでしょう」

わたしは政治家になればよかった。そつのない受け答えだけど、何も言ってないのと同じ。わざと隠しているわけではない。クレイの状況についても、フェイ殺害についても、捜査は継続中のはずなのに、新しい情報がひとつも入ってこないのだ。ジョニー・ジェイは容疑者を逮捕したが、犯行を裏づける証拠をまだつかんでいなかった。

ミリーがお年寄りたちに声をかけ、みなで焼きトウモロコシを食べにぞろぞろと通りを歩いていった——バターと塩をまぶしたトウモロコシに食指は動いたけれど、店を空けるわけにはいかない。しかたなくアーモンドをひとつかみ、ぼりぼり食べた。

妹のホリーがようやく出勤してきた。わたしはほっとひと息ついた。

「もう十一時？」朝はどこへ消えてしまったのだろう。妹は襟ぐりの深いVネックの白いTシャツとジーンズに、岩ほどもある宝石のついた指輪をしていた。わたしが右手にはめているケルト模様の銀の指輪、十二ドルの安物と比べると、いっそう高そうに見える。わたしはそんなところにいつも目ざとくて、嫉妬深い自分にがっかりした。いろいろ欠点はあるにせよ、これからはもっとよき姉、よき友人にならなければ。

ホリーが鼻を鳴らした。まだ腹を立てているのか、それとも、まだスカンクのにおいが残っていたりして。

「まだにおう？　ねえ、そうなんでしょう？」

「その気になればね」妹は笑いだし、どうしても止まらなくなった。

「何がおかしいのか、さっぱりわからない」わたしは気を悪くした。「あんたも昨日の晩は、それどころじゃなかったくせに」

「今朝の母さんからの電話、聞かせたかったわ」ホリーは涙をふいた。マスカラがにじんでいるのを見て、わたしはにんまりした――妹には教えてやらない。

「聞きたくない」

「K。怒らせるだけだもんね」ホリーもうなずいた。「じゃあ、まず何から手伝う？」

「レジの使い方はわかるのよね？」

「もうばっちり。自分のものみたいにね」

それはある意味、そうかもしれない。契約書によれば、ホリーは店の半分を――もちろんレジも――所有しているのだから。

「じゃあ、わたしはちょっと休憩してくる。おもてのベンチにいるわね」

外に出ると、パティが体をずらしてベンチをぽんぽんとたたいた。

「ミリーの言うとおりだわ」とわたしは言った。「今日はグレースのことを悪く言うのはやめましょう」

「お葬式は一年中で一番ゴシップが飛びかう日なのよ」とパティ。「その家の過去があらためて掘り返される。知らなかった？」

言われてみれば、なるほどそうだ。会葬者は故人をしのび、遺族のことも話題にのぼる。参列者の立ち話でも弔辞でも思い出が語られる。外聞をはばかるときは、ひとけのない片隅でひそひそとささやかれる。

「でも今日は遠慮したほうが」

「そうね」パティはどうでもいいというように肩をすくめた。「あたしのは内部情報だし、よくよく考えてみれば、やっぱり言わないほうがいいのかも」

彼女はあっさりとは引き下がらなかった。

「このご近所で、だれが最初にクレイとグレースのことに気づいたの?」とわたしは訊いた。

「あたしに決まってるじゃない。ふたりが一緒のところを見たのよ」

ちょうどそのときロリ・スパンドルの妹、ディーディー・ベッカーがやってきて、こちらには目もくれず店に入っていった。体のあちこちにピアスをつけ、けばけばしい服を着て、スーツケースもどきの大きなバッグを引きずっている。ちょくちょく万引きしているのではないかとにらんでいたが、証拠はまだつかんでいない。そういえば、妹にディーディーに用心するよう注意するのを忘れていた。

「ごめん、パティ。そろそろ店に戻らないと」

遺族の悪口は言わない、とその場で決めた。せめて今日だけでも。

21

わたしは店に入ると、ホリーに疑惑を伝えた。それからディーディーのあとについて店内をしばらくめぐったけれど、けっきょく万引きの現場を押さえることはできず、そろそろ帰り支度をしようかと思っていた矢先、店の前で騒ぎが持ちあがった。ホリーがディーディーを捕まえ、彼女のバッグからポテトチップスが一袋、ジーンズの尻ポケットからガムが四パック出てきたのだ。

妹は路上でディーディーを組み伏せ、歩道に押さえつけたまま、空いたほうの手で携帯を使って通報していた。あっぱれなお手並みだ。

「いつのまにレスリングの押さえ込みまで習ったの?」と妹に訊いた。

「起こしてよ」とディーディーがわめいた。「なんにもしてないのに」

またしても揉み合いになり、ホリーが新たな証拠を引きずり出した。

わたしは目を疑った。「またガムにポテトチップス? なんでこんなものを? それぐらいのお金は持ってるでしょうに」

「もう二度としません」とディーディーは言って、わんわん泣きだした。「もうこりごりです」

そうでしょうとも。店をやっているおかげで、わたしは知らなくてもいいようなことまでいくつか学んでいた。万引きはその最たるもの。万引き犯についてこれまでに学んだことは

・大部分の万引きは、必要に迫られたものではない。
・万引き犯の多くは、ある種の高揚感をおぼえる。
・麻薬のように依存症になる傾向がある。
・万引き犯の多くは、捕まっても犯行をくり返す。

わたしの見るところ、ディーディーはまさしくその典型だ。

ホリーはプロの手際で、彼女をがっちり押さえこんでいた。

遠くからサイレンの音が近づいてきた。ディーディーは罠にかかった野生動物のような目でわたしを見た。

「警察に突き出すのはやめにしない？」とわたしはホリーにもちかけた。妹のほうは釣った魚をみすみす放すつもりはなさそうだ。わたしにまかせてもらえるなら、今回はきつく言い聞かせたうえで見逃してやるのだけど。「もう反省してるみたいだし」とわたしは言った。

「前科がつくのはかわいそうよ。それにしても、いったいどこでそんな技を身につけたの？」

「護身術のクラス」と妹は言った。「それを応用してみたの。攻撃も少々加えて」

ジョニー・ジェイには穏便にと頼んだのに——それでなくても、歩道での大立ち回りのせいで注目を集めていたので——パトカーのライトは点滅したまま、一方わたしたちは人目を避けて店内に戻った。ディーディーは悪いことは何もしていないの一点張りで、勘弁してくれと泣きついたが、ジョニー・ジェイは彼女の腕をしっかりつかんで、店の奥に連れていった。

けっきょくわたしがレジを代わり、ホリーが事務所で経緯を説明した。立ち聞きしたかったけど、それは無理というもの。警光灯を見た町の人たちが、〝買い忘れ〟があったといっせいに押しかけ、接客に追われていたからだ。ディーディーはわが身を犠牲に、客寄せをしてくれたも同然だった。

「警察長が鍵をつけたままパトカーのドアをロックしたのよ、ライトはつけっぱなしで」お客さんの質問はそうはぐらかした。どうせ事実はすぐに知れわたるのだけど。このあたりではどんな秘密も長続きしない。「スペアキーを持ってる人を探しにいったわ。お騒がせしました」

しばらくして奥から三人が出てきた。ディーディーが手錠をかけられていなかったので、ほっとした。おしゃべりがぴたりとやむ。トウモロコシのヒゲがひと筋、磨いた木の床に落ちても聞こえそうだ。

「通報してきたのはそっちだ」とジョニー・ジェイがわたしに言った。「ここはあんたの店。

こいつはあんたのものを盗んだ。どうしたい？」

自分でもよくわからなかった。ロリはにっくき仇敵で、この子はロリの妹。とはいえ、性根の腐った姉を持ったのはディーディーの罪ではない。まあ、妹もあまり褒められたものではないけど。

「こっちも忙しい身の上でね、ミッシー・フィッシャー」警察長がせっついた。

「放してあげて。ただし、店への出入りは差し止めということで」

「それならいいわ」花形格闘家のホリーもうなずいて同意した。

お客さんがぱらぱらと拍手した。ブーイングもひとり。

ディーディーがドアから出ていき、ガムのパックがなくなったままだと気づいたときにはあとの祭りだった。まんまとしてやられた。

でも、わたしが案じているのはもっと大がかりな窃盗事件だ。

「盗難の報告をしたいんだけど」ホリーにレジをまかせると、警察長を店の隅に連れていって訴えた。マニーの蜂が消えてしまったいきさつを説明する。「あなたは郡のすみずみまで目を光らせているから」と話を締めくくった。「知らせておきたかったの。もしこれまでになかった場所で、巣箱を見かけたら教えて」そう言ってから、うちの蜂もおばあちゃんの家の畑に〝疎開〟させたことを思い出した。いま説明している巣箱の移動にぴったり当てはまりそうだ。「祖母の家の近くで見つけた場合はべつだけど」

「それは冗談のつもりか？」ジョニー・ジェイは言った。「そもそも、自分のものでもないのに、申し立てができるか」

「あなたを蚊帳の外に置くのはどうかと思って」

「あんたの蚊帳になんぞ興味はない」

「わかった。いまの話は忘れて」

ジョニー・ジェイはしてやったりと言わんばかりの顔をした。わたしは通信指令係のサリーから聞いたプロムの申し込み云々という話を思い出した。そのせいで、死ぬまで恨まれるのだろうか。

そのときジョニー・ジェイが言った。「いや、まったくの的外れじゃないかもな。その蜂はいったいどこへ消えたんだ？　あの空き巣とも関係があるのかもしれん」

「空き巣って？」

「マニーから聞いていたはずだが」

「いいえ、なにも」べつに意外でもなんでもない。マニーは無口なたちだった。ただしミツバチのこととなると話はべつで、しゃべりだすと切りがなかった。

「あんたらは親しい友だちだと思ってたけどな」〝友だち〟と言ったときの思わせぶりな口調は気にくわなかったけど、それでこそジョニー・ジェイ。根っから嫌味なやつなのだ。

「空き巣が入ったのは一週間ばかりまえだ」と彼はつづけた。「台所の窓から侵入して、家のなかを物色した。引き出しからカメラと二、三ドルを盗っていった。経験の浅い泥棒、十中八九、子どものしわざだと、わたしはにらんでいる。盗んだものより高額なものを残していったからな。しろうとに決まってる」

「ひょっとしたら、その事件は消えたミツバチと関係があるのかも」頭のなかで考えていたつもりが、大きな声を出していた。

「なるほど。ミッシー・フィッシャー、あんたの言うとおり、ことによると押込みを働いたのは子どもじゃないかもしれん。蜂が関わっているような気がしてきたぞ。蜂どもはあの家で何か特別なものを探していたんだろう。それが見つからなかったから、マニーを痛めつけて聞き出し、とどめを刺したにちがいない。それからお目当てのものをいただいて姿をくらました」

「おみごと」

警察長は肩をそびやかして出ていき、わたしは彼の助力を当てにできないことを思い知った。

22

マニー・チャップマンのお通夜と告別式は、モレーンの南の端にある新しいルーテル教会で執り行われた。午後四時、弔問客がぞくぞくとやってきた。これが生前の面影をとどめたマニーとの最後のお別れになる。

教会に入ると、マニーの写真を飾った掲示板に出迎えられた。養蜂場を見まわったり、はちみつ小屋で採蜜をしたり、マニーが好きな仕事に打ちこんでいる姿だ。グレースは蜂を嫌っているように見えたので意外だった。レイとマニーが配送トラックの荷台にはちみつを積みこんでいる写真もあった。はっきり覚えているけど、マニーがグレースに写真を撮ってくれと頼んだとき、わたしもその場にいた。それどころか、わたしも笑顔でその写真に収まっているはずだった。一緒に写っていてもおかしくない写真はほかにも何枚かあったが、どこにもわたしの姿はない。グレースが編集用ソフトを使って消去したのではないかという疑いがしだいに募ってきた。でも人の気持ちをあれこれ推し量るのは苦手なので、部屋の奥にあるふたを開けた棺に気持ちを集中し、わたしの姿をトリミングで切り取ったグレース・チャップマンの動機についてはひとまず忘れることにした。

「いい写真ね」と、グレースの弟カールに声をかけた。

「そりゃあどうも。ぼくが編集したんです。グレースは蜂を入れるのをいやがったけど、蜂はマニーの人生そのものだからって、姉を説得しました」

「お姉さんに手伝ってもらわなかったの？」わたしを削除したのはグレースにちがいないと思っていたが、確かめておきたかった。

「グレースは二、三……その……変更を加えただけで」人のいいカールは申しわけなさそうな顔をした。

おばあちゃんと母さんもやってきて、マニーはいい死に顔をしているとうなずき合った。どの葬儀に出席しても必ずそう言うのだが、たしかに、養蜂場で倒れていたときの真っ赤に腫れあがった顔よりはずっと見栄えがした。

でも、お悔やみの列に並んでいるうちに、マニーにもう二度と会えないということがしみじみと寂しく感じられた。順番がくると、わたしはお悔やみを言ってグレースを抱きしめた。ところが彼女は、わたしに触られるのが耐えられないとばかりに、体をこわばらせたままだった。

「グレースも抱きしめてくれた？」母さんとおばあちゃんが戻ってきたときに、わたしは訊いてみた。

「そりゃそうでしょう」と言ってから、母さんはわたしを見て顔をしかめ、ティッシュをよこした。「なんて顔してるの、ストーリー。しっかりしなさい」

おばあちゃんがバッグを探って薬瓶をあけ、小さな白い錠剤を振り出した。

「これを飲んでごらん。気持ちが楽になるから」

母さんが横取りした。

「安定剤《ベイリウム》なんていりませんよ。だいたい、こんなもの、どこで手に入れたんですか？」

「念のために、いつも持ってるんだよ」とおばあちゃん。「こんなときのためにね」

おばあちゃんは母さんの目を盗んで、こっそり一錠渡してくれた。わたしはふだんあまり薬を飲まない。風邪薬やイブプロフェンのようなありきたりの痛み止めもできるだけ使わないようにしている。でも今回はやむにやまれずその薬を飲んだ。おばあちゃんがくれたものだ。体に悪いわけがない。

十五分後、わたしはスタンリー・ペックと図書館長のエミリー・ノーランと立ち話をしていた。気分はずいぶんましになっている。頰はしまりなくゆるみ、いくら取りつくろってもうすら笑いは消えてくれなかった。

「調子はどうだい？」スタンリーが腕をまわしてぎゅっと抱いてくれた。「おまえさんは、おおかたの人間よりマニーと長い時間を過ごした。こんなことになって、さぞこたえているだろう」

わたしは、口もとを引き締めながらうなずいた。「彼がいなくなって、人生がひっくり返ったみたいで」そう言いながら、すっかり傾いてしまった世界をふと想像した。

「もうあんたの蜂を困らせるやつはいないんだろ？」

わたしはうなずいた。

「蜂と言えば」とエミリーがスタンリーを見やった。「図書館から借りていった養蜂の本はお役に立ってる？　うちには一冊しかなくてごめんなさい。なにしろ小さな図書館だから、本の発注には頭を悩ませてるの。よかったら、ほかの図書館にも当たってみましょうか」

あれれ、とわたしは首をかしげた。消えた蜂のことを考えたら、いまの話は聞き捨てならない情報のはずなのに、注意を集中することができない。

「養蜂に興味があるなんて知らなかった」とわたしはスタンリーに言った。スタンリーは罠にかかった動物のような顔をした。ディーディー・ベッカーがついさっき浮かべた表情にそっくりだ。

「あれこれ勉強するのが好きなだけさ」と彼は言った。「たいしたこっちゃない」

「じゃあ」とエミリーは言った。「もっと本が必要になったら、連絡して」

「一冊ありゃ充分だ」とスタンリー。

教会は弔問客でごった返していた。これまでの例からみて、ほとんどの人は告別式まで残り、そのあとスチューの店に場所を移す。ただし遺族はべつで、しかるべき場所で会食をする。

ハンター・ウォレスがわたしのそばにきた。あたりを見まわしても、キャリー・アンの姿は見当たらない。

「新しいお友だちはどこ？」と訊いてみた。

「トラックのなか」

「彼女はトラックに置いてきぼり？」

「彼だよ」とハンター。「ベンは雄なんだ」

わたしはぽかんとハンターを見つめた。

「犬のことだろ？」

ええ、まあ。

「そりゃそうよ」とわたしは言った。おばあちゃんがくれた薬がよく効いて、落ち着きを保っている。ただし、薬にはわたしの脳のどの部分を眠らせ、どの部分を働かせておくかの判断がつかない。そこで全部まとめて眠らせた。ふと気がつくと、何ごとにつけ意識を集中できなくなっていた。

たしかスタンリーのことで何か引っかかってたんだけど。なんだっけ？

だれかと目が合うと、相手が視線をそらすことにも気がついた。わたしがそばを通ると、みながひそひそ話をやめることも。いったいどういうこと？

こんな反応にぶつかるのはこれが初めてではなかった。でも、人は人、自分は自分、というのがわたしの新しい生き方。わたしのことで何か知らないことがあったとしても、そのうちだれかが教えてくれるだろう。さもなければ……ううん、かまうもんですか。こうして、疑心暗鬼の念は、薬でもうろうとした空っぽの頭にのみこまれていった。

頭のスイッチを切るというのは、なかなかおつなものだ。これからは薬をちょくちょく飲んだほうがいいかもしれない。

グレースがわたしに近づいてきた。「マニーの日誌はもう見つかった?」と訊いてくる。

「いいえ。このまえはちみつ小屋に行ったときに捜したけどなかった。母屋じゃないかしら」

「小屋になかったのはたしか?」

「ええ。なんなら自分で捜してみたら?」

「わたしがあそこに近づかないのは知ってるくせに。どこかにあるはずなんだけど」

「どうしたの、急に?」グレースがマニーの日誌をそんなに気にかけるなんて、おかしなこともあるものだ。これまで興味を示したことは一度もないのに。

「わたしじゃないのよ」と彼女は言った。「ジェラルド・スミスから電話があって、マニーが蜂について何か記録を残していないか訊かれたの。それで日誌のことを思い出した。先方が言うには、同じ蜂を飼うんだから、そういうものがあれば助かるんだって。マニーはたしか蜂のことを書き残してたでしょ。養蜂のことはわたしにはよくわからないけど」

「なるほどね」わたしは興味を失った。

ちょうどそのとき案内係がみなに着席を求め、告別式が始まった。おばあちゃんがこっそり目配せをしてきた。わたしはにやりと笑い返した。ハンターがわたしの隣にすわる。すがすがしい戸外の香りがした。彼の体には薪の燃えるかすかなにおいが染みついているようだ。うーん、いいにおい。

告別式が進むにつれて、涙がこみあげてきた。とくにお棺のふたが閉じられるときがあぶなかった。でもあの小さな錠剤のおかげで、涙をこぼさずにすんだ。告別式はグレースらしくどこまでも慣習にのっとったもので、あっと驚く演出もなければ、飛び入りの弔辞もなし。マニーは列席者の多さによろこんだのではないだろうか。

告別式が終わると、遺族は棺のあとについて墓地に向かった。わたしたちは〈スチューのバー&グリル〉に河岸を移してマニーに別れを告げた。わたしが二杯目のビールを飲みほしたところへ、おばあちゃんが駆けこんできた。

「お酒は飲んじゃいけないよ」と言った。「言うのを忘れたけど、その薬はアルコールと一緒に飲んじゃだめだから」

「りょーかい」わたしはそう答えたが、呂律がかなりあやしかった。「ごちゅーい、ありがとう」

「うっかりしてて、家に帰ってから思い出したの。お酒は飲んじゃいないよね?」

「ぜーんぜん」とわたしはうそをつき、ハンターにもたれかかった。

「どうかしたんですか?」ハンターがおばあちゃんに訊いた。

「お葬式のときにストーリーに安定剤を飲ませたの」

「すんごくよく効くの」とわたし。

「この子はふだんお薬を飲まないから」とおばあちゃんは説明した。「だからよけいに効くんだろうねぇ。でもお酒を飲まなければ大丈夫。気分はどう、おまえ?」

「さいこーよ」とわたし。

「これはおまえのじゃないよね？」おばあちゃんはテーブルに載っているビールの空き瓶を指さした。わたしがたったいま飲みほしたものだ。

「ちがうってば」

「おふたりさんの写真を一枚撮らせて」とおばあちゃん。「お似合いだね」

「どーぞどーぞ」わたしはとっておきの笑顔を浮かべ、ハンターに体を寄せた。おばあちゃんはシャッターを押して、きたときと同じようにあっというまにいなくなった。

「そろそろ出よう」とハンターが言った。「もうお開きだ」

「いーえ、まーだまだ」とわたしは言った。体は心地よく弛緩し、なんの不安の種もない。

「まだ始まったばっかじゃない」

わたしはしまりのない笑顔で、ふだんなら決して口にはしないような質問を投げかけた。ハンターにドアまで連れていってもらいながら、こう言ったのだ。

「あんたのとこ、それともうちにする？」

23

翌朝、わたしは何もかも覚えていた。ひとつ残らず。一夜明けて、薬とアルコールの効果が薄れてゆくにつれ、ハンターにあんな意味深長な——いや、たぶんそれ以上の——誘いをかけたことに愕然とした。彼がわたしをうちまで送りとどけて、ベッドに寝かせ、服はそのまま、これっぽっちも不適切な行動をとらずに立ち去ったことも、それに劣らずきまりが悪かった。

せめて形だけでも迫ってくれたら、それらしくひじ鉄をくらわすこともできたのに。わたしとしては節操をかたく守ったはずだと信じたかったが、正直なところ、昨夜は触れなば落ちん風情で、もしハンターがあの場をうまく納めてくれなかったら、どんなことになっていてもおかしくなかった。

まえにハンターが愛情を行動で示したときは、ひどい言葉を投げつけておきながら、礼儀正しくふるまっている彼に、わたしのほうから迫るなんて。頭が混乱していたとはいえ、ハンターの立場はどうなる。いわゆる、ちぐはぐな合図を送ってしまったのだ。

わたしの空想では——現実はそんなに華々しいものではないと、近ごろ身にしみてわかってきたけれど――ハンターはわたしの服を脱がせてベッドへといざなう。わたしはシルクの下着を身につけ、メイクもその下着に負けないくらいみずみずしい《フレッシュ》。ところが現実では、ずうずうしい《フレッシュ》のはあの申し出ぐらいのもの。

しかも、従姉のキャリー・アンへの裏切りはどうなる？　わたしの元夫からしつこく言い寄られても、キャリー・アンは誠実な態度をくずさなかったというのに。まったく、もう。小さな錠剤ひとつとビール何本かで、ロリ・スパンドルも顔負けの――あるいはクレイとお似合いの――ふしだらな女に身を落とすところだった。

それにしても、キャリー・アンは昨日どこにいたのだろう？　たしかに昨日の朝、体調が悪いから休むという連絡をもらったけど、そうとうぐあいが悪かったにちがいない。さもなければ、告別式はパスしたとしても、そのあとの飲み会には顔を出していたはずだから。

今朝、従姉はわたしと前後して店に着いた。彼女はわたしが飲酒の問題を知っていることを知らないし、こちらから言うつもりもない。今朝ははつらつとしていた。まったく煙草のにおいがせず、息も酒くさくない。

「昨日の晩、飲みすぎた？」と訊きながら、わたしをじろじろ見る。

「そんなにひどい？」

キャリー・アンは肩をすくめた。「最高とは言えないわね」

今朝は客の入りが悪かった。たっぷり時間をかけて棚を並べ直した。考える時間もたっぷりあった。近ごろ、クレイのことがやけに頭に浮かぶ。彼に会ったときは、フェイを殺したのは彼ではないと思いこんでいたが、いまではその可能性もなきにしもあらずという気がする。わたしの頭は混乱しきっているようだ。

「どうせみんな二日酔いで家にとじこもってるのよ」キャリー・アンが何かのついでにそう言ったが、自分がみなと一緒に頭痛と吐き気に悩まされていないのが少々物足りないようにも聞こえた。「今日はもう帰ったほうがいい？　バイト代があればほんとに助かるんだけど」

「店にいて」とわたしは言った。彼女の恋人にみっともないまねをしてしまったせめてものつぐないに。「片づけてしまいたい用事があるの。ちょうどいい機会だから」

スタンリー・ペックが図書館で養蜂の本を借りたのはどうしてか、調べる必要があった。それに、あの正体不明のジェラルド・スミスがマニー・チャップマンの日誌を捜している理由も。クレイとグレースのことで耳にしたうわさについては言うまでもない。

わたしはトラックでウォーキショー市に出かけ、運転免許証を利用して刑務所に入れてもらった。

「クレイ・レーンの妻です」と言って、免許証を見せた。そこにはまだ「メリッサ・レーン」と記されていた。姓を変更するのは、勾留されている元夫から情報を聞き出す必要がなくなるまで延期することにした。クレイの妻と名乗っただけで胸が悪くなったけど。

「昨日がマニー・チャップマンのお葬式だったの」と、アクリルガラスをはさんだ自由の側からクレイに言った。「グレースはやつれてたわ」クレイの表情からは何もうかがえない。かりにマニーの妻と人目を忍ぶ仲だったとしても、顔には出さなかった。

つなぎの囚人服を着たクレイは浮いてみえた。ふだんダイヤのピアスできめている男にしては、なんともさまにならない。

「おれをここから出しにきてくれたんじゃないのか？　ハニー」

「そんな呼び方はしないで。それに、わたしにそんな力はないわ。どうしてそんなふうに思ったの？」

「おまえが面会にきたと言われて、おれはてっきり……」

「じゃあ保釈が決まったのね」

「ああ、今朝」

「わたしがここにきたのは、あなたを請け出すためじゃない」この男はわたしが保釈金を出すとでも思ってるのだろうか。そんな余裕があったとしてもお断わりだ。「食事はどうなの？」話題に困って、とりあえずそう訊いた。刑務所にだれかを訪ねるのはこれが初めて。こんなときはまず、世間話から始めるのだろうか。お天気の話とか、共通の知人の消息とか。

クレイが話の主導権をにぎった。「わざわざ刑務所のメニューを訊きにきたわけじゃあるまい。おれが恋人を殺したかどうか確かめにきたんだろ。モレーンに帰ってそのうわさを広めるために。あいにくだが」と彼は言った。「フェイを殺したのはおれじゃない」

「それは誤解よ。わたしがここにきたのは、ジョニー・ジェイに正直に話してほしいから。わたしをはめようとしたって認めなさいよ」

「いったいなんの話だ」

「図書館に行ったでしょうが」わたしはここぞとばかり、なじるような口調で言った。

「それは犯罪なのか？」

クレイがとぼけているとしたら、なかなかの役者だ。でも考えてみれば、彼はこれまでにたっぷり修業を積んでいる。

「あなたは汚い手を使って、わたしがフェイを殺したように見せかけた」と言った。「図書館のパソコンからeメールを警察長に送りつけ、わたしがフェイと言い争っているのを見たとうそをついて」

「どうしておれがそんなことを？」

「ジョニー・ジェイがあなたの身代わりとしてわたしを逮捕するように。それが裏目に出たのはあいにくだったけど」

クレイはわたしをまじまじと見つめた。「とうとうおかしくなっちまったんだな」

「わたしが？　まさか。そっちこそ、とうとうぶち切れた？　わたしが知っていた男は、女たらしのろくでもない夫だったけど、人殺しをするような男じゃなかった。元の女房にぬれぎぬを着せようとするなんて情けない」

彼の仕打ちを考えると頭にかっと血がのぼり、顔が赤くなった。それでなくても、これまでさんざん苦汁をなめさせられてきたのに。「あんたなんか、ここでくたばればいい」とわたしは言い放った。

「守衛さん！」クレイは荒々しくあたりを見まわしたが、彼がいる狭い個室には鍵がかかり、出口もない。今度ばかりは逃げられなかった。「おれを独房に連れて帰ってくれ、おーい！」

だれも答えない。

「最後にもうひとつ」わたしはつづけた。「あなた、グレース・チャップマンとも寝たんだってね。よくもまあそんなことを」

「まいったな」クレイは鼻を鳴らして苦笑した。「面会にきてくれて礼を言うよ。こんな遠くまで。ひとつ言っとくが、おれはここを出たらモレーンとはおさらばする。人の陰口ばかりたたいてるあの町には、ほとほと愛想が尽きた。おまえのせいで、こっちは村八分もいいところだ」

「わたしが？　あなたを村八分に？　はっ！」と言い返した。「わたしを子どものころから知っている人たちに、あれだけゴシップの種を提供しなかったら、あなたも町の一員になれたかもしれないのに」

「よく言うよ」そこで口を閉じればいいものを、クレイもしつこい男だった。「おれたち夫婦を物笑いの種にしたのは、おまえのほうじゃないか。おまえが神聖な誓いを破って、離婚したんだろうが」

わたしの番だ。わたしは悪態をつくまいとした。こらえに、こらえた――十秒ほど。それががまんの限界だった。

まがまがしい結婚生活の痛ましく不快な思い出のあれやこれやが、堰を切ったようによみがえってきた。そんなふうに言うと、まるでそうでない思い出があるみたいだが、わたししたちは明けても暮れても喧嘩ばかりしていた。よその女のことや、ひと晩じゅうどこに行ってたの等々。ぐうの音も出ないようなはっきりした証拠を突きつけられても、彼はしらばくれた。そうこうするうちに怒り心頭に発したわたしは、口をきわめて罵りだすのだった。この世のだれも、うちの母親でさえ、わたしをあそこまで怒らせることはできない。

「このクズ男！」とわたしはわめいた。

「上等だ」クレイはそう言うと、声を張りあげた。「守衛さん、守衛さん！」

「待って」わたしはゆっくり深呼吸をして、気をしずめようとした。おばあちゃんの魔法の薬がもう一錠欲しかった。「もう大丈夫だから。かんしゃくを起こすつもりじゃなかったの。あなたとグレースのうわさを聞いたもんだから、つい……」

「あの女のことはほとんど知らない。一度うちに訪ねてきたが、それきりだ」

クレイは一度きりのタイプだ。一度で充分。追いかけて、ものにしたら、次の女に移る。典型的なセックス依存症。しかも、わたしの非難を頭ごなしに否定しなかった。どうしようもない最低のやつ。

「あなたがどうしてフェイを殺したのか、まだ納得できない」とわたしは言った。「ほかの女と同じように捨てることもできたのに。それが一番手っ取り早いじゃない」

「そのとおり」とクレイも同意した。「女と手を切る方法なら、おれにまかせてくれ」彼はにやりとした。そのやんちゃ坊主のような笑顔に、昔のわたしはころりと引っかかった。

「おれがここを出たら、ふたりでやり直さないか」彼はわたしの全身をなめるように見た。

おぇっ。

はらわたが煮えくり返りそう。「冗談はやめて」

クレイのところへ行って、首をしめてやる方法はないものか。こちら側にドアはなかったが、そうでなければ実行していたところだ。

「利用者の個人情報だから」エミリーに、スタンリーがいつ養蜂の本を借りたのか訊くとそう答えた。「利用者のことやどんな本を借りたかは、口外できないの」

「わかった。じゃあ、ほかの利用者はその本をいつになったら借りられる？」

わたしが知りたいのは、スタンリーがいつその本を借りたかということだ。マニーが亡くなって彼の巣箱がどこかへ消えてしまうまえか、あとか。それのどこがそんなに難しいのだろう。

「あそこにあるパソコンを使えば、予約できるわよ」エミリーは壁ぎわにずらりと並んだパソコンを指さした。

わたしは目をむいて天を仰ぐのをこらえた。その誘惑はおそろしく強かったけれど。

「エミリー、それは個人情報保護法の本来の趣旨からはずれているわ。コンピューターのプログラムは、いつその本が借りられるかは教えてくれない。もう試したから知ってるの。本はいつ返却される？　それさえわかればいいの。すぐに手に入らないようなら、ほかの図書館を当たるから」

よその図書館に行くと脅せば、エミリーは気を変えてくれるかもしれない。利用者が浮気することを、エミリーはひどくいやがった。

「わたしが手配するわ」とエミリーは申し出た。「中央図書館に予約して、送ってもらいましょう」

業を煮やしたわたしは、べつの手を試した。

「ブルーグラスのコンサートがあった日、別れた夫も顔を見せたそうね」

エミリーの顔がぱっと明るくなった。図書館のイベントはお気に入りの話題なのだ。

「また企画を練っているのよ。月に一度なんてどうかしら。つづけていけば、お客さんも増えるだろうし。何かいい案はない？　みんなに受けそうな」

「考えとくわ。で、このまえのイベントなんだけど。ほら、あの日、わたしのカヤックでフェイ・ティリーが見つかったでしょ。クレイがここにいたあいだパソコンを使ったかどうか知りたいんだけど」

「それも個人情報だから」

ちょうどそのとき、スタンリー・ペックが図書館にやってきた、というか駆けこんできて、本をカウンターに投げ出すように置くと、わたしたちのほうへそそくさと手を振り、すぐまた出ていった。「遅れちまった」とかなんとか、ぶつぶつ言う声が聞こえた。

「ちょうどよかった」エミリーは表紙をちらりと見て嬉しそうに言った。「さあ、これで借りられるわよ」

わたしは本には見向きもせずに駆けだした。失礼とは思いつつ、あれこれ言い訳しているひまはなかった。それに、いまとなってはその本はどうでもよかった。わたしが調べたいのはスタンリーで、本ではない。

彼の車のあとにぴったりついて、図書館を出て右折した。

メイン通りを北に向かい、町を出ると右折して、広々とした牧場と森にはさまれた田園道路をたどった。田舎の空気は刈り取ったばかりの芝のにおいがした。わたしは運転しながら窓を下げて、すがすがしい香りを胸いっぱいに吸いこんだ。あまり車間距離をつめず、尾行に気づかれないようにする。わたしのトラックは迷彩色とはいいがたい。明るいブルーの車体は景色にうまく溶けこめないのだ。それに、気がはやるあまり、しょっちゅう自分に落ち着いてと言い聞かせ、アクセルから足を離さなければならなかった。追いつきそうになっては、車間距離が短すぎるのに気づいてスピードを落とした。

わたしの勘が当たっていれば、マニーの蜂を今日取り戻せるだろう。

なぜなら、スタンリーが彼らのもとに案内してくれると信じているからだ。

24

ウィスコンシン州の田園道路とは――

・田園道路は、自然の景観に富んだ道路の保全を目的とした、州の特別保護計画のひとつ。
・州内にはおよそ百カ所の田園道路がある。
・田園道路に認定されるには、起伏に富んだ地形、自生植物や野生動物が多いなど、自然の景観に恵まれた、運転しやすい田舎道でなければならない。
・モレーンの健全な財政を支えている理由のひとつに、観光客に人気のある田園道路から近いという立地のよさがあげられる。
・最高時速は七十キロだが、それ以下に制限された道路も多い。

いま走っているこの道もそうで、最高時速が五十キロに抑えられているのは曲がりくねった山道だから。

いわゆるつづら折りで、しばらくするとスタンリーを見失ったのではないかと心配になってきた。おまけに、へたな追跡をいつまかれたのかもはっきりしない。この一キロ半というもの、きついカーブの連続だったから。一本道なので、道路沿いの私道のどれかに入ったか、速度を上げて振り切ったかのどちらかだが、それは決して難しいことではなかった。わたしのトラックは頼りになるが、スピードが出るとはとても言えない。

最初の筋書き、つまり私道に入ったという可能性のほうが高そうだ。死にたくなければ、こんな曲がりくねった山道を高速ですっ飛ばしたりはしないだろう。

わたしは方向転換して、きた道を引き返した。スタンリーを見失ったと思われるあたりには私道が七つある。どの家も道路から見えなかったが、そもそも田園道路に認定された理由のひとつがそれなのだ。いまの状況では、その資格もはた迷惑なものでしかなかった。

ためしに、私道のひとつをたどってみた。それからひとつ、またひとつと、スタンリーが逃げこんだかもしれない七つの私道をひとつ残らず確かめる。

スタンリーの姿は影も形もなかった。

わたしはこの失敗に気落ちせず、行き先をおばあちゃんの畑に変更して、うちの娘たち（女王蜂と働き蜂）と息子たち（雄蜂）——まだ巣から追い出されていなければ——の様子を見にいくことにした。

おばあちゃんの車が私道に止まっていて、母さんが助手席から降りてくるのが見えた。わたしは見つからないよう前かがみになってさっと通りすぎた。運転席で身をちぢめたからといって、トラックが消えてくれるわけではなかったけれど。

とてもじゃないが、お説教を聞く気分ではない。

どうやら母さんのレーダーをかいくぐれたらしいと安心して、トウモロコシ畑に沿ってガタガタ進み、巣箱のすぐそばに駐車した。どこにも異常は見られない。釘のベッドが功を奏して、スカンクたちはべつの――もっと肉球にやさしい――おやつを探したほうがいいと思い知ったようだ。ざっと観察したところ、うちのかわいい働き蜂たちは昨晩何ごともなかったかのように、せわしなく巣箱を出入りしていた。

スカンクのガスを浴びた作業着と養蜂道具は石鹼と水とアンモニアで洗濯ずみだったが、あいにく持ってこなかった。そもそも今日はべつの用事があったのに、そちらが思いどおりにはいかなかったからだ。最初の計画では、巣箱を訪ねるのはもっと遅い時間のはずだった。たいしたことじゃないわ、と腹をくくった。マニーが防具をつけずに蜂の世話をしているところは何度も見たことがある。覆面布も帽子も手袋もなし。素手でやさしく、ゆっくりした動作で作業を進めていた。わたしにもできるだろう。それに、蜂たちもそろそろわたしのことを覚えてくれてもいいはずでは？

蜂に与える砂糖水の入ったバケツをトラックの荷台から下ろし、片方の巣箱を開けて給餌器に注いだ。まえにも言ったように、一年のこの時期は、花はまだちらほら咲いているが花粉はだんだん減ってきて、蜂たちはお腹をすかせている。巣に貯えられた蜜は、蜂たちが一番必要とするときまで残しておくために、マニーはいつも砂糖水を給餌していた。わたしもそれを手本にするつもりだ。

蜂の群れを世話するさいには、指の下に蜂がもぐりこんでいないかの確認を怠ってはならない。

「痛っ！」わたしは親指に刺さった刺針を強くこするようにしてすばやく抜き、巣箱のふたをかぶせると、もうひとつの巣箱に移って同じ作業をくり返した。

「あいたたっ、よくもやってくれたわね」今回、標的にされたのは首だった。

まえにも話したかもしれないが、蜂の毒液にはにおいがあり、それがほかの蜂たちも興奮させる。一度でも刺されたら、肌が露出しているところを残らず覆うしかない。ただし覆うものがあればの話。さもなければ、蜂たちは立てつづけに刺してくる。

あわてふためいたわたしは、横っ飛びに逃げようとした。釘のことをすっかり忘れて。ビーチサンダルはそもそも釘の上を歩くようにはできていない。

〈ワイルド・クローバー〉に帰り着いたときには、首は真っ赤に腫れあがってずきずきとうずき、足をはでに引きずり、お気に入りのビーチサンダルは使いものにならなくなっていた。

「いったいどうしたの？」とキャリー・アンが訊いた。

「べつに。気にしないで」

足を引き引き奥に向かっていると、ホリーが出勤してきた。

「あんたの姉さんは、何かたくらんでるみたいよ」キャリー・アンはわたしの頭ごしにホリーに声をかけた。まるでわたしがその場にいないみたいに。「今朝はやけにやさしかったの。そのうち用事があるとか言いだして、でもなんの用事かはがんとして言わない。それでついさっき、体じゅう傷だらけにして帰ってきたばかり」

「わたしなら何も訊かない」とホリーが答えた。「知らぬが仏よ」

「それは言えてる」とキャリー・アン。

「ストーリーは運動神経に難があるから」とホリーはつづけた。

「つまり不器用ってこと？」キャリー・アンがくすくす笑った。「言われてみれば、たしかに」

「子どものころからずっとそうだったの」とホリーがつけ加えた。

「店はどうだった？」わたしがいかに不器用か、ふたりがあれこれあげつらわないうちに、急いで話題を変えた。それにしても、血だらけのこの足は救急救命室に行ったほうがいいのだろうか。破傷風の予防注射をこのまえ受けたのはいつだっけ。

「いまひとつね」とキャリー・アン。「観光客が何人か町をぶらついて、〈アンティーク・ショップ〉をひやかしてた。ロリ・スパンドルが顔を出して、あんたの蜂の情報を聞き出そうとしたわ。何も言わなかったけどさ。そもそも話すようなことを何も知らないし。あとはスチューが新聞を買いにきた。まあ、そんなところ」

「ホリー」とわたしは声をかけた。「キャリー・アンと話があるから、そのあいだ店をお願いできる？」

「了解」

「あたしをクビにするのね。その声の調子を聞けばわかる」従姉は指を耳に突っこんで、

「ララ……」と歌いはじめた。

わたしはその腕をつかんで、足をかばいながら奥の事務所へ連れていった。ドアを閉める。

「せめて退職金はもらえるの？」キャリー・アンは打ちひしがれた様子で、棚にもたれた。

「退職金が無理なら、失業手当でもいいけど」

なんてずうずうしい。つい最近まで気が向いたときしか顔を出さず、うちで働く気があるかどうかもあやしかったのに、いまになって退職金が欲しいなんて。

「あんたをクビにするつもりはないわ」とわたしは言った。

「ほんとに？」

「ええ」

「じゃあ、わざわざ人払いしたのはどうして？ああ、なるほど。妹に聞かれちゃまずい話か。あの子のこと？」

わたしは事務椅子に腰かけると、隣にあるパイプ椅子にすわるよう身ぶりですすめた。さて、どう切り出そう。

単刀直入が一番よさそうだ。「事実が知りたいの。よけいな気づかいはいらないから」

「わかった」

「じつは……ここしばらく、なんだかいやな感じがしてしかたないの」

「あたしもよ。宇宙と交信してると、そういうことってあるのよ」

「はぁ？」

「あたしは毎日宇宙に話しかけてる。簡単だから。まず外に出て、空を見上げる。それから、神さまだか、宇宙だか、エネルギーの源だか、とにかくあんたが信じているものに向かって、自分に必要なもの、欲しいものをお願いする。まあ、だまされたと思ってやってみて。でもときには、悪いことが起こりそうな、いやな予感がするのよね。あんたが言ってるのはそれでしょ」

大きな声では言えないが、キャリー・アンはしらふのほうが、酔っ払っているときよりもずっと楽しい。ハイスクールで仲よしだった女の子の面影が、アルコールの靄《もや》の奥からちらりとのぞくのだ。

「えーっと、そうじゃなくて」とわたし。「わたしの場合は、町の人がよってたかってわたしの陰口を言ってるような気がするの。気にしすぎだって言われるかもしれないけど、まんざらはずれてないと思う。とくに昨日のお葬式ではこたえたわ」わたしはキャリー・アンから目をそらさなかった。「みんなが知りたがってるのは、クレイとフェイとわたしがどうからんでいるかよね？　なにしろ離婚が成立したとたん、フェイは殺されてしまったんだから。そうなんでしょ？　みんな興味津々なのにじかに訊けないもんだから、あれこれ勘ぐってるんじゃないの？」

キャリー・アンは視線をそらしたが、わたしの目はごまかせなかった。

「何か知ってるのね」腕をゆすってこちらを向かせると、とっておきのすがりつくような表情を浮かべた。「教えてよ。わたしたち、血のつながった従姉妹じゃない」

どこからそんな台詞が出てきたのかわからない。気がついたときには口からぽろっとこぼれていた。ところが、家族の負い目につけこむという、この母さんゆずりの泣き落としが功を奏した。

「きっと後悔するわよ」と従姉は言った。「聞かなきゃよかったって」

「ものはためしよ」

「あたしの口から言わせないでよ」となおもしぶる。「いやだ、こんなの」

脅迫がいいか、拷問にするかと思案していると、キャリー・アンがようやく折れた。

「みんながうわさしてるのは、あんたとマニー・チャップマンが不倫してたんじゃないかってこと」

わたしは口をあんぐりとあけた。これまでああでもない、こうでもないと頭を悩ませてきたけど、それは思いもよらないものだった。

「あたしもそんな顔をしたと思う、初めてそのうわさを聞いたときは」とキャリー・アンが言った。「あんたはハイスクールのころ少々……ていうか、かなりの跳ねっ返りだったけど、もう落ち着いたんだと思ってた。だからそのうわさを聞いて、どんなにびっくりしたか。私生活を大っぴらにしないだけ、まだましだけど。あの色男の元亭主ときたら、スチューの店に新しい女をとっかえひっかえ連れてきては、どんなにもてるか自慢たらたら。ごめん、こんなこと言うつもりじゃなかったのに。それにあたしは、あんたがマニーと親密なときを過ごしたからといって、責めるつもりはこれっぽっちもない。あんたに石を投げるようなまねはしない。あたしにだって秘密のひとつやふたつはあるんだから」

わたしが右手を上げて制止するようなそぶりを見せなかったら、キャリー・アンは熱に浮かされたようにしゃべりつづけていただろう。

「そのうわさは」わたしは咳払いをした。「でたらめもいいところよ」

「じゃあ否定するのね？　いい考えだわ。あたしたちがそれを広めたら、うわさ話もやむかもしれない。それとも、火に油を注ぐ結果になるか」

「グレースと義理の妹があんなに冷たい態度を取ったのは、そういうわけだったのね」わたしは声に出してつぶやいた。「そのうわさを聞いて、うのみにしたんだ」

「この問題に真っ向から立ち向かう？　それともこのまま下火になるのを待つ？　新しいうわさを広めて、注意をそらすという手もあるけど」

「だれがこんな不愉快なデマを言いだしたの？」そこがぜひ知りたかった。

「Ｐ・Ｐ・パティよ」とキャリー・アン。「でも、あたしから聞いたとは言わないで。それと、首を氷で冷やしたほうがいいわよ。風船みたいにふくらんできたから」

25

ハイスクール時代、わたしはこの世で一番の善人ではなかった。いまではそれがわかるし、かなりみっともないこともやってきた。プロムの女王に選ばれるほど人気はあったが、人気のない人たちの気持ちを本気で思いやろうとはしなかった。そんな過去のあやまちや、他人を傷つけた機会のひとつひとつに対して、罰が当たってもしかたないのかもしれない。因果応報ということわざもある。かつて人に与えた痛みのいくらかを、わたしが味わうのは当然なのだ。

それにしても、パティ・ドワイヤーはどうしてあんなことを言いふらしたのだろう。わたしがぼやき屋パティと呼んでいるのがばれたのだろうか。これはその仕返し？　でも、彼女のことをそう呼んでいるのは、わたしひとりじゃない。自業自得というものだ。いまでは言いだしっぺがだれかも覚えていない。

え、わたし？

この〝不倫〟とやらが母さんとおばあちゃんの耳に入ったら、どうなる？　いまさら母さんと実りある関係を築けるとは期待していないけど、心の底ではこれ以上嫌われたくないと思っていた。

そこで、ホリーがこの最新のゴシップについて知っているかどうか、野菜の棚を補充しながら探りを入れてみた。「妙なうわさが飛びかってるんだけど」と、完熟トマトが丸々と見えるように積み重ねながら切り出した。「わたしとマニー・チャップマンが、その……つまり……親密な関係にあったとか」

「わたしも聞いた」ホリーはニンニクから顔を上げずに言った。

「P・P・パティから？」

「母さんから。わたしをこの店に寄こした理由のひとつはそれなの。おばあちゃんも賛成して」

「いやだ、母さんも知ってたのね」

「そうよ」

「じゃあ、あんたがここにいるのは、愛人を失って悲嘆に暮れているわたしを慰めるため？」

ホリーはトウモロコシの台のまわりに落ちている皮やヒゲを掃除しはじめた。お客さんが皮をむいたあとだ。自分で皮をむいて、みずみずしい黄色い粒をむき出しにするのが受けていた。一年のこの時期、トウモロコシは売り上げ上位の一角を占めている。

「母さんは、姉さんがばかなまねをしないようにって。おばあちゃんは、姉さんをグレースから守ってあげてって」

「グレースに怒る権利なんてないわよ。クレイとこっそり楽しんでいたんだから」

わたしは妹に、クレイにじかに問いただしたが、彼が強く反論しなかったことを話した。

ホリーは首を振った。「モレーンの飲み水には、媚薬でも入ってるの？」

「まるで昼ドラみたい。でも、わたしとマニーはなんでもないから」

「ええ、そうでしょうとも」と妹。

家族でさえ信じてくれないのに、いったいだれが信じてくれるのだろう。


「グレース、開けて」わたしは網戸ごしに家のなかをのぞきこみながら、声をかけた。コンロには鍋がかかり、湯気が上がっている。「いるんでしょ」

ドアノブをまわしてみた。鍵はかかっていない。網戸を開けて、ふたたび声を張りあげた。

「入るわよ」

「ポーチで待ってて」グレースがどこか奥のほうから言った。「すぐに行くから」

グレースはしばらくわたしを外で待たせたあと、ようやく姿を見せた。疲れた顔をしている。葬儀から一夜明けたばかりだ。モレーンでの暮らしは、どちらにとっても気まずいものになっていた。

「折り入って話があるの、グレース」

グレースはわたしを招き入れず、ポーチにもたれて腕を組んだ。わたしは簡単な用件から始めることにした。人ともめるのは苦手なので。

「ジェラルド・スミスを捜しているの。蜂の件で相談したいから。でも、養蜂組合の会員じゃなかったし、電話帳にも載っていなかった。あなた、電話番号を知ってる?」

「いいえ」グレースは唇をきっと引き結んだ。

「ほかの連絡方法も知らない?」

「ええ」

「巣箱を運ぶところを見た?　どんな人だった?　トラックは?」

「いいえ。知らない。見てないわ」

やれやれ。これではらちが明かない。

「ねえ、グレース。どんなことでもいいから」

「蜂はいなくなった。わたしにはそれで充分」

「つまり、その人は暗くなってからきて、巣箱を積みこんで行ってしまった。で、あなたは何も見なかったのね?」

「そうよ。話はそれだけ?」

「蜂を持っていったのはスタンリーじゃない?」

「スタンリー・ペック?　どうしてそう思うの」

わたしはがっかりしてため息をついた。これでは先が思いやられる。

「空き巣が入ったんだってね。もう犯人は捕まったの?」

「いいえ。カメラはどうせ古いものだし。お金もたいして盗られなかった」

わたしはグレースに、はちみつ小屋にあったスズメバチの死骸やら、スズメバチの巣の破片やら、送風機のことを訊きたかった。送風機は出しっぱなしで、まるでだれかが借りて、きちんと片づけなかったように見えた。でも、グレースに心当たりがあったとしても、いまおしゃべりする気分でないのは明らかだ。

「あの小屋をわたしに売ることを考えてもらえないかしら？」わたしは話題を変えた。「これからも養蜂の仕事をつづけていきたいの」

「お断わりするわ」とグレースは答え、まだ残っているマニーの遺品とはちみつの生産販売を引き継ぎたいというわたしの夢はしぼんだ。

ことによると、厄介な問題をあとまわしにしたのがまずかったのかもしれない。わたしの手のひらは汗ばんでいた。「マニーとわたしについてのうわさだけど。事実無根だから。わたしたちはただの友だちよ。とんでもないうそを聞かせてしまってごめんなさい」

わたしは、グレースのほうにも負い目があると思っていた。ひと言詫びてもいいのでは？彼女はクレイと関係を持ったことがあり、しかもそれは事実だった。わたしの場合のようなでっちあげとはわけがちがう。元夫が、彼らしいいじましい方法とはいえ、それを認めたのだ。

「うそはひとつも聞いてないけど」とグレースは言った。

わたしたちは一歩も引かずににらみ合った。ふだんは警察長のためにとってある、ここぞというときの目つきで。

「とぼけないで」とわたしは言った。

「とぼけてなんかいない」

「とにかく、用件は伝えたから」わたしはポーチから後ずさった。足の痛みがぶり返したが、グレースから目を離さなかった。腕の毛が逆立ち、一刻も早くここから出ていかなければという虫の知らせを感じていた。ふだんはあまり人を疑ったりしないが、それは人間はみな根っこの部分では善人だと信じたいからだ。でも昨今の事情を考えれば、それなりに警戒してしかるべきだった。

もしグレースが殺人鬼だとしたら、どうやって身を守ればいいだろう。わたしはなんの安全策も講じずにのこのことやってきてしまった。

「う、うちの妹は、わたしがあなたに会いにきたことを知ってるのよ」とつっかえながら言った。「キャリー・アンだって知ってるわ、わたしがここにいることを。それじゃ、そろそろ店に帰るから」

グレースは動かなかった。わたしがトラックまで引き返し、エンジンをかけ、命からがら逃げていくのをじっと目で追っていた。

帰り道、わたしはグレースがマニーを殺したという確信を深めていた。彼女には手段も機会もあった――その気になれば、送風機のスイッチを入れ、巣に閉じこめておいたスズメバチを放ち、自分だけ家に駆けこんでドアに鍵をかけることができた。マニーが蜂に刺されて、苦しみながら死んでいくのを見殺しにした。それはなぜか？　あの蛇のように卑劣なクレイと一緒になりたかったから。そして、彼がフェイと一緒にいるのを見てかっとなり恋敵を殺した。わたしにその罪を着せるという計画がうまくいっていれば、何かと目ざわりな前妻も厄介払いできたはず。だがあいにく、もくろみどおりにはいかず、ジョニー・ジェイはクレイを逮捕した。

グレースの心中はいかばかりか。

それなのにわたしときたら、彼女のことを自分を卑下しがちな、おとなしくて影の薄い女だと決めつけていたのだ。

グレースを見くびっていた。

26

レイ・グッドウィンの配達トラックが、三時ちょうどに出勤してきたトレントとブレントのクレイグ兄弟のあとを追いかけるように到着した。とりあえず、殺人や陰謀について頭を悩ませるのはおあずけだ。

わたしが店の裏で荷下ろしに立ち会っていると、ホリーが真っ赤なジャガーのほうに歩いていった。

「ハンターから電話があったわよ」と彼女は言った。「二度も。大事な用件だって。うちはマックスが今日帰ってきて、明日からまた出張。今夜はディナーに出かけるの」と新婚さんのようにくすくす笑った。「そのときに、町じゅうの人をその気にさせている水を味見してみようかしら」

「どうぞ、ご自由に」とわたしは受け流し、レイに注意を戻した。彼はいつもより身なりに気をつかっていた。ジーンズは清潔だし、彼にしてはめずらしく、ひげもきちんと剃っている。「いい人でもできた?」と訊いてみた。

彼はモナリザのような笑みを見せた。「かもな。なんでばれたんだか」

「女の勘かしら」わたしは話題を変えた。「じつはマニーの蜂がまだ見つからないの」と切り出す。「心当たりはない？　新しく蜂を飼いはじめた人とか、巣箱の数が増えた養蜂家とか」

「またそれか。聞くところによると、あんたがこの町で蜂を飼うことに、みんな反対してるんだってな。だから蜂をよそへやったんじゃないのかい？」

「それはそうだけど――」

「ひとつ気晴らしに、おれと金曜日の夜に出かけないか？」

わたしはぴたりと動きを止めた。正直なところ、走ってくる列車と正面衝突したような気分だった。レイの意中の人はどうやらわたしらしい。いやはや。独身の女にとって悩ましい問題のひとつは、ありがた迷惑なお誘いを、男の沽券《こけん》とやらを傷つけることなくどうやってお断わりするか。わたしはレイの面子《メンツ》をつぶしたくなかった。

たいていの場合はそれらしい兆候がある。今回は寝耳に水だった。

「うーんと、金曜日は用事があるの。でも誘ってくれてありがとう」レイが何か言いかけたので、急いで口をはさんだ。「この週末もずっと忙しくて」

「そうか、じゃあ来週にでもまた誘うよ」

「そうね」そのときはそのときだ。「誘ってくれてありがとう」そんなにお礼ばかり言ってたら彼に気があると受け取られかねないが、なにしろうろたえていたので。「それはそうと」と言葉を継いだ。「今週、都合のいいときにグレースのところに寄ってもらえる？　注文を受けた分のはちみつを小屋から取ってきてほしいの」

レイは、わたしが頭をふたつ生やしているかのように、まじまじと見つめた。

「それはつまり、あの神聖なはちみつ小屋におれひとりで入るってこと?」と訊いた。

わたしはくすりと笑った。マニーが定めた規則を思い出したからだ。ふだんは細かいことにこだわらないたちなのに、この決まりだけは絶対だった。例外はなし。マニーとわたしのどちらかと一緒でなければ、何人《なんぴと》たりともはちみつ小屋に入ることはできない。あの小屋はマニー・チャップマンの城で、彼の生前はわたしもその意思を尊重していた。

養蜂家どうしの競争はいたって穏やかなものだけど、マニーいわく、まったくないわけではない。

「グレースはわたしと口を利いてくれないから」と、今回にかぎって決まりを破る理由を説明した。「わたしが勝手に入ったら、撃たれかねないわ」

「あそこはいつも鍵がかかってたよな?」

「グレースが入れてくれる。それと、売り上げは全部お渡ししますと伝えてほしいの」

「あんたの取り分は?」

「もういいの」わたしは裏口から店に入った。

ふだんだったら、今夜も店じまいしたあと、カヤックでオコノモウォク川に漕ぎ出していたところだ。でもいまは〝ふだん〟ではないし、だいいち手もとに舟がない。

よくよく考えてみたが、わたしの推理はもう少し目鼻がつくまでジョニー・ジェイには言わないことにした。その代わりと言ってはなんだけど、警察に電話していつカヤックを返してもらえるのか問い合わせた。下取りに出すことはもう決めてある。あのカヤックに乗れば、死んだフェイのうつろなまなざしや、ほかの不愉快な記憶がきっとよみがえってくるにちがいない。

警察ではだれも、その答えを教えてくれなかった。返却が決まったら連絡すると言うだけだ。

レイにデートを申し込まれたことが、まだ心にわだかまっていた。ひとつ、誘いを受けてみようかというのではない。これまでレイを恋人候補のひとりに考えたことはなかったし、この先も絶対にありえない。うちの裏庭にすわっているだけでも気づまりなのに。でも独身で恋人なし、近々恋人ができる当てもないわたしには、あこがれていることがいくつかあった。

・金曜日の夜に予定があること。スチューの店でハンバーガーを食べるというありきたりなものでいいから。
・まわりが全員カップルのように思わずにすむこと。独身に戻り、手をつなぐ人がいなくなってから、手をつないだ恋人たちの姿がやけに目につくようになった。
・雨の日に、温かい体にぴったりくっついて映画を観ること。

・人との触れ合い――ぎゅっと抱きしめてもらうこと、わたしの腕をさする軽やかな指の動き、足のマッサージ、だれか特別な人と肌を合わせること。

最後の項目は、ここしばらくわたしの胸に巣くっているロマンチックな妄想の一部。でも特別なだれかというところがみそで、肌を合わせる相手がだれでもいいわけじゃない。

ホリーの帰りがけの伝言を思い出した。ハンターがわたしに二度も電話を寄こしたとか。折り返し連絡することも考えたが、まだ気まずい思いが残っていて、なんて言えばいいのかわからない。人にあやまるのは、今日のところはもうたくさんだ。

そこでホリーに電話した。

「いま取りこみ中なんだけど」とホリーが声をひそめて言った。

「まだ四時でしょうが」

「愛に時間は関係ないの」

「じゃあひとつだけ。ハイスクールで、どうしてハンターとわたしは別れたの?」

「そんなこと、自分が一番よく知ってるじゃない」

「それが覚えてないのよ。あの人はどこをとっても〝完璧〟そのもの。でも、もしそうなら、なんで別れたのか。いくら考えても思い出せないの」

「姉さんが捨てたのに」

「わたしが?」

「彼じゃ物足りない、わたしは広い世界を見たいから、田舎っぺとは別れるって」

「わたしがそんなことを？」

「そう。あっさりとね」

なんて浅はかな。

「そういえば、ハンターに電話をかけた？」とホリーが訊いた。

「まだ」

「大事な用件だって言ってたわよ。忘れないで」

電話を切ってから、そういえば若いころ、モレーンを出ていきたくてたまらなかったことを思い出した。けっきょく世界一周は果たせなかったけれど。それどころか、高速道路で六十キロしか離れていないミルウォーキーに行くのが精いっぱい。それでも故郷のモレーンと比べたら、ミルウォーキーは世界そのものだった。

もしモレーンを離れなければ、どんな人生を送っていただろう？　ミルウォーキーでクレイと出会って結婚しなければ？　もしハンターとずっとつきあっていたら？

過去をあれこれほじくり返してもろくなことはない。坂道をすべって、泥沼へとまっさかさま。そこで店じまいして家に帰ると、菜園に寄って新鮮なビーツをいくつか掘り出し、台所にこもって特製のビーツスープをこしらえた。今月の〈ワイルド・クローバー通信〉にこのレシピも載せよう。今回はショウガも入れて、ちょっぴり野趣を添えた。

27

夜が白々と明けるころには、モレーンで最近起こったふたつの事件についての疑惑は募る一方で、もはや見過ごせなくなっていた。頭のなかの小さな声はしだいに大きくなり、頭蓋の内側をコツコツたたいて、注意を引こうとしている。明け方に見たマニーとフェイの夢は、わたしの不安をいっそうかき立てた。

それはうす気味悪い夢で、マニーとフェイが連れだってメイン通りを歩いていた。連れだってというより、一心同体といったほうが近い。ふたりは入れ替わり立ち替わり、現われては消え、消えては現れ、最初はマニーの顔と体だったものが、次の瞬間にはフェイになる。ひと言もしゃべらずに歩いているだけなのに、なぜかわたしを迎えにきたのだとわかった。

涙でぐしょぐしょの顔で目をさましたとき、覚えているのはそれだけだった。

頭のなかのその声は、マニーとフェイの死にはつながりがあると訴えていた。偶然の一致ではとうてい片づけられない。ふたりは同じ週に、同じ町で、同じように不審な状況の下で死んだ。

さらにその声はクレイは無実だと告げていた。浮気にまつわることなら彼はたいていの罪は免れない、それはわたしが身をもって知っている。不実その他もろもろの罪ならいくらでも告発できるし、わたしの一票が彼を追いつめることになれば本望だ。でもフェイ殺しに関しては、無罪に投票せざるをえなかった。

となれば、残るはグレースだ。おとなしくて控えめなグレース。彼女の夫は亡くなり、クレイのガールフレンドも死んだ。なんとも都合よく、なんとも不吉なことに。配線がこれだけからみ合っていたら、いずれヒューズは飛んでしまう。

だが問題は、当局にわたしの言い分をどう信じさせるか。それは容易なことではない。ジョニー・ジェイにマニーの死が事故死ではないことを納得してもらうには、人物相関図でも描かなくてはならないだろう。

そのときある重要な問いが頭をよぎり、わたしの熱意は一気にしぼんだ。マニーが死んだとき、自分はどこにいた？　彼が死んだのはレイが死体を発見するまえだから、金曜日の朝早いうちにちがいない。わたしはその朝店を開けたが、キャリー・アンが遅れて出勤してくるとしばらく店を抜け出して、シャンパン・パーティーが始まるまでの短い時間をひとりきりで過ごした。そうそう、思い出した。オコノモウォク川沿いのアイス・エイジ・トレイルをしばらく散策したのだ。なんと、わたしにはアリバイがない。

となれば、事実をすべて手に入れるまで通報するのはおあずけだ。わたしは必ずそうしてみせると決意した。亡き友人マニーのため、そしてフェイにもいくらか責任を感じていた。彼女の死には、わたしのカヤック——と元夫——がからんでいるからだ。

黄色いヒマワリ柄のいかしたビーチサンダルを選び、それにデニムのショートパンツとレモン色のTシャツを合わせると、〈ワイルド・クローバー〉までの二ブロックを歩いた。

店に着いたわたしは、片手にはちみつをかけたベーグルを持ち、目の下にはコンシーラーをたっぷり塗りこんで昨夜の睡眠不足の跡を隠した。キャリー・アンがすぐにやってきてレジを代わり、わたしは奥で在庫を確認した。店に戻ると、キャリー・アンはスタンリー・ペックの買い物を袋につめながら、ぺちゃくちゃおしゃべりしている。

スタンリーが店を出たら、今度こそフリースについた綿くずのようにぴったり尾行しなければ。もし彼がマニーの蜂を持っているなら、いずれ巣箱まで案内してくれるだろう。わたしにはコーヒーを入れた携帯用魔法瓶と、なせばなるという覚悟がある。それにちょっとした計画も立てていた。

「パティ・ドワイヤーが店にきたら、話があると伝えて」とキャリー・アンに伝言を頼んだ。P・P・パティとさしで話をしなければならない。

「どこに行くの？」とキャリー・アンが叫んだときには、わたしはスタンリーに三秒のリードを与えたうえで、脱兎のごとくドアに向かっていた。「あたしを雇ってくれたのは、人手が足りないからよね。文句を言ってるわけじゃないけど、あんたはいつも店にいないじゃない」

「すぐに帰ってくるから」と答えたとたん、祖母と鉢合わせした。まるでその瞬間をねらったように店に入ってきたので、もう少しで床に突きとばしてしまうところだった。

「おあばちゃん！」と叫んで、よろけた祖母に手を貸しながらも、車に乗りこもうとしているスタンリーを片目で追っていた。

「おまえに会いにきたんだよ」とおばあちゃんが言った。

「じゃあ一緒にきて。車のなかで話を聞くから」わたしは祖母の肘をつかんで、店を飛び出した。

「どこへ行くんだい、おまえ？」

「ちょっとそこまで」

「あたしが運転するよ」

「ううん、そんな気をつかわないで。さあトラックに乗って。急いで。見失っちゃう……いえ、なんでもない。さあ、行くわよ」わたしはおばあちゃんを座席に押しあげた。

おばあちゃんと鉢合わせしたせいで少々遅れたが、メイン通りをすっ飛ばしたので、町を出たところでスタンリーに追いついた。

「ちょっと荒っぽいんじゃないの、ストーリー」とおばあちゃんが言った。「NASCAR（全米自動車競走協会が主催するストックカーレース）並みだよ」

「スタントカーの練習をしてるの。このあたりで映画のロケがあったら応募しようかと」

「あたしには、スタンリー・ペックを追いかけているようにしか見えないけどねぇ」

うちの祖母はとても勘が鋭い。そこでわたしはマニーの蜂のことを打ち明けた。巣箱が見つからないこと、スタンリーが図書館で養蜂の本を借りたこと、しかも、こそこそとあやしげなふるまいをしていることも説明した。

「スタンリーは自分の農場に向かってるんじゃないね」とおばあちゃんは言った。

「うん。昨日もあとをつけたけど、田園道路で見失った」

「スタンリーを追いかけて山道をうろうろするより、農場を調べてみたら？」

わたしは小柄で白髪まじりの愛する祖母をちらりと見やった。車をUターンさせる。

「おばあちゃんの言うとおりだわ。スタンリーの農場に巣箱があるかどうか調べるなら、いまが絶好の機会よ。さすが」

おばあちゃんはとても嬉しそうににっこりした。おばあちゃんは母さんと同居している。母さんからたえず批判されて弁解に追われていると、どんな小さな親切でも身にしみてありがたく感じるものだ。

スタンリー・ペックの農場は、そのまんまペック農場と呼ばれている。かつてはトウモロコシや大豆を何エーカーも栽培し、乳牛も飼っていた。スタンリーもおばあちゃんと同じで大手不動産会社には土地を売却せず、農地の大部分は人に貸して、自分で面倒を見られる分だけ——母屋と納屋がいくつか、それに家庭菜園用の畑——を手もとに残していた。妻のキャロルが生きていたころは手入れが行き届いていたが、いまではどことなくうらぶれた印象だった。芝生は伸び、庭には雑草が目立ち、母屋もペンキの塗り直しが必要だ。

トラックを止めると、おばあちゃんとわたしは巣箱を捜して農場を一周した。

巣箱は見当たらなかった。どこを捜してもひとつも出てこない。巣箱が近くにあれば、わたしはぴんとくる。蜂《ビー》探索用レーダー、またの名をビーダーが内蔵されているので、決してはずれることはない。

応答なし。がっかりもいいところ。

「〝不法侵入〟をやってみるから、トラックで待ってて」とおばあちゃんに言った。おばあちゃんは、金魚のふんみたいにわたしのあとをずっとついてきた。わたしは念のために家のなかもざっと見ておきたかった。マニーの日誌が食卓にぽんと載っていないともかぎらない。

「でもドアが開いてたら、不法侵入にはならないよね」とおばあちゃんが言った。「友だちの身を案じて家をのぞいてみるのは、違法じゃない」

「ほんとだ」わたしはおばあちゃんの説を試してみた。「鍵がかかってない」

「ほらね」おばあちゃんは、わたしの横をさっさと通りぬけた。「さてと、何を捜したらいいのかヒントをちょうだい。巣箱捜しはひとまず終わったから、お次は……なんだっけ？」

「マニーの日誌よ」わたしたちは家に入り、わたしはなんとなく声をひそめて言った。「マニーは蜂に関することはなんでも日誌に書きとめていたの。黒い表紙のついたらせん綴じのノートで、大きさも厚みもちょうど単行本くらい。新聞の切り抜きやら資料やらがごちゃごちゃとはさんであるから」

日誌の説明をしながら、わたしは台所の引き出しをあけて、不用品をつめこんだ引き出しを探した。どこの家庭にもそんな引き出しが必ずひとつはあるはずだ。すぐに見つかったが、中身はやっぱりがらくたばかり。思いつくかぎりのありとあらゆるものが入っていて、ないものといえばシンクか、あるいは、マニーの日誌だけ。

んもう。

「スタンリーは面倒を見てくれる人が必要だね」とおばあちゃんは言った。「家事が不得手みたいだから」

「寝室の鏡台を見てきてくれる？　わたしは台所を調べてしまうわ」と頼んだ。

「交代しないかい。あたしが台所を受け持つよ。寝室はあんたにまかせる。この年になって、ぎょっとするのはごめんだからね」

わたしたちはスパイのように家のなかを嗅ぎまわった。スタンリーに秘密があるとしても、まだそれは見つかっていない。なんの隠しだてもしていないところが、あやしいといえばあやしいが。

「あれまあ！」と言うと、おばあちゃんは台所道具を取り上げ、振りまわした。「スタンリーにリンゴの芯抜きを先月貸したんだよ。ずっと借りっぱなしのくせに、もう返したっていうから、あたしがなくしたのかと思ってた。でも、これが動かぬ証拠だ」

わたしたちの努力は無駄ではなかった。おばあちゃんがリンゴの芯抜きを取り戻したのだから。

「だから、あとをつけるより家をのぞきたかったのね」とわたしは言った。「お目当てはリンゴの芯抜きだったの？」

「ないと困るからね」とおばあちゃん。スタンリーの家を出て、おばあちゃんをトラックのない。

助手席にふたたび押しあげた。「今日はジンジャークッキーを使って、アップル・ジンジャースナップ・クランチをつくるからさ」

おばあちゃんはお菓子づくりの名人で、いまのもおいしそうだけど、肝心なのはそこでは

「もっと早く言ってくれたらよかったのに」とわたしはぼやいた。「リンゴの芯抜きを取り戻すのは、スタンリーの行き先を突き止めてからでもよかったんじゃない？」

「それだと、家のすみずみまで捜す時間はないからねぇ。それじゃつまらないよ」

帰り道、わたしは頭のなかで容疑者のリストをつくった。ジョニー・ジェイお得意の警察用語なら〝参考人〟。なんだか急に、町の住人全員があやしげで、腹に一物《いちもつ》あるかのように思えてきた。ただし、うちの家族はべつだ。何やらひそかにたくらんで、妙なふるまいをするのは毎度のことだから。

クレイ・レーンのことはもともと信用していない。スタンリー・ペックは養蜂の本を読んでこそこそ動きまわっているところ、ロリ・スパンドルはミツバチを目の敵にして、グレースにマニーの家の売却を働きかけているところがあやしい。

それに、ゴシップで人の評判を台無しにするパティ・ドワイヤーもいる。その気になれば、彼ら全員に殺意があったという強力な説をでっちあげることもできそうだ。

でも、いま一番注目しているのは、グレース・チャップマンだった。

「家まで送るわ」とわたしは言った。

「あたしの車はおまえの店に止めてあるから」しばらく黙って運転したところで、おばあちゃんが言いだした。「家に帰ったら、おまえの蜂の様子を見ておこうか？」

「知ってたの？」

おばあちゃんはうなずいた。「でも口はしっかり閉じとくよ」

28

人のことは放っておきなさい《マインディング・ユア・オウン・ビジネス》（ホリー流に言えば、ＭＹＯＢ）。母さんからもらった助言でこれに勝るものはない（本人がそれを実践したことはないけれど）。

・自分の仕事に精を出していれば、陰でどんな悪口を言われても気づかない。
・そのうわさの出所を何がなんでも突き止めたいという気持ちにもならない。
・その人物がどうしてそんなうそをついたのか、気に病まずにすむ（それがうそだとして。この場合は紛れもなくそうだが）。
・疑心暗鬼のかたまりになり、町じゅうの人がみな敵で、全員そのうわさを信じているという思いこみもなくなる。
・それが高じて、大きな穴にもぐりこんでしまいたいとか、「わたしはやっていません」というプラカードを首から下げたいとも思わなくなる。
・おまけに、夜はぐっすり眠れ、朝はすっきりと目覚める。おかしなことをしでかして、あとであやまらなくてもいい。

「ごめんなさい」わたしは店で買い物をしていたP・P・パティにあやまった。ウィスコンシン産のワインを並べていたワインラックの前で、ばったり出くわしたのだ。「わたしがこれまでにしたこと、口にしたこと、ほのめかしたこと全部ひっくるめて、心からお詫びするわ」

「いいけど」パティはいぶかるように返事をした。話のおちでも待っているように。

「冗談で言ってるんじゃないのよ。ごめんなさい――昔も、いまも、これからも」

「もしかして、まだやってもいないことまであやまってるの？」

「まあ、そんなふうに聞こえるなら」

「よくわからないんだけど」

「同感」とキャリー・アンが口をはさんだ。短く切った黄色い髪を指ですいているのは、このところの生活習慣の見直しのせいで神経がささくれ立っている証拠だ。「さっぱりわからない」と言って、わたしのほうをいやな目つきでじろりとにらんだ。これも気のせいだろうか？「ついでだから、あたしにもあやまってよ」と言いだした。

「なんで？」

「まず、給料が安いこと」

「ほかのだれも文句を言ってないけど。あなたにあやまるようなことは何もしてないわ、キャリー・アン。わかってるくせに」それは大うそだった。わたしはマニーの葬儀のあと、よりにもよって彼女のボーイフレンドを口説いた。ハンターから聞いたのだろうか？「それと、レジがお留守になってるわよ」

「ここからでも見えるから」彼女は首をぐるりとまわしてレジを見やった。

「どこかで話をしない？」わたしはパティを誘った。「時間はある？」

「カスタード・ショップでイタリアン・アイスをおごってくれるなら。牛乳を飲むとお腹をくだすけど、アイスクリームなら平気なの」

「わかった。そうしましょう」

〈クーンのカスタード・ショップ〉に行く道すがら、パティは最新の悩みについて延々としゃべりつづけた。

「アライグマが捕獲されたと思ったら、今度はリスが送電線をかたっぱしからかじる。ケーブルテレビは見られない。電話もだめ。もしかしてうちに電話をくれた？　携帯の番号を教えるわね。手の震えはどこの病院でも診断がつかないし」パティは言葉を切って、その証拠を示した。じっと目をこらしていると片手がぴくりと動いたが、抗不安薬を少し飲めばおさまる程度のものだ。

ぼやき屋パティの名にたがわず、彼女はこんな調子でぼやきまくった。パティがイタリアン・アイス、わたしがバニラ・カスタードを注文して、外のテーブルに落ち着いたころには、わたしは自殺――あるいは殺人――をしかねない気分だった。

「パティ、まじめな話があるの」とアイスクリームをすくいながら言った。胃がひっくり返りそうだ。いさかいやいざこざは大の苦手なのに、いままさにパティと一戦交えようとしている。「ある人がね」と切り出した。「妙なうわさを広めているの。人を傷つけるようなうそで、卑劣で陰険なデマ。わたしはそれをどうにかして止めたいの」

「あたしもよ」とパティは言った。

わたしはスプーンを飲みこみそうになった。「そういう恥知らずな行動は大嫌いだから」

わたしはその先をつづけることができなかった。「だけど」とかろうじて言った。「わたしがいま言った、悪質なデマを広めてる人っていうのは……」

わたしをひたと見つめている。たちの悪い昔のゴシップにまつわる、おいしい話が聞けるものと待ちかまえているのだ。自分が非難されているとは夢にも思わずに。パティはひと言も聞きもらすまいと、わ
「ちょっとトイレ」とわたし。

「これからがいいとこなのに！」

「すぐに戻ってくるから」

わたしは化粧室で手を洗い、鏡を見つめた。わたしはこの手のことがいつも不得意で、ひどいことをされても泣き寝入りすることが多かった。もっとも家族に対しては地味に抵抗をつづけたし、他人が不当に扱われているときは進んでかばってきた。たとえば、かつてジョニー・ジェイがほかの子どもをいじめたとき、いまなら大人をじゃけんに扱ったときなど。

だが面と向かっての対決となると、どうしても腰が引けてしまう。

鏡とにらめっこをしているうちに、パティがどうしてあんなふうなのか、ふとひらめいた。

彼女のことがすっかりわかった、と言うのはおこがましいけれど。

パティは、自分があまり好かれていないことを知っているのだ。まわりの人間は彼女を避けようとするが、彼女のほうでは受け入れてほしくてたまらない。ゴシップは人の注意を引きつける。よきにつけ悪しきにつけ。でも彼女はそこまで深く考えず、ささやかな注目を浴びさえすればそれで満足なのだ。

世間の仲間入りをしたいだけなのに、やり方をまちがえているものだから、他人を引きつけるどころか遠ざけてしまう。

まあ、そんなことを思いついた。

わたしが席に戻ると、パティは言った。

「さっき、お店であやまってくれたのは嬉しかった。その気持ちはありがたくいただくわ。たしかにハイスクールのときのあんたは、あんまり感じよくなかったもんね。すごく生意気で、人の気持ちに鈍感というか。取り巻き連中といっつもつるんでさ。でも、あんたも大人になったみたいだし、これからは親友になりましょう」

「それはもうぜひ」とは言ったものの、および腰で、何かとんでもないことに巻きこまれそうな、漠然とした不安を感じていた。「でも、わたしは店と蜂の世話で忙しいから、あんまり時間は取れないかも」

それは紛れもない事実だった。わたしには親しい女友だちがひとりもいない。妹や従姉を数に入れなければ。なんとも哀れな話だけど、これまでは離婚のごたごたのせいで店をつぶさないことに必死で、私生活に割く時間などなかった。

そうはいっても、パティは親友になってほしい第一候補ではない。

「じゃあ、これからは友だちだから」とパティが言った。トイレに行くまえの会話の流れは、ありがたいことにすっかり忘れているようだ。「このまえ話しそびれたグレースとあんたの元ご主人のことだけど」

「何かあるの？」

パティはうなずいた。「あたし、あのふたりを望遠鏡で見たのよ」

「ぼ……望遠鏡？」なんと、まあ。

「川に面した窓に望遠鏡を置いてるの。野鳥やら水鳥やら、ま、その他いろいろと観察できるように」

「なるほど」パティが言っているのはどの窓のことだろう。その同じ望遠鏡が、うちの裏庭と家のなかものぞいていたりして。パティの不器用な生き方への同情の念がみるみる薄れていった。

パティはここぞとばかりに身を乗り出した。

「それはともかく、あたしはふたりが木曜の夕方遅く、密会しているところを見たの。あんたは店にいたはずよ。だって、家のなかにはいなかったし、じゃなくて、家に明かりがついてなかったし、夜遅くまで残業することもよくあるじゃない」

つまり、P・P・パティはくそいまいましい望遠鏡でわたしをしょっちゅうのぞいているというわけだ。やれやれ。わたしの彼女への同情はすっかり冷めはてた。

「グレースは図書館の駐車場に車を止めてたの。だれにも行き先がばれないように」パティはいまや得意満面で、目をらんらんと輝かせている。「あたしがそれを知ってるのは、そのあとグレースのあとをつけたから。そんなふうにして駐車した場所を突き止めたの。で、話を戻すと、彼女はクレイの家のドアをノックして、だれも見ていないことを確かめてから、そっとなかに入った。しかも、それは彼女の亭主が蜂に刺されて死ぬ前の日の晩のことだったの。よもや死ぬなんて思わなかっただろうけど、あとになってさぞかし胸が痛んだでしょうよ」

「それがグレースだったのはたしかなの？」これこそ、わたしが探していた証拠だ。グレースとクレイはやはり人目を忍ぶ仲だった。パティの話を信じるならば、という条件つきだけど、こと細かな話しぶりからみて事実にちがいない。

「さっきも言ったように、グレースが一時間ぐらいたって外に出てきたときに尾行したの。目もとを押さえていたわ。きっと泣いてたのよ。どうしてかはよくわからないけど。クレイと別れようとしたのか、それともクレイに捨てられたのか。だって、それからは一度も姿を見てないから。またきたら、あたしが見逃すはずないし」

「じゃあ、ふたりが一緒のところを見たのはそのときだけ？」とわたしは念を押した。

「あたしが知ってるかぎりでは。でも、木曜の夜まではとくに注意してなかったから」

「そのことを警察長に話した？」

「まさか」とP・P・パティは言った。「そんな大ごとになるとは思わなかったけど。あんたにこの話をしたのは、あたしたちの新しい友情のためよ。このことはあんたとあたしだけの秘密だからね」

「キャリー・アンはそのうわさをあなたから聞いたって。だから、それを知ってるのはわたしたちだけじゃないわ。ほかにだれに話したの?」

パティの目が左に動き、何度かまばたきしてから、右に移動した。

「もしかしたら、ほかの友だち二、三人には言ったかも。でも、あんたの小さな秘密のことはだれにも言ってないから」

ほら、おいでなすった! 彼女のほうからその話題を持ち出してきた。わたしの血圧は一気に跳ねあがった。

「へえ、そう」と応じる。「あなたが言いふらしてるマニーとわたしのうわさのこと? わたしたちが愛人だとか。だれにも言ってない秘密ってそのこと?」

「しーっ」パティがあわてててたしなめた。「だれかに聞かれたらどうするの。もしそんなうわさが広まったら、あんたのせいだからね」

P・P・パティをなめてはいけない――ずる賢くて、抜け目なく、事実を自分に都合よくねじ曲げるコツを知っている。いまの猿芝居を見て、わたしはハイスクールをまざまざと思い出した。学校を卒業してモレーンを離れ、田舎町特有の息苦しさから逃れることができてどんなにほっとしたか。

「確かな筋から、あなたが自分でそのうそを広めてるって聞いたわよ」とわたしは言った。これでようやく胸のつかえが下りた。

「あたしはうそなんかついてない」とパティは言って、険しい目つきでにらみつけた。「あたしの話はどれも事実で、裏づけだってあるんだからね」

「うそばっかり。証拠もないくせに」

「それが友だちに対する口の利き方?」

「あんたは友だちじゃないわ、パティ。友だちなら、相手を傷つけるような、おぞましいうそはつかないものよ」

「いまのが、さっき店であらかじめあやまってたこと? だとしたら、今度はもう許さない」

わたしは怒り心頭に発した。頭にかっと血がのぼる。「あなたは、マニーとわたしの純粋な友情を取りあげて、さもいやらしいものみたいに当てこすった。わたしの気持ちはいいとしても、せめてグレースには気をつかったらどうなの。グレースがどんな気持ちになったと思う?」

「グレースもあんたの元旦那とお楽しみだったんだから」

「あなたはわたしのことでうそをついた。グレースとクレイのこともうそじゃないの?」

パティはわたしをにらみつけ、胸の前で腕を組んだ。「もうあんたとは話さない」と言った。「あたしをいじめるつもりなら警察を呼ぶから」

いじめと聞いて、わたしははっと口を閉じた。かさにかかった態度が大嫌いなくせに、自分がそんなふうにふるまっていなかったかどうか、いまひとつ確信が持てなかったからだ。

「悪かったわ」とあやまった。「でも、あなたがうそを広めたおかげで、わたしはとても困った立場に立たされてるの」

「あっちへ行って。頭がおかしいんじゃないの。最近、いろんなことがあったのはわかるけど、それをあたしのせいにしないで」

わたしはパティを席に残して、スチューの店に向かった。一杯飲まずにはいられない気分だった。

29

わたしはダイエットコークをお代わりした。

さっきは頭に血がのぼり、怒りが煮えたぎっていたが、少し歩いているうちに腹立ちはいくらか収まり、昼間からやけ酒を飲むという気持ちは失せていた。そもそもスチューがお酒を出してくれなかった。

「あんたには出さない」と言われたのだ。

「まだ一滴も飲んでないじゃない。のけ者にしないでよ」

「あんたは友だちだし、ここはおれの店だ。おれがルールを決める」スチューは独特の色気のあるまなざしでわたしを見た。それからにやりと頬をゆるめたので、怒る気にはなれなかった。

「じゃあ、ダイエットコークを」と、さも自分の意志でソフトドリンクに切り換えたように言った。「急いでね。ところでベッキーは?」

「元気だよ」

「おふたりさんはいつ結婚するの?」

スチューはコーラの栓を抜き、わたしの正面に置いた。

「それで、いまの楽しみをふいにするって？　ごめんだね」

そういうわけで、わたしが二杯目のコーラを飲んでいると、ハンターがぶらりとドアから入ってきた。セクシーな歩き方についつい見とれてしまう。彼とスチューの意味ありげな視線から、無言のやりとりが交わされたのがわかった。

「あなたが呼んだのね」とスチューを責めた。「わたしがきてると告げ口して。この店をひいきにするのは今日かぎりだから」

「まあまあ」とスチューはなだめ、タオルを肩にかけて仕事に戻った。

「きみがぼくをずっと避けてるから」とハンターは言いながら、カウンターの隣の席に腰かけた。「話があるんだ」

「話ならもうたっぷりしたわ、パティとね。それから、わたしはもう一生、だれにもあやまらないから」

「どうして電話をくれなかった？」

「なに、電話って？」と、妹に責任をかぶせた。わたしはたしかに彼を避けていた。

ハンターはそれを知っていると言いたげな目つきでわたしを見た。

「そもそも」とわたしは言った。「あなたはわたしの居場所を知ってるわ。家にいなければ、店にいる」それは必ずしも事実ではなかった。ホリーに店を手伝ってもらい、キャリー・アンがどうした風の吹きまわしかまじめに出勤するようになって、これまでになく気軽に店を空けるようになっていた。

「きみの店か」ハンターは苦笑した。「あそこは陰謀とデマの巣窟だから。お客にこれ以上、話のネタを提供するのはごめんだ」

「おまけに、店番をしてるのは恋人だし」

「またそれか。そろそろ出よう」

「どこに?」

「うちに。今度はベンをきちんと紹介したいんだ」

心臓が早鐘を打ちだした。ハンターの家をひとりで訪ねるのは、どう考えてもまずい。この男はセクシーでいかしてる。おまけに他人のもの。

「あなたの犬とまた会うの?」

「まあ、そう言わずに」

ハンターはハーレーに乗ってきていた。マシンにまたがり、シートにすわると体を前にずらしてスペースをあけ、わたしがすわるのを待って出発した。

バイクに乗るのは楽しい。マシンが与えてくれる五感への刺激がたまらない――ハンターの腰をしっかりつかんだ手、車では味わえない土のにおい、風が髪をなぶり、心が浮きたつような究極の自由の感覚。

彼の家に着いても、わたしはまだ降りたくなかった。ベンは家の横手にある犬舎にいた。いつものように油断なく身構えている。ハンターはバイクを降りて、ケージの入口を開け、犬を外に出した。わたしはしぶしぶバイクから降りた。

「ストーリー、ベンを紹介するよ」

「もう会ったけど」いまさらどうするつもりだろう？

「そうだな。このまえはぼくがうかつだった。きみの過去の経験や、ベンのこわもての外見を考えるべきだった。でも、こいつはきみを襲った犬とはまったくちがう。きみを傷つけることは絶対にない」

ハンターがその話題を持ち出すとは。わたしは十歳のとき、通りでジャーマン・シェパードに襲われた。自転車から引きずりおろされ、嚙みつかれた。右の腿にはまだそのときの傷跡が残っている。ハンターはそのことを知っていたのだ。

「ベンに『すわれ』と言ってごらん」

「言いたくない」

「まあまあ」

「しかたないわね。すわれ、すわれ、ベン」

ベンはハンターをちらりと見やり、ついでわたしを見た。獣のような犬は腰を下ろした。わたしが次のコマンドを出すのにそなえて、目を離さない。わたしはハンターを見た。これがどういうことなのか、その意味をはかりかねて。

「ベンは基本的な服従のコマンドは全部知ってる」とハンターは言った。「すわれ、伏せ、こい、待て、つけ。ただし、ぼくの命令とほかの人間の命令では、対応のしかたに若干のちがいがある。攻撃と退却はぼくの指示にだけ従うように訓練されてるんだ。ぼくがそのコマンドを発しないかぎり動かない。任務のその部分については、ぼくとこいつが共同で遂行する。ぼくらはパートナーだから」

「ベンを信頼してるのね」

「全面的に。こいつは攻撃的な動きを見逃さないし、どんな人間よりも正確にボディランゲージを読みとることができる」

「なんだか気味が悪い」とわたしは言った。「心のなかを読まれてるみたいで」

犬のベンは筋肉一本動かさず、じっと待機している。

「べつのコマンドを試してみたら？　呼んでごらん」

「ベン、こい」

彼はわたしの横にきて、気をつけの姿勢をとった。

「いい子ね」わたしは思わず感嘆した。

「ベンは遊びのときでも、集中力を保つように訓練されている」とハンター。「人ごみに動揺することはないし、ほかの犬に気を散らされることもない。ベンは使役犬で、自分の仕事を真摯《しんし》にとらえている。危険な状況でも、ぼくが指示を出すまでは決して攻撃しない。どうだい、ベンとひとつ休戦協定を結んでみないか？　こいつが優秀な犬だと示すチャンスを与えてやってくれ」

「どうしてそんなにこだわるの？」とわたしは言った。「ここであなたと暮らす人間はわたしじゃない。キャリー・アンよ」

「ストーリー、キャリー・アンとはなんでもないんだ」

その答えは思いがけないものだった。思わず顔がほころびそうになって、無理やり抑えた。

「彼女は恋人じゃないの？」

「ちがう」

「でも、そうだとばかり――」

「きみの思いちがいだ。その誤解をといて前に進めないかな」

「でも、バイクでふたり乗りしてた。それに彼女は、あなたと会うから町議会の定例会に出席できないと言ったのよ。てっきりつきあってるものと」

ハンターはしばらく黙っていた。それから「すわろうか」と言った。

ベンの服従を解いてやり、わたしを木のベンチに案内した。わたしたちは並んですわり、ベンが手ごろな日だまりを探して、どさりと腰を下ろすのを黙って見守った。胸がどきどきして、手は汗ばんでいた。ベンが怖いからではなく、真剣な話になるのがわかったからだ。ハンターのそんな態度には慣れていなかった。彼はいつも気さくで、軽口ばかりたたいていたから。

「ストーリー」彼はしばらくたってから口を開いた。「きみが二年まえモレーンに帰ってきてから、ぼくはずっときみを避けていた。きみは結婚していたから、その、近づくわけにはいかなかった。あんなくだらない男と一緒にいるのを見たり、町に流れているあいつのうわさを耳にするのはつらかった。この手であいつをどうにかしてやりたいと思った」

　わたしの喉がごくりと鳴った。どうして、こんないい男と別れてしまったのだろう。

「ごめんなさい」気がつけば、わたしはまたしてもあやまっていた。「モレーンを出たとき、あなたの気持ちを少しでも傷つけたのなら」

「昔のことだよ」

「でも、悪かったわ」

「もう一度やり直せないかな。今度はどうなるか試してみないか」

　ちょっと待って。

「あなたとキャリー・アンはいったいどういう関係なの？」とわたしは訊いた。「それについては、まだすっかり説明してもらってないけど」

　ハンターは重いため息をついた。そのあたりはできれば避けて通りたかったというように。

「キャリー・アンは飲酒をやめようとして、ぼくのところにきた。それで力になると約束した」

「あなたに何ができるの？　自分でもどうしようもないことなのに。よくわからない」

「アルコール《A》依存症自助グループ《A》の助言者になってほしいと頼まれた」

　がつんと頭を殴られたような気がした。ＡＡについては、助言者もアルコール依存症からの回復を目指している仲間だということぐらいは知っていた。つまり、ハンターも内なる悪魔と闘っているのだ。

「あなたが依存症だったなんて、だれも教えてくれなかった」

「もう断酒して十年以上たつから。目新しい話題じゃない」

「わたしのせい？」と訊いた。彼が酒に慰めを求めたのは、わたしたちが別れたあとではないかと思ったのだ。「あなたをお酒に走らせたのは」

ハンターは笑った。「いいや。ぼくはハイスクールで無茶な飲み方をしてたから」

「みんなそうよ」

「まあね。でもほかの連中はそのうちほどほどに抑えたり、きっぱり酒をやめるようになった。ぼくは飲まずにはいられなかった。それでとうとう思いきって、ＡＡに入ることにした」

その説明を聞いて、ハンターとキャリー・アンの密接なきずながようやく納得できた。

「じゃあ、町議会があった夜、ふたりでＡＡの集会に出ていたのね」

「そう。キャリー・アンには大事な一歩だった。自分に問題があることを初めて集会で認めたんだから」

「ある人が、あなたとキャリー・アンがデートしてるのを見たそうよ」とわたしは言った。このさい、何もかも明るみに出すのがよさそうな気がしたのだ。

ハンターは笑った。「当ててみようか。パティ・ドワイヤーだろ？」

「じゃあ、事実だったのね」

「いや、まったく。ぼくがキャリー・アンを励まそうと抱き寄せたのを見て、パティは誤解したんだ」

それなら話はわかる。「パティにはいいかげんうんざり」とわたしは言った。

「たしかにかなり変わってるな。それはそうと、町議会はどうだった？」

そこでわたしは一部始終を話した――殺人蜂《キラー・ビー》についての票決が火事の誤報のせいでうやむやになってしまったこと、うちの蜂を安全な場所に移したこと。ただし、それがどこかは明かさなかったけど。マニーの日誌がなくなったことと、正体不明で、ことによると偽名かもしれないジェラルド・スミスについても話した。さらに、スタンリー・ペックが急に養蜂に興味を持ちだしたことも。

「いま世界じゅうの蜂が、蜂群崩壊症候群《CCD》に脅かされているの」と、わたしはハンターに説明した。「そのせいで養蜂家たちは蜂を大量に失っている。マニーとわたしはこれまでのところ、さいわいCCDとは関わり合いにならずにすんできた。でも巣箱の値段が急騰してるから、このジェラルド・スミスとやらは――もしかしたらスタンリー・ペックかもしれないけど――マニーの巣箱を盗み出し、今度はマニーの日誌をねらってるんじゃないかしら。あの日誌にはマニーの研究成果がすべて書きこんであるから。なんとしてもわたしが先に見つけ出さないと」

「でも、グレースがその男に巣箱を売ったとしたら、窃盗には当たらない。その男が見つからないからといって、法を犯していることにはならない。そろそろこの件はあきらめて、先に進んだらどうかな」

「もしベンを盗まれたら、どんな気がする？」

「それとこれとは話がちがう」

「いいえ、同じことよ。毎朝起きるたびに、マニーとわたしが手塩にかけた蜂たちがもういないことを思い知らされる。それは、あなたが犬を盗まれたときに味わう気持ちと何も変わらない。人生に大きな穴がぽっかりあいたような気がするの」

「蜂にそれほど愛着を感じているのかい？」

「当たり前よ。蜂はただの商売道具とはちがうわ。あなたは警察犬の訓練をしてるけど、一緒に働いている犬たちは、あなたにとってただの武器？」

「きみの言いたいことはわかった。よし、じゃあこっちでその男のことを調べてみよう」ハンターの脚がわたしの脚に軽くふれた。いつのまにか近づいていた彼は、わたしに片手をまわして引き寄せた。「それで、きみの答えは？　もう一度やり直してみないか。やり残したところから」

「ゆっくりじゃだめ？」まずは傷を癒してからでないと、いまさら男女関係の海に、深さもよくわからないまま飛びこむことはできない。このままクレイが相手のときは、頭をしたたかぶつけた。男性をふたたび信頼するには、幼なじみといえどもそれなりの時間と努力がいる。

「いまのわたしのことを、よく知りもしないのに」

「知ってるさ」

「わたしは変わったのよ」

「まえよりもよくなった」

沈黙が流れた。わたしは最後の言葉を噛みしめていた。それをはたして賞賛と受け取っていいのかどうか自信はなかったけれど。

やがてハンターが言った。「ゆっくりでいいさ。ぼくも急ぐつもりはない」

こうして、さまざまなうわさが飛びかい、死体が家のすぐ近くで立てつづけに見つかるという状況のさなか、わたしには男らしい魅力にあふれた恋人未満の男友だちができた。

ところが、ハンターが〈ワイルド・クローバー〉の裏口でわたしを降ろして立ち去ったあと、わたしは縛られたキャリー・アンと空っぽのレジを発見した。店は白昼堂々、強盗に入られたのだった。

30

事件のあらましは次のとおり。

・ホリーから今日は遅れるという電話があったので、キャリー・アンはそれまで店に残ることにした。
・客足がとだえたとき、何者かがキャリー・アンの後ろから近づき、頭を殴って気絶させた。
・気がつくと、事務所の棚に縛りつけられていた。
・店から物音が聞こえたので、助けを求めた。
・だれも答えなかったが、事務所を駆け抜け、裏口のドアがばたんと閉まる音が聞こえた。
・ホリーが出勤してきたとき、入口には錠が下りていた。自分の鍵でドアを開けたが、店にはだれもいなかった。
・ホリーは事務所でキャリー・アンを発見した。
・ちょうどそこへわたしが到着し、キャリー・アンのいましめを解くのを手伝い、警察に通報した。ホリーはキャリー・アンの頭を氷で冷やした。

・ホリーはレジが空っぽなのを発見した。開店時に各種のお札で用意した二百ドルも含めて、四百ドルないし五百ドルが引き出しに入っていたと思われる。
・警察長のジョニー・ジェイは、行きずりの物盗りによる犯行だと片づけた。
・ウォーキショー郡とモレーンの警察は警戒態勢を敷いているが、犯人の人相がわからないので、犯行をくり返さないかぎり逮捕の望みは薄い。
・以上。

ただし、ことはそれほど単純ではなかった。世のご多分に洩れず。

「わたしが店にいて、ハンターの家に出かけたりしなければ、キャリー・アンが頭に怪我をして入院することもなかったのに」とわたしはホリーに言った。

「IMO（それより）、わたしが遅刻したのがいけなかったの」とホリーは言った。「ここにいたら、犯人に必殺技をかけてやれたのに」

つまり、わたしたち姉妹はそろって罪の意識にさいなまれ、キャリー・アンがあんな目にあったのは自分のせいだと思っていた。

「すぐによくなるわよ」とわたしは言った。「うちの家族はみんな、頭の骨が丈夫にできてるから」

「救急車の人に冗談を言ってたし、あの分じゃ心配ないかも」とホリーもうなずいた。

妹はカウンターに寄りかかっていたが、ふいに体を起こした。

「ところで、姉さんはハンターの家で何をしてたの？」

「べつに」

ホリーはわたしの目をのぞきこみ、事実をつかんだ。というか、かなりいい線まで近づいた。「ハンターに気があるのね」

「ないわよ」

「うそ。姉さんの顔にそう書いてある。もうつきあってるの？」

「ほら、お客さんよ。そろそろ忙しくなるから、話はあとで」

棚のあいだに隠れるようにして、商品整理にいそしんだ。いまのところ人生で思いどおりになるのは、これぐらいしかない。わたしは従業員を守れなかった責任を痛感していた。

「どうぞご心配なく」わたしはお客のひとりひとりにそう言いながら、自分にも同じことを言い聞かせた。

「警察に特別警戒を頼んでごらんよ」と客のひとりが言った。「もっと巡回を増やしてもらわなきゃ」

ハンターが事件を聞きつけて電話してきた。わたしは大丈夫だし、キャリー・アンの傷もすぐによくなると答えた。わたしたちは土曜の夜に会うことになった。七時に家まで迎えに行くよ、と彼は言った。ハンターが〝陰謀の巣窟〟と呼んだ店のほうではなく。

わたしはキャリー・アンが襲われたことが頭から離れず、手が空くたびにくよくよと思い返した。

もしわたしたちふたりが店にいたら、事件は起こっただろうか。十中八九、起こらなかったのではないか。女ひとりを気絶させるのは、ふたり同時に自由を奪うよりはるかにたやすい。それに店番がふたりいれば、押し入るタイミングを計るのも難しいだろう。

それなら、犯人は店にキャリー・アンしかいないことをどうやって知ったのだろう。午前中、客はひっきりなしに出入りしていた。どの客もキャリー・アンがひとりで店番をしていることに気づいたはずだ。

ホリーがもうひとつ大きな疑問を投げかけた。

「どうして強盗はさっさとお金を盗んで逃げなかったのかしら。わたしならレジを空にして、キャリー・アンが意識を取り戻すまえにずらかるわ。どうして奥まで引きずっていって棚に縛りつけたりしたのか」

「時間かせぎ？」わたしは考えこみながら、はちみつの瓶をさらにいくつか並べた。「警察に通報されずに、まんまと逃走するため」

「MOS！」ホリーがだしぬけに大声を出した。

「はぁ？」

「母さんが後ろに《マザー・オーバー・ショルダー》いる！」

わたしは体を起こそうとして陳列棚に頭をぶつけた。母さんはすぐ後ろにいた。

「あら、いらっしゃい」わたしは立ちあがり、頭のこぶをさすりながら、あたりを見まわした。「おばあちゃんは？」

「お菓子づくり」

あーあ。おばあちゃんは、母さんがわたしをつけねらっているとき、一番頼りになる味方なのに。ホリーがこそこそ逃げ出すのが見えた。いよいよ孤立無援だ。

「あなたの従姉は今日殺されてもおかしくなかったのよ」母さんはなじるように言った。

「通りを渡るのだって、それなりに危険だわ」と、わたしは言い返した。「それに、反省ならもうたっぷりしてるから」

「あなたはどこにいたの？」

「ちょっとそこまで」

「これからは必ずふたりで店番をすること。それと、裏口はいつも鍵をかけておきなさい。開けっ放しにしておくなんて、気が知れない」

「つい最近まで、この町ではだれひとり鍵なんかかけなかったわ」とわたし。「母さんも、車の鍵をかけずに店に入ってきたでしょう。おばあちゃんの家の裏口だって、いまこのときも大きく開け放たれているはずよ。びくびくしながら暮らさなきゃならないなんて、先が思いやられる」

「ジョニー・ジェイには町の保安にもっと本腰を入れてもらわないと。それができないなら、さっさとお払い箱にして、職務をきちんと果たせる人と交代させるしかないわね」

しめしめ。怒りのほこ先は警察長に向いている。

「あなたはハンター・ウォレスの家にいたって聞いたけど」

「だれがそんなことを？」

「おばあちゃんのお友だちが、あなたがバイクの後ろにまたがって、彼の家に向かうのを見たんですって。焼けぼっくいに火がついたんじゃないでしょうね」

「まさか」

ホリーがふんと鼻を鳴らすのが聞こえた。通路の向こうから聞き耳を立てているようだ。

「話をする必要がありそうね」と母さんは言った。

「いま仕事中だから」

「キャリー・アンが復帰するまで、どうするつもり？」と母さんが訊いた。「あなたと妹のふたりで午前と午後、クレイグの双子がくるまでのあいだ、ずっと店番をすることになるのよ。聞いてる、ホリー？　明日の朝はまずふたりで店を開けなさい」

息をのむ音と、ぶつぶつ文句を言う声が聞こえた。

「よかったら」と母さんが言った。「わたしが手伝いにきましょうか。店を模様替えして、見ちがえるようにしてあげる」

母さんは両手を腰に当てて、店内を鋭い目でじろじろ眺めていた。それはまずい。

そんなことになったら目も当てられない。

31

　クレイグ兄弟が三時に出勤してきたころには、彼らも、モレーンのほかの住人たちもみな、強盗事件のことはすでに知っていた。わたしはほっとひと息ついて双子に店番を頼み、ホリーと一緒に事務所の片づけにかかった。

「泥棒はここで何を探していたのかしら」わたしは首をかしげた。店の小さな金庫を確かめたが、荒らされた形跡はなかった。ああ、よかった。

「引き出しをあさったんじゃない？」とホリーが言った。「事務所に予備のお金を置いている店は多いから。うちはきちんと金庫にしまってるけど」

　それも一理あるけど、わたしの勘はそれだけではないと告げていた。最近の物騒な事件を考えれば、どんなささいなことも見逃せない。

　わたしは病院に電話してキャリー・アンの容態をたずねた。従姉はよく眠っているという。

「店を休んでいるあいだもお給料を払ってあげないと」とホリーが言った。「労災なんだから」

「キャリー・アンにも困ったもんだわ」と母の口まねをして言った。

ホリーはくすくす笑った。「でも、一緒にいると楽しいよね」

「言えてる」

「帰りに病院に寄って、様子を見てくるわ。GTG（じゃあね）」

「また知らせて。明日は朝一番からお願いね」

ホリーが帰ったあと、たまっている事務仕事にいやいや取りかかった。帳簿をつけるのは苦手だけど、請求書のいくつかはすぐに手続きをしないと、電気も電話も止められてしまう。店は経費を差し引いても儲かっているので、お金の問題ではない。机に向かうまでがひと仕事なのだ。

うめきながら雑用を片づけると、わたしはスチューの店まで歩いていった。

「カヌーをまた貸してもらえる？」

「いつでもどうぞ」

スチューはほんとにいい男だ。ベッキーはうかうかしていたら、ほかの女にとられてしまうから。

「ハンターがアルコール依存症だったってどうして教えてくれなかったの？」と彼に訊いた。

「知ってるとばかり思ってた。わざわざ言うようなことでもないし」

「まあね。彼はもう大丈夫なの？」

「たいていの人間よりよっぽどしっかりしてる。あいつはまともな男だよ。つらい経験が、人間を磨くこともあるんだな」

「わたしの場合はなんの足しにもならなかったけど」母との葛藤や、結婚生活のいざこざを思い出しながら言った。「自分ではちっともそんな気がしない」

「そのうちじわじわと効いてくるさ、忘れたころに」

「うまいこと言うのね」

「そりゃどうも」

わたしは店の裏手にまわると、カヌーに乗って、川の流れに身をまかせた。周囲の自然はつつましくも穏やかで、甘い香りに満ちている。

まもなく渡りの季節が始まり、鳥たちは冬にそなえて南にやってくる。彼らはモレーンから少し北にある、国立野生生物保護区のひとつホリコン湿地に立ち寄る。そこからオコノモウォク川に飛来して森や川面で羽を休める。その一大イベントまでには、自分のカヤックがどうしても欲しかった。

いまはハゴロモガラスが湿地沿いのガマの穂先に止まって、互いに鳴きかわしていた。わたしはむくむくと湧きあがった白い入道雲を見上げた。人間が乗っても大丈夫なくらい、どっしりとした雲だ。アメリカフヨウの白い花とよく似ている。このままフェイを発見した場所にぶつかるのがいやで、ふだんとはコースを変えて、わが家に向かって川を下っていった。カヤックに横たわっていたフェイの死体や、水になぶられていた死に顔、何も見ていないうつろなまなざしを思い出すことなく、上流に漕ぎ出せる日はいつになるのやら。

わたしは川の流れに乗ってわが家のそばをすばやく通過した。川から眺めると、うちの裏庭は小さな自然保護区のように見える。庭のすみっこでウサギが何かをかじっていた。やれやれ。

　上流に向かう帰り道は、とくにスチューのカヌーのように大きな舟だと力がいる。あまり遠くまで行かないうちにUターンしたが、ひとりでいるうちに、いつしかわが身を振り返っていた。

　本音を言えば、わたしはひとり暮らしが性に合っている。もちろん、人づきあいやおしゃべりは日々の暮らしに必要だし、店をやっているおかげでどちらにも不自由はしていない。でも、ひとりで蜂や自然と過ごしたり、カヤックを漕いだりする時間は、わたしにはかけがえのないもので、できるだけそんな時間を持ちたいと思っている。

　そんな生き方の善し悪しはよくわからない。でも、ひとりの時間をこんなに求めているわたしが、ほかの人と一緒にやっていけるだろうか。店と蜂と自分の面倒を見るだけで精いっぱいなのに、ハンターと分かち合えるものがまだ何か残ってるのだろうか。そもそも自分を変えようという気があるのかどうか。

　けっきょく、うまくいかなかったら……。それは大きな問題だった。

　カヌーを漕いでバーのところまで戻ると、スチューはひと休みして川岸からこちらを見ていた。「川に出ると、気持ちが落ち着くよな」と言った。

　わたしはまったくそのとおりとうなずいた。スチューはカヌーの片側を持って、岸に上げるのを手伝ってくれた。「新しいカヤックを買わないと」とわたしは言った。「毎日川に出られなくて、ほんとに寂しいもの」

「この古いカヌーは最近、引く手あまたでね。賃貸しでもするか。これでも昔はずいぶん活躍したんだぜ」とスチューは言った。

「それもいいわね」とわたしは笑った。「そういえば、このカヌーはいつかわからないくらい昔から、ずっとここにあるのね」

「町じゅうの人をひとり残らず乗せたんじゃないかな。マニーも亡くなるちょっとまえに、借りていったよ」スチューは言葉を切って思い出そうとした。「あれはいつだったかな。毎晩バーに出てると記憶があやふやで。でもたしか亡くなったのと同じ週で、夕暮れどきだった」

「ほんと？　マニーはほんとうにこのカヌーで川に出たの？」

「ああ」

「それは妙ね。マニーは水が大の苦手だったのよ。川岸で魚釣りもしないくらいだったのに」

マニーには、わたしが犬に嚙みつかれたのと同じような、水にまつわる不幸な思い出があった。子どものころミシガン湖で乗っていた釣り船が転覆して、もう少しで溺れてしまうところだったのだ。

わたしは犬を避けるようになり、マニーもふだんから川や湖に近づかなかった。

「そういえば、たしかに緊張してるみたいだった」とスチューは言った。「ぴりぴりしてるというか、カヌーを借りにくるほかの連中とはちがってた。バーにいるお客さんのなかで一緒に乗ってくれる人を探そうかと言ったんだが――頼めばつきあってくれる客もいるから――マニーは大丈夫だからと断わって、ひとりで下流に向かって漕ぎ出した。いつ戻ってきたのかは知らない。店には顔を出さず、もとの場所にカヌーを置いていった」

「ふうん」とわたし。スチューは店に入り、わたしはカヌーをじっと見つめた。

「カヌーさん」わたしはカヌーとふたりきりになると、声をかけた。「もしあなたに話ができたら、どんなことを教えてくれる?」生命のない〝もの〟に話しかけるなんて、どうかしてる。わたしはあたりを見まわしたが、だれも近くにいなかった。「マニー、あなたは川でいったい何をしてたの? あんなに水を怖がってたのに」

マニーは答えてくれなかった。カヌーからの返事もない。

わたしは〈ワイルド・クローバー〉に戻ると、双子に声をかけて片づけにかかった。さっき店を出るまえに、公共料金の支払いを入れた封筒を、川下りのあと家に帰る途中で投函するつもりで、机の上に用意しておいた。

その封筒はもとの場所にあった。

ところが、机の上にはそれ以外のものもあった。書類の山の上、ちょうど真ん中あたりに、トンボの形をしたピアスが載っていたのだ。それはフェイ・ティリーの死体を発見したときに、彼女がつけていたものと寸分たがわぬものだった。

32

「捜査は継続中だ、ミッシー・フィッシャー」とジョニー・ジェイは言った。警察が顕微鏡を使って店の事務所を調べ、ピアスを押収したあと、わたしは警察長に向かって、捜査はいったいどうなっているのかと文句をつけたのだ。「あんたに進捗状況を逐一知らせる義務があるとは思わなかったよ。うちのチームの一員でもあるまいに」彼は目をぐるりとまわして天を仰いだ。「よけいな口出しをしてまわりに迷惑をかけるのが、あんたの悪い癖だ」

「よけいな口出しですって！　ちょっと待って。わたしだってこんなごたごたとはきれいさっぱり縁を切りたいわよ。でも、わたしがどうこうできる問題じゃないでしょ」

そもそも警察長に電話などかけたくなかった。でも、ピアスを発見したわたしは、接客中だった双子を大声で呼びつけた。あたふたと大騒ぎしてしまったせいで、気がついたときには、わたしがピアスを見つけたことは大勢の人に知れわたっていた。いまさら隠そうとしてもあとの祭り。あいにくロリ・スパンドルも客のひとりだったので、ちゃっかりこの場に残って、折あらば口を出し、ひと悶着起こそうと待ちかまえていた。

「あんたを逮捕して、事件がすっかり片づくまで拘束したほうがよさそうだな」と警察長はわたしに言った。

「そうしたいんでしょう」

「それが一番いいと思います、警察長」と、目撃者ロリ・スパンドルが何くわぬ顔で言った。

警察長は黙れという目つきで彼女をにらみつけてから、ふたたびわたしを見すえた。

「そのピアスがどこからともなく現われたとき、あんたがどこにいたか正確に教えてくれ」

「もうそれはいいから、そろそろ真犯人を捜しにいったら」

「知ってのとおり、容疑者は勾留中だ」

「じゃあ、彼はどうやってここにピアスを置くことができたの？」

「それを調べるのはわたしの仕事で、あんたとは関係ない。口出しは無用だ」

「わたしにも大いに関係があるわよ。そのくそいまいましい代物は、わたしの机の上で見つかったんですからね」

「まあまあ、落ち着いて」ジョニー・ジェイは両手を上げて、わたしをなだめるようなしぐさをした。

今日のロリは蜂よけの覆面布の代わりに、もったいぶった笑みを浮かべていた。覆面布のほうがまだしも見栄えがする。

ブレント・クレイグが一歩前に出て、ピアスがどうやってそこに現われたか自分なりの考えを述べた。見ればわかるようなことばかりだったが、そのおかげで口論は収まった。

「だれかが裏口からこっそり入って、そこに置いていったんだと思います」弟のトレントも賛成した。「ぼくたちでお客さんのリストをつくりました。どうぞ、警察長」ブレントが〈ワイルド・クローバー通信〉の裏に客の名前を書いたものを渡した。「ほとんど常連さんですけど、田園道路をドライブ中に立ち寄った人も何人か混じっています。これまで見かけたことはありません」

「お客さんとはかぎらないわ」とわたしは言った。「裏口には鍵がかかっていなかったから、だれでも入ろうと思えば入れた」

裏口がまたしても侵入路になったことが、どうかうちの母にばれませんように。昔からの習慣はなかなか変えられない。スチューの店に出かけたとき、鍵をかけ忘れてしまったのだ。ジョニー・ジェイは相変わらず、わたしのことを心労といざこざの種としか見ていないようだった。

「あんたはこの事件のあいだどこにいた？　おや、なんだか聞き覚えがあるな」彼は耳の後ろに手を当てた。「たしか、さっきも同じ質問をしたような気がするんだが」

「わたしは川にいました。スチューにカヌーを借りて川を下ってたの」

「それを見た者は？」

「どういう意味？　わたしは被害者よ、犯人じゃなくて」

「あんたを見た人間はいるのか？」彼はくり返した。

「スチュー」

「ストーリーが川にいたんなら」とロリがしゃしゃり出た。「新しい死体を捜しはじめたほうがいいと思います」

わたしは足をパティオテーブルに乗せ、片手に赤ワインのグラス、そして台所包丁をテーブルに広げた新聞の下に忍ばせていた。万一、犯人が茂みの奥から襲いかかってきた場合にそなえて。もうこれ以上、危険を冒す気はない。外にすわるだけでもありったけの勇気を振り絞っている。それでも、ここそこ隠れて暮らすのはごめんだった。それにたとえまずいことが起こっても、パティが隣家からしっかり目を光らせていてくれるだろう。

パティの家の窓にざっと目を走らせて、こちらに向けられた望遠鏡がないことを確かめてから、グラスを持っていないほうの手で親指を使ってハンターの電話番号を押した。

「フェイ殺しの捜査をあなたが引き継ぐわけにはいかないの？」と彼に言った。「わたしはジョニー・ジェイに嫌われているから」

「プロムのせいだな。きみに断わられたのを根に持っているんだ」

「どうしてそのことを？」

「あの年、きみをエスコートしたのはぼくだぜ。忘れるとはね。プロムのあと、うちの古い車で山に行って……」

彼はそこまでしか言わなかったが、わたしは思い出した。はっきりと、まるで昨日のことのように。記憶がこんなふうによみがえるなんて。

ふたりとも黙りこんだ。しばらくしてハンターが言った。

「ジョニー・ジェイはぼくらがプロムに一緒に行くと知って、ぼくに勝負を挑んだ」

「そんなことちっとも知らなかった」彼らふたりが、わたしをめぐって取っ組み合いの喧嘩をしている場面を想像して、思わずにんまりした。ぶよぶよに肥ったジョニー――いまではすっきり痩せているが――と、腕っぷしが強く、引き締まった体つきのハンター。初めから勝負はついていている。ハンターには造作もない相手だっただろう。「それじゃ根に持つはずだわ」とわたしは言った。

「きみはやつに強烈な印象を残したんだな」警察長がその恨みを乗り越えてくれますように。

「いまさらそんなこと言われてても。ねえ、お願いだから捜査を引き継いで」

ハンターの大きな笑い声が聞こえた。「ぼくはウォーキショー郡保安官事務所と重大犯罪捜査隊の人間だ。ジョニー・ジェイはモレーンの警察長で、縄張り意識がきわめて強い。いまさら言うまでもないが。ぼくはこの町ではなんの権限もない。おまけに、ぼくらの友情が復活したのを知ってから、ジョニー・ジェイは情報の提供もぴたりとやめた」

「あらまあ」それはわたしのせいかもしれなかった。ジョニー・ジェイと角突き合わせるたびに、ハンターの名前を持ち出したから。

それなら、うちの店でピアスの片方が見つかったことも、ハンターはおそらくまだ知らないだろう。そう気づいたわたしは、このちょっとした新しい事件のことも話した。

「よかったら、この件がすっかり片づくまでうちにこないか」とハンターが言った。誘いかけるような軽い口調ではなく、本気で心配しているとひしひしと伝わってきた。

「平気よ」と言ったものの、ハンターが心配しているとわかって、これまでになく不安が募ってきた。ワインをひと口飲んだ。

「しばらくうちにくる気はないんだね？」

「ええ」ハンターに守ってもらうという考えは乙女心を強く引きつけたが、わたしには店と、目の前で崩壊しかけている養蜂業がある。ハンターの男っぽい香りにうつつを抜かしている場合ではない。

そもそもゆっくり交際を進めていくという約束なのに、いきなり同居はないだろう。

そのあと、店の強盗事件とキャリー・アンの怪我のぐあいについても意見を交わした。ハンターは病院に見舞いに寄ったが、彼女は眠っていた。職員の話では、明日には退院できるという。

「マニーは殺されたんじゃないかしら」とわたしは言った。

「ストーリー、もしそうならすごい芸当だな。犯人はミツバチと共謀して人間を殺した。いくらなんでも考えすぎだよ」

「犯人が力を借りたのはスズメバチよ」とわたしは訂正した。「ミツバチは関係ない。それに、ありえない話じゃないわ。わたしだってやろうと思えばできる」

「ほう。ぜひ聞かせてくれ」

「まえもって巣を探しておいて、夜になってから捕まえる。でも木のうろとかじゃなくて、木の枝につくった巣じゃないとだめ。つまり、取り外して、容器にしまっておける巣がいいの。防護服を着て、迅速に行動する。準備がととのったら、マニーがはちみつ小屋に入るのを待ってなかに閉じこめる」

「外から？」

「外に南京錠がついてるの。それと、マニーが防護服や身を守る手段を持っていないことをあらじめ確かめておく。そのうえで、スズメバチを小屋に放つ」

「きみの説はまだまだ磨きをかける必要がありそうだ。たとえば、どうやってスズメバチを放つ？」

「まだ細かいところまではつめていないけど、それは問題ないわ。こちらは防護服を着てるんだから」

「きみの考えがまとまったら聞かせてくれ」

「真っ先に知らせる」

「じゃあマニーが殺されたと仮定しよう。その理由は？」

「それも、いま考えているところ」クレイとグレースの件をハンターに話すつもりはなかった。まだいまのところは。情報は小出しにするほうがいい。

わたしたちは、ふだんよりも愛情のこもった声でおやすみなさいの挨拶を交わし、ハンターは、くれぐれも気をつけるようにと念を押した。

だれかが気づかってくれるというのは、なかなかいい気分のものだ。

電話を切ってから菜園を見てまわった。トマトは赤く色づいてきた。冬カボチャは四方につるを伸ばし、栗カボチャの実はわたしの目の前でぐんぐん大きくなっていく。秋に穫れるレタスもよく育っていたけど、いくつかはこのまえ川から見たあのウサギにかじられていた。そうはいっても動物だって食べていかなければならない。必要な量よりも多めに植えて、余った分を分けてやればいい。

そのあとウォーキショー刑務所まで車を走らせた。

「会いたくないそうだ」クレイ・レーンへの面会希望を取り次いでくれた警官が、ガラスの仕切りごしに言った。

「それはできません。夫に断わる自由はないんです。わたしは妻ですから」そう名乗るのもこれが最後だと思うとせいせいする。

警官は興味なさそうに肩をすくめた。

「ここから出してあげると伝えてください」

それを聞いた警官はあらためてわたしを見て、とがめるように片方の眉を上げた。

「今晩、脱走させるって意味じゃありません」とわたしは言い添えた。「夫が恋人を殺した犯人ではないと証明するつもりです。そう言ってください」

その伝言は夫に伝わり、しばらくしてわたしはなかへ通された。

「なんの用だ？」クレイはまるで、有罪と決まって希望を失った男のように見えた。

「あなたがフェイを殺してないって知ってるわ」とわたしは言った。「それに、マニーは殺されたにちがいないと思ってる」

「どうしてそう思うんだ？」

「わかるのよ」

「それがおれとなんの関係がある？」

「フェイを殺した犯人が、おそらくマニーを殺したんだと思う。こんな小さな町でふたりの人間が二日のあいだに二件の殺人事件を起こした確率はかぎりなくゼロに近いから。しかも、その人間はなんらかの理由でわたしをつけねらってる。店に強盗が入って、キャリー・アンが怪我したの。そのあとフェイのピアスが事務所の机の上で見つかった」

「ピアス？」

「ここじゃ何も教えてくれないの？」

「何ひとつな。弁護士すら雇ってから一度もきたためしがない」

そこでわたしはクレイに、ハンターとわたしがフェイを発見したときピアスが片方しかなかったこと、警察がまだなくなった片方を見つけられないうちに、わたしの机の上にそれが現われたことを話した。そして、助けてほしかったら、事実を正直に話すようにと説得した。

わたしの話が終わると、クレイは「おまえが助けたいのはおれじゃなくて、わが身じゃないのか。そもそも、なんでおれがこっちにいて、おまえが塀の外にいるのかさっぱりわからん」と言った。

「わたしが何か発見すれば、それはあなたのためにもなる。わたしの動機なんて、どうでもいいじゃない。あなたが刑務所を出る助けになれば」

「おれから何を聞きたい？」

「すべての事実よ、それだけ。まず手始めに、あなたとフェイはあの晩どうして喧嘩したの？　フェイがあなたの家を出たのはどうして？」

「つまらんことでやり合って頭にきたおれは、あいつとつきあってるのは、おまえと似てるからだと言ってやった。あいつは気を悪くして出ていった。もしあいつが殺されたりしなければ、おれたちはやり直せたんじゃないか」

「ほかにも聞きたいことがあるの。あなたとグレース・チャップマンはどうなってるの？　つきあっているのか、いないのか、はっきり答えて」

クレイの答えから、新たな手がかりは何も得られなかった。わたしの手札は全部出した。その見返りに得られた情報は――

・グレースから先週の木曜の夜、クレイに電話があった。思いつめたような声で、クレイに会いたいが、ほかの人には知られたくないという。

・クレイは彼女を自宅に招いた。いまの落ちこんだ状態なら、ヤレる（本人のセリフそのまま）んじゃないかという下心から。

・ところが、グレースが欲しがったのはマニーとわたしについての情報――彼女の言葉を借りるなら、耳にするのも汚らわしいあれこれ。彼女はクレイが正直に包み隠さず答えてくれるものと思っていた。

・グレースはクレイの人柄をまったくわかっていない。

「たまげたよ、おまえがほかの男に目移りするなんて」とクレイは言った。「だけど、グレースには心当たりがあるようににおわせておいた。おれの肩にすがって泣くという手もありだしな」

やれやれ。この勘ちがい男ときっぱり縁を切ったのは正解だった。

「まさか、グレース・チャップマンと寝たんじゃないでしょうね」

「据え膳食わぬは男の恥ってな」

「そういううわさが流れてるのよ。ふたりはできてる、マニーに隠れてつきあってるって」

「そっちこそどうなんだ？」とクレイが訊き返した。「グレースはおまえとマニーの仲を疑ってたみたいだぞ」

「何もないわよ」とわたし。「いったいだれがグレースにそんなデマを吹きこんだのかしら」

「パティだろうな」とクレイは言った。

「だれもパティなんか相手にしなければいいのに」とわたし。「でたらめばっかり。あなたとグレースのうわさを流したのも彼女よ。グレースがあなたの家に入るところを見たらしい。それがいわゆる証拠とやらで、それさえあればどんなうそでも平気で広める。パティが望遠鏡を使って、わたしたちの家のなかをのぞいてるのを知ってた？」

「まあな。だから、わざと窓の近くをすっ裸で歩きまわってやった」

「わたしに見せつけてるのかと思った」

「ぐっときただろ」

「ばかじゃないの。でも冗談はそのぐらいにして、ひとつ約束して。こっちも危険をかえりみず捜査を進めるわけだから」

「なんなりと、ハニー」

「もう二度とそんなふうに呼ばないで」

「それが約束？　それだけでいいのか？」

「いいえ。めでたく釈放されたら、モレーンから出ていって。ウォーキショー郡からも」

「おまえの冷たい言葉でおれの心はずたずただ」

「どうなの？」

「よかろう」とクレイ。「こんな町、こっちからよろこんで出ていってやる。だが、おまえがよりを戻したいって言うなら――」

最後まで聞かずに、わたしは部屋を出た。

33

金曜日の朝、妹は母さんの言いつけにもかかわらず開店時間には間に合わなかったが、それはいまさら驚くまでもない。わたしはレジを打ったり、お客さんひとりひとりにキャリー・アンの容態や、押込み強盗や、死んだ女性のピアスが事務所の机の上で見つかった事件の最新情報を伝えたりで、妹のいない数時間は目のまわるような忙しさだった。

とある不名誉なうわさを打ち消そうと、涙ぐましい努力をしたのは言うまでもない。ホリーも感心してくれるだろう。わたしまでゴシップに巻きこまれ、グレースがクレイと一緒になるためにマニーを殺したとあやうく信じるところだった、とは言わないでおこう。

ホリーは十時になってようやく顔を出した。それでもふだんのシフトより一時間も早い。レイ・グッドウィンがすでに大量の商品を配達していた。納品は午後三時以降にしてほしい、その時間帯だと男手があるから品出しを手伝ってもらえる、と口を酸っぱくして言ってるのに。レイは上から押しつけられるのががまんできないたちらしく、わざわざ言われたのと逆のことをする。そんな人をくった態度のせいで、これまで不遇をかこってきた。

「このまえ頼んだはちみつ、グレースからもらってきてくれた？」とわたしは訊いた。

「そんなにお急ぎとは知らなかったよ」彼は〝そんなに〟という部分を強調した。まるでわたしが文句ばかりつけているように。

「そういうわけじゃないけど、できれば早めに」

レイは肩をすくめた。「ま、そのうち」

わたしはやれやれと天を仰いで、店に入った。「クレイグ兄弟に電話して」とホリーに声をかけた。妹は今日はいちだんときれいだ。睡眠たっぷりで、なんの気苦労もない。「どっちかひとりでも早めにきて、品出しを手伝ってもらえないか訊いてみて。ＡＳＡＰ（なるはやでお願い）」

ホリーは、仕分けと陳列を待っている箱づめの野菜に目を丸くした。

「そうね。重い荷物を運ぶのは、わたしの仕事じゃないし」

「はいはい。箱はそれぞれの棚の近くに置いてあるから、あんたはそのものすごく重いトマトを並べてくれたらいいわ」

「それなら」

「ホリー、大好き」わたしは思わずそう言って、自分でもびっくりした。ホリーもあっけに取られたように動きを止めて、わたしをまじまじと見つめている。「あんたがいなかったら、今週はとても乗り切れなかった」とわたしは言った。

妹は満面の笑みを浮かべた。「こちらこそ。人に感謝してもらうっていい気分ね」

「同感」とわたしもうなずいた。「そうだ、いいことを教えてあげる。ハンターとわたしは明日の夜、デートするの」

「そんなことだと思った。どこへ行くの？」

「わからない」それは事実で、まだそこまで話し合っていなかった。土曜の夜はもうすぐそこで、わたしにはデートの相手がいる。行き先なんてどこでもかまわない。

ロリがいつものようにちょっとしたものを買いにきた。毎日のように店に顔を出すのは、わざとにちがいない。嫌味な女。わたしをしょっちゅう苛立たせてよろこんでいるのだ。

「マニーの家は売れそうなの？」と訊いてみた。内心、買い手がつかなければいいと思いながら。マニーは売る気がなかったのだから、その遺志は尊重してほしかった。せめて喪が明けるまでは。

「チャップマン家の地所なら、取り引きを進めているところよ」とロリは自慢げに言った。

「いまはまだ言えないけど」

「なら、どうしてしゃべってるのよ？」とホリーが言って、ロリにぎろりとにらまれた。

「買い手はだれなの？」わたしはぜひ知りたかった。

「あんたの知らない人」

「言ってみて」

「極秘だから」と言って、ロリはもったいぶった足取りでドアに向かった。「契約がまとまったら、真っ先に知らせるわ」

わたしはグレースに電話した。

「誤解があるみたいだから、それを解きたいと思って」と電話に出たグレースに言った。家の売却のことを聞きたかったが、それにはまず関係を修復しなければ。「このさい巷に流れているうわさに、きっぱりけりをつけましょう――あなたのも、わたしのも。それにはあなたの協力が必要なの」

「わたしのうわさって？」

わたしは深呼吸をひとつして、切り出した。

「あなたとクレイが関係を持っているというううわさがあるの」

「あなた、そんなうそまで広めているの？」彼女の声は、人間には不可能な音域にまで跳ね上がった。「いいかげんにしてよ」

「まさか！　ちょっと待って！　うわさを流しているのはP・P・パティよ。あなたがクレイの家を訪ねたのを見たって。でも、わたしはあなたがどうしてクレイの家に行ったのか知ってるし、汚名をそそぎたいの」

「どうやって？　みんなにほんとのことを話すつもり？　わたしがクレイを訪ねたのはあなたとマニーのうわさの真偽を確かめるためで、クレイならその答えを教えてくれると思ったからよ。まずはあなたたから、主人との関係について釈明するのが筋じゃないかしら」

このままではうまくいきそうにない。

「それもパティが言い出しっぺなの。彼女を甘く見たら痛い目にあうわよ、よその家庭も夫婦の仲も平気で壊してしまうんだから。マニーとわたしは友だちだった、その一線を越えたとはないわ。彼が愛していたのはあなたよ」

グレースは泣きだした。

「じゃあ、こうしましょう」とわたしは言った。「わたしがパティを説得して、あなたにほんとのことを言ってもらう。彼女がうわさを広めた張本人で、それは根も葉もないうそだって。それでどう？」

彼女が電話を切るまえに「いいわ」とつぶやいたのが聞こえたような気がしたけど、消え入りそうな痛々しい声だったので、わたしの計画に同意したのかどうかよくわからなかった。

ミツバチは巣がきちんと機能するように一致団結して仲よく働く。人間もミツバチを観察すれば、学べることがいくつもあるはず。人間はともすれば助け合うのではなく、傷つけ合うことに時間を割いてしまう。

外勤蜂が花粉を後ろ肢の花粉かごにつめて帰ってくると、内勤蜂たちは巣の入口で出迎え、荷下ろしを手伝う。手伝ってとわざわざ頼むまでもない。当たり前のように協力する。これぞチームワークだ。花とミツバチも協力関係を結び、助け合っている。ミツバチは花から花粉をもらって群れの食料にする。花はその代わりに、花粉をべつの花に運んでもらって受粉する。

チームワーク。それこそわたしが願ってやまないものだ。

グレース、パティ、そしてわたしは事務所で小さな輪になり、膝を突き合わせるようにしてすわった。グレースはくすんだ顔に苦痛と悲しみの色を浮かべて。パティは自分は正しいとばかりにふんぞり返っている。わたしは小さな町のしがらみや、つかなくてもいいうそのせいでぐったり疲れていた。もっと深刻でもっと危険な事態が水面下で進行しているというのに。

「ご存じのとおり、ここに集まってもらったのは、事実を明らかにするためよ」とわたしは口火を切った。「パティ、あなたはグレースがクレイの家に入るところを見たのね」

「ええ、そうよ」

「そして、町の人たちにグレースが彼と浮気をしていると言いふらした」

パティはもぞもぞと体を動かした。かすかとはいえ、動揺は彼女の目にもうかがえた。パティは追いつめられると、視線が左右に揺れ動くのだ。「いいえ」と彼女は言った。「そんなことは言ってない」

「ほらね」とグレースが言った。

「パティ、グレースにほんとのことを言わないなら、もう二度と口を利かないから」

その裏の意味は、証人の前だろうとこの手で絞め殺してやるということだ。

「そんなのこけおどしよ」とパティは言った。「だいたい、うそなんかついてないし」

「脅しなもんですか。〈ワイルド・クローバー〉への出入りも遠慮してもらうわ。さあ、グレースに教えてあげてよ。ほら」

パティは腕組みをして、口をきっと結んだ。

「望遠鏡で見張ってたのよね」とわたしはうながした。

た。

それを聞いたグレースははっとすわり直した。「望遠鏡を持ってるの？」とパティに訊いた。

「野鳥の観察用にね」とパティ。

それとのぞき見用に、と思ったけど口には出さなかった。その代わりに、「クレイが証言してくれるわ。パティがそのばかげた望遠鏡でどんなふうに彼をのぞいていたか」と言った。

グレースは椅子を押しやって立ちあがった。わたしは腕をつかんだ。「まだ行かないで」泣きつくようなまねはしたくなかったが、自信はない。それでも、グレースはまた腰を下ろした。

「じゃあ、次」わたしはからめ手から攻めることにした。「マニーとわたしのうわさがグレースの耳に入ってるの。その件だけでもはっきりさせましょう」

「いいわよ」パティはまだ構えた口調で言った。

「グレースにうそだと言って」

「でも、事実だから」

わたしはパティをにらみつけた。誤解を解こうとするわたしの努力は、とんでもない方向へ暴走しはじめていた。「まさか本気じゃないわよね」

「わたしは自分が見たものを信じてる」とパティは言った。「この目は絶対にうそをつかないもの」

「よくもそんなデマを。マニーとわたしはそんな関係じゃないわ」

パティはわたしをにらみ返した。「じゃあ、どうしてマニーは川からあんたの家に忍んでいったの？」

わたしは口をあんぐりとあけた。

グレースは席を立って出ていった。事務所のドアがばたんと音をたてて閉まった。

わたしはパティにつかみかかったが、グレースのすわっていた椅子に足を取られ、丸く並べた椅子の真ん中に倒れこんだ。

パティが大声で助けを呼んだが、わたしはかまわず立ちあがった。わたしの目に殺意を見てとったのか、パティはわたしをバッグで殴りつけた。そのバッグには硬貨がぎっしりつまっていたにちがいない。わたしはふたたび尻もちをついたけど、ほんの一瞬のことだった。よろよろと立ちあがってパティの胸ぐらをつかむと、上着の生地が裂ける音がした。

妹が飛びこんできて、わたしをはがいじめにした。

そのとき、マニーがカヌーを借りて川に出たというスチューの話を思い出した。

そのすきにパティの姿は消えていた。命からがら逃げ出したのだ。

34

「あなたの言うことを信じるから」ようやく電話に出たパティに、わたしは言った。「だからお願い、切らないで」

「このまえ言ってた先々のお詫び、あれはもう無効よ。あたしにつきまとうのをやめないなら警察を呼ぶわよ。暴行は重罪なんですからね」

「あなたのほうが先に、あのはち切れそうなバッグで殴ったんじゃない」わたしは腫れが引くようにと、保冷剤を頭に当てていた。

「あたしを殺そうとしたくせに」とパティ。

「まあ、そうね」

「もう切るわよ」

「ちょっと待って。ねぇ。あなたの言うことは、ほんとにその通りだと思ってる」

「まえにも言ったけど、あたしの情報はみんな事実にもとづいてるんだから。あんたとマニーのことだって、動かぬ証拠をつかんでるのよ」

そういえば、自分の主張には事実の裏づけがあるとカスタード・ショップでも言っていたが、あのときは聞き流していたのだ。

「マニーがうちを訪ねてきたというのは初耳だわ」とわたしは言った。「わたしの記憶にまちがいがなければ、去年の春、蜂を巣箱に移すのを手伝いにきてくれたのが最後よ」

「あたしはマニーを見た。あたしが知ってるのはそれだけ」

「いつ？」

「蜂に刺し殺される五、六日まえだったかしら。あたしがアライグマに悩まされていたころよ。家をめちゃめちゃに荒らされて、修理にものすごくお金がかかったって、たぶんあんたにも話したと思うけど。そんなわけで、罠を仕掛けて家に入ったところだったの」

「マニーが死ぬ五、六日まえね」とわたしはくり返した。それなら、スチューがマニーにカヌーを貸したという話とも一致する。また、それだけの時間があれば、わたしとマニーに関するまちがったうわさがグレースの耳に届き、彼女が木曜日にクレイを訪ねたとしてもおかしくはない。「あなたはいったい何を見たの？　くわしく教えて」

「外はもう暗かった。窓辺にいたからよかったようなものの、さもなきゃ見逃してたでしょうよ。マニーはカヌーを漕いであんたの家の裏庭までくると、岸に上がり、家に向かって物陰を歩いていった。そのあとはよく見えなかった。必死で目をこらしたんだけどね」

「見まちがいかもしれないわね、そんなに暗かったのなら」

「川のそばに庭灯をつけてるでしょ。その明かりの外へ踏み出すまでは、昼間と同じくらいはっきり見えたの。あれはマニー・チャップマンだったし、見るからに人目を気にしてこそこそしてた」

「わたしは家にいた？」

「何をいまさら。あんたの姿も窓ごしに見えたけど、そのうちに別の部屋に行ってしまった。その部屋はここからだとよく見えないの」

「マニーが家に入ったのは見た？」

「そこまでする必要ないわよ。ばかじゃないんだから。それにうそつきでもないし」

こうしてことの全容が明かされてみると、なるほど真っ赤なうそだと指摘できるような箇所はひとつもない。たいていの場合、パティは事実をねじ曲げているだけだったが、そのせいでもとの姿とは似ても似つかないものになっていた。

「信じられない」とわたし。

「それじゃ」と言うなり、電話は切れた。

P・P・パティでさえ、もうわたしとは友だちになりたくないようだ。

だが、いまはそんなことにかかずらっているときではない。なぜならマニーとわたしがグレースを裏切っているとパティが考えたのは、それなりの根拠があったかもしれないから。彼女の発言が、実際の観察にもとづくものか、それとも創意あふれる作り話かは、微妙なところだけど。それでも、マニーがほぼ同じ時刻、カヌーを借りて下流に向かったというスチューの話は——そのまま進めば、わが家の脇を通りすぎることになるので——パティの言い分をかなりの程度、裏づけるものだ。

それでは、どうしてわたしはそのことをちっとも知らないのだろう？　かりにマニーが訪ねてきたのなら、どうしてわたしに声をかけなかったのか？

どうしても腑に落ちない。

「頭はどう？」ホリーが事務所をのぞいた。保冷剤をはずして、わたしの頭のこぶを指で探った。

「痛っ」とわたし。「さわらないでよ」

「本気で殴られたのね」

「パティを押さえつけてくれたらよかったのに、わたしじゃなくて。危険人物なんだから」

「姉さんのほうがもっと物騒に見えたのよ。ねえ、わたしにも事情を聞かせて」

妹は雌鶏のようにかいがいしく世話を焼きながら、わたしの話に耳を傾けた。

ひととおり話しおわったものの、ふたりともこれがいったいどういうことなのかさっぱりわからなかった。

「ごめんください」店から声がした。

ホリーが「BBL（ちょっと待ってて）」と言って接客に向かった。あとに残されたわたしは暗い物思いに沈んだ。

なんてややこしい！　しかも、どれもこれも行き着く先は、お決まりの面子——マニー、グレース、クレイ、フェイ、それにわたしだ。そのうちのひとりは獄中で、ふたりは死んでいる。

さらに、スタンリー・ペックはこの方程式のどこに収まるのだろう。養蜂場にあった巣箱が消えてなくなる一方、スタンリーは図書館から本を借りて蜂のことを猛勉強している。

それにもちろん、おしゃべりパティと彼女が引き起こしたもめごとの数々。そもそもP・パティがおかしなうわさを広めなければ、グレースがマニーとわたしの仲を勘ぐることもなかった。何か魂胆があって、わざと人の評判をぶち壊しているのだろうか？

グレースがクレイと一緒になるために夫を消したのではないとしても、夫がわたしと不貞を働いていると思いこんで、マニーを殺害したという線は考えられないか。

その可能性はなきにしもあらずだが、その場合、フェイ殺しはどう説明する？

かくなるうえは消去法しかない。まずはスタンリーから。いまのところ、グレースやパティよりもずっと近づきやすいので。

スタンリーがお昼すぎに店にくると、さっそく声をかけた。

「鶏を飼ってみようかと思って」彼が鶏を飼っているのは知っていた。

スタンリーは意外そうだった。「そんなひまがあるのかい？」

「それはそうだけど、鶏の世話ぐらいなんとでもなるわ。子どものころ飼っていた小屋がそのまま残ってるの。夜はそこに入れて、昼間は庭で放し飼い。勝手に虫をつついたり、わたしのために卵を産んだりしてくれたらいいなって。養鶏は自然回帰運動のひとつで、最近の流行なのよ。知ってるかもしれないけど」

「よかったら、うちの鶏を二、三羽やるから、試してみたらどうだい。だめだったら、いつでも返しにきたらいい。気に入ったらそのまま飼ってもいいし、自分で一から始めることもできる」

願ったりかなったりだ。

「じゃあ三時ごろお宅にうかがうわ。クレイグ兄弟に店番を頼んで」

「わかった」

わたしはもうスタンリー・ペックを車で追いまわすつもりはなかった。今回は面と向かって、その問題に女らしく取り組み、床に押し倒して、答えを聞き出すまでだ。

ホリーも連れていったほうがいいかもしれない。

35

「そういえば、スタンリーは昔、牛を飼ってたわね」と、スタンリーの農場へ向かう車内でホリーが言った。「あの人、いつも堆肥のにおいがしてた」

「わたしは嫌いじゃないけど」

「小学校のとき班に分かれて農場見学に行ったでしょ。わたしはあの強烈なにおいがだめでバスのなかで待ってたの。いまでも覚えてる」

「酪農家はほとんど見かけなくなったわね」とわたしは言った。「出したてほやほやの牛糞のかぐわしい香りを知っている人は、そのうちだれもいなくなっちゃう」

「その日が待ち遠しい」

農場の母屋の隣に車を止めた。エンジンを切る。

「うっかりしてた。母さんが今晩ご飯を食べにきなさいって」とホリーが言った。

「おたくの旦那さんは出張？」

「いまさら訊くまでもないでしょ。姉さんもくる？」

そんな誘いがあることは予想していた。おばあちゃんの家にはここしばらくご無沙汰していたので。つまり、その、家の奥までは。食事のついでに巣箱をのぞいて、蜂たちの身に危険がおよんでいないか確認しよう。

「だれが料理をするの？」とわたしは訊いた。

「母さん。それに、おばあちゃんのAPも出るわ」

わたしの頭のなかの辞書では、妹が乱発する略語についていけなかった。「AP？」

「アップルパイよ。六時にきなさいって。遅刻は厳禁」

「駆けつけ三杯ってありかしら？」

ホリーがその作戦に賛成してくれるまえに、スタンリーが家から出てきた。わたしたちはトラックから降りて、彼のあとについて納屋の横にある鶏舎に向かった。彼は養鶏の心得を教科書丸一冊分——書き出しから、本文、まとめにいたるまで——とうとうと語り、わたしは鶏についていいやというほど学んだ。

「気に入ったのを選ぶんだな。最初は三、四羽から始めたらいい」とスタンリーは言って、鶏舎の隣にある柵で囲った土地で、餌をついばんでいる雌鶏の群れを指さした。「家まで持ち帰れるような箱か何か見つくろってくるよ」と、鶏の入れ物を探しに遠ざかっていった。

「におうわね」ホリーが鼻の頭にしわを寄せた。「牛よりひどい。姉さんはこの先ずっと鶏と同居するつもり？」

ここへくるまでに一部始終を話してあったので、ホリーはスタンリーを訪ねてきたほんとうの理由を知っていた。鶏はただの口実だ。

「どっちみち鶏を飼おうと思ってたから」とわたし。「渡りに船よ」

「庭で放し飼いにするなんて信じられない」

「あのにおい、わたしは嫌いじゃないわ」

「そもそも、どの鶏も同じに見えるし」

それについては意見が一致した。

スタンリーが大きな段ボール箱と鶏の飼料を用意して戻ってきた。彼とホリーが見守るなか、わたしは庭じゅう駆けずりまわって、丸々と肥った雌鶏を三羽捕まえた。それからスタンリーに手伝ってもらって段ボール箱に入れた。「これできつく縛るんだ」と、スタンリーが麻紐を寄こした。「箱から逃げ出さないように」

「トラックに積みこむまえに」わたしは箱を縛ったあとで言った。「はっきりさせておきた《クリアー・ジ・》いことがあ《エアー》るの」

ホリーは鼻にしわを寄せて、笑いをこらえている。黙ってにやにやしているのは、換気する《クリアー・ジ・エアー》必要が大いにあると言いたいらしい。「ちょっとめまいがするから」と彼女は言った。「トラックで待ってるわね」このにおいにがまんできないの、とスタンリーに聞こえないように口の動きだけでつけ足した。

ときたま、ホリーとわたしが血のつながった姉妹とは信じられないときがある。母さんとおばあちゃんが親子だなんて想像もつかないように。

「どうした?」とスタンリーがわたしに訊いた。

「ミツバチについてずいぶん勉強してるみたいじゃない。図書館から養蜂の本を借りたりして。そっちこそ、どうしたの？」

「読みたいものを読んじゃいけないのかい？」

「そんなことはないわ。でも、もし読んでいる本に書いてあるのと同じものが、マニーの死後すぐに彼の養蜂場から消えてしまったとしたら、なんらかの説明があってしかるべきじゃないかしら。とくにいまは、町じゅうが蜂のことでぴりぴりしてるし、住人の一部は蜂を飼うことに反対で、折あらば騒ぎを起こそうと手ぐすね引いてるんだから」

「そんなことをするのはロリだけだ。彼女だって、そのうちべつの気晴らしを見つけるさ」

「ねえ、教えてよ。あなたはミツバチを飼おうとしてるの？」

「なんでまたそんなことを？」

「本のせいよ、スタンリー。あの養蜂の入門書」

「なに、ちょっと読んでみたかったのさ」

スタンリーは言葉をにごした。同じ質問を言いまわしを変えて何度かぶつけてみたけれど、のらりくらりとかわされるだけ。それ以上話すこともないので、スタンリーに手伝ってもらって、雌鶏と餌と藁をひと束、荷台に載せた。ホリーとわたしは出発した。

「あの男は何かを隠してる」とわたしは言った。

「口を割らなかったの？」

「だめだった」

十分後、スタンリーが車で私道から出ていった。わたしたちは隠れていた場所から飛び出し、あとを追った。

「もう少し距離をあけないと、気づかれてしまうわよ」とホリーが言った。

「わざわざバックミラーをのぞいて、尾行の確認なんてしないわよ」とわたし。

「どうしてわかるの？」

「映画じゃあるまいし、だれがそんなことするもんですか。あんたはどう？　見覚えのある車があとをつけてこないか、このまえいつ確かめた？」

「でも、いずれ気がつくわ」

「このまえ距離をあけてたら見失ってしまったの。今度こそ逃がすもんですか」

わたしたちはモレーンをあとにして田園道路に入った。スタンリーを追いかけて何度も行き来しているので、勝手はわかっている。彼はあわてるでもなく、制限速度よりもずっとゆっくり走っている。このまえ見失ったあたりで私道のひとつに曲がった。その道は前回も確認したが、主道のほかに砂利を敷いた脇道があることまでは気がつかなかった。

スタンリーは砂利道のほうをたどった。

「ＧＦＩ（行け、行け）！」ホリーが興奮して叫んだ。

だが、わたしは車を脇に寄せて停車した。雌鶏たちが荷台でけたたましい鳴き声をあげた。

「しばらく様子を見ましょう。すぐに戻ってくるかもしれない」

十五分たったが、スタンリーはまだ現われない。

「車を降りて、なかに入ってみようか」とわたしは言った。

「ＩＴＡ（それがいいわ）」とホリー。「そのほうが目立たないし」

私道は思ったよりも長く、突き当たりにはこぢんまりした家がカエデの大木とカシにはさまれてひっそりと建っていた。いかにも女性のひとり住まいで、窓にはレースのカーテンがかかり、窓台には色とりどりの花、手入れの行き届いたワスレグサが家の正面にずらりと植わっている。

スタンリーの車は家の隣にないので、すぐそばにある小さなガレージに入れたのだろう。だから前回このあたりで見失ったとき、彼の車が見つからなかったのだ。そういえば、この私道にもたしかに見覚えがあった。

抜き足差し足で裏にまわると、蜂の巣箱があった。

数は少ない。正確には五つ。巣箱の造りからみて、マニーの蜂でないことは明らか。ミツバチを見分けることは無理でも、巣箱の形がまったくちがえば、わたしが捜しているミツバチでないことはわかる。

建物に近づいた。どんな人が住んでいるのだろう。ホリーもついてきた。家のなかからは物音ひとつ聞こえない。

ホリーがわたしの上着の背中をぐいと引っぱった。頭の動きと視線で、長居は無用、そろそろ帰ろうと伝えている。わたしは首を振った。まだよ。家の裏手のコーナー窓まであと一メートル。なかをのぞいていくことにした。せっかくここまできたんだから。あと五十センチ。三十センチ。窓枠の下に身をかがめて、そろそろと首を伸ばした。目の高さまで。ホリーもすぐ後ろにいる。

窓が閉まっていたのはさいわいだった。後ずさりした拍子につまずき、すがりついた妹もろともどっと倒れた。ホリーがくぐもった悲鳴をあげる。わたしたちはからまった体を離し、見えないところまで這っていった。

わたしはスタンリーの秘密を発見した。

彼には恋人がいたのだ。その人はたったいま、わたしたちの目の前で、一糸まとわぬ姿でスタンリーとベッドで睦み合っていた。

そしてわたしときたら、P・P・パティ顔負けに彼らの情事をのぞき見たのだった。さすがに望遠鏡までは使わなかったけど。あとで時間があれば、たっぷり反省することにしよう。

ホリーとわたしは一目散に私道を駆け戻り、安全なところまできてからようやく口を開いた。

「いまの見た？」とわたし。

「見た」

「彼女がいたんだ」いまさら言うまでもなかったが。

「だれにも知られたくないでしょうね」

「わたしたちだけの秘密ということで」

「そうね」

「蜂のことを勉強してたのは、彼女のためだったのね」

「そうよ」

「スタンリーはジェラルド・スミスじゃない。謎のミツバチ泥棒じゃなかった」

「そういうこと」

私道の突き当たりに差しかかったとき、もらったばかりの鶏たちがこちらに向かって走ってきた。まさしく鳥のように自由に。見まちがいでなければ、わたしの鶏にちがいない。さっき抱きあげたのと、うりふたつだったから。

「捕まえなきゃ」わたしは声に出して言うと、腕を大きく広げて、道路のほうへ追い返そうとした。

ところが、雌鶏たちは一丸となって右によけると、翼をばたつかせながら、わたしが通せんぼしている脇をすり抜けて、骨ばった脚で、家に向かってまっしぐらに駆けていった。

「捕まえて」しんがりの一羽のすぐあとを追いかけていたが、気がつくと妹がいない。「鶏を止めないと。さもないと言い訳するはめになるわ。スタンリーになんて言うのよ」

「生きてる鶏はだめなの」ホリーが道路脇から叫んだ。「病気をうじゃうじゃ持ってるに決まってる」

わたしが速度を上げると、鶏の逃げ足も速まる。ほんの少し追い駆けっこをしただけで、とうてい捕まえられないことがわかった。わたしはあきらめて、すごすごとトラックに戻った。

麻紐はしっかり結んだつもりだった。それなのになぜかゆるんでしまい、鶏たちはまんまと逃亡した。

わたしがことの次第を話すと、ホリーは笑いだした。「スタンリーが恋人の家の庭で自分の鶏を見つけたら、姉さんがのぞき見したのがばればれね」

「あんたもでしょうが」

「わたしは否定するから」

「あら、ずいぶん頼りになるわね」わたしは私道を見やり、鶏たちが戻ってこないかと期待した。そんなツキには恵まれなかった。「鶏は野生の動物じゃないから」とわたしは言った。「隠れる場所がなかったらひと晩ももたない。アライグマにやられてしまう。どうしよう」

そのとき家のほうからスタンリーの声が聞こえた。

「なんてこった！　おや、こいつら妙に……やっぱり、うちのだ！　なんでうちの鶏がはるばるこんなところまで」

それを聞くなり、わたしたちは泡をくって逃げ出し、養鶏家の短い経歴はあっというまに終わりを告げた。

36

「おまえたち、元気だった？」おばあちゃんが台所の流しの前から訊いてきた。わたしがうちの庭から掘ってきたフィンガーポテトをごしごし洗っている。

「まあね」とホリーが言った。「店が忙しくて」

「どうせ油でも売ってたんでしょう」と母さんが茶々を入れた。

わたしは大きなグラスにワインをたっぷり注いで飲みほし、これから訪れるであろうきびしい試練にそなえていた。ボトルごとでもよかったかもしれない。

「飲み物はいかが？」おばあちゃんがタオルで手を拭きながらたずねた。飲み物というのは、おばあちゃんらしいおしとやかな言いまわしで、平たくいえばアルコール飲料のこと。

「いらない」とホリー。

「それでこそ、わたしの娘よ」と母さん。「お酒を飲むと、女は老けるしね」

「勝手にやるから」と言って、わたしはワインをなみなみと注いだ。

「ほら」母さんがわたしを指さし、さもがっかりしたという視線を向けた。

長女のひがみ根性がまたしても頭をもたげる。母さんはわたしを支配したいのか、つぶしたいのか、とにかく容赦というものがない。わたしはあくまで抵抗をつらぬくつもり。おばあちゃんは母さんとひとつ屋根の下で、よくがまんできるものだ。

　尋問がただちに始まり、食事の支度のあいだじゅうつづいた。ちなみに、おばあちゃんはジャガイモを料理し、ホリーとわたしは山のようにサラダをつくり、母さんは鶏のから揚げをこしらえた。母さんの話をかいつまんで言えばこうなる。どれもみな、わたしをねらい撃ちにしたもの。

・あのキャリー・アンに現金の入ったレジをまかせるなんて、そんな人間の気が知れない。
・店のほうは、母さんの言いつけどおりちゃんとふたりで店番をしているのか。それとも、娘たちの身を守るには、ふだんから店の経営にもっと口出ししなければいけないのか。
・離婚だけでも肩身が狭いのに、今度は死んだ既婚者との不倫のうわさ。いまや町じゅうそのうわさで持ち切りだ。グレースも気の毒に。よそのご主人に手を出すのはやめて、自分の男を探したらどうか。
・どうしてハンターとつきあっているのだ。あんな大酒飲みが、いまさら変われるわけがない（この意見は、わたし以外の町の住人全員が、ハンターのかつての飲酒問題を知っているという証しでもある）。
・そこで話題は、あの〝好青年〟デニス・マーチンに行き着く。小学生のときからわたしにお熱で、しかも独身。願ってもない婿がねではないか。

「彼はゲイよ」とわたし。飲むペースが速くなってきた。

「今日は薬を飲んでいないだろうね」とおばあちゃんが案じた。「お葬式のあとの二の舞はいやだよ」

「ぜんぜん大丈夫」

「あの男は泊まっていったとか」と母さんが言った。

「ちがうわよ。ハンターは家までわたしを送ってすぐに帰ったわ。母さんの情報源はまちがってる」

「ちょっと、ヘレン」とおばあちゃんが言った。「ストーリーにきびしすぎるんじゃないのかい。商売は軌道に乗ってるし、生活だってそのうち落ち着きますよ。いまはその途中で、ちょっとごたごたしてるだけ。そうだよね、おまえ？」

「それに、あの死んだ女のピアス」母さんはかまわずにつづけた。自分の声しか耳に入らないらしい。「どうしてそんなものが事務所にあったの？」

「あんたにお薬をあげるよ」とおばあちゃんが母さんに言った。「いらいらしすぎ」

「いいえ、けっこうです」母さんはフライパンの鶏肉を裏返した。薬を飲んでくれたらいいのに。

どうしてわざわざ早めにきて、夕食が並ぶまでのあいだ延々とお説教されるはめになったのか。このまま永遠につづくかと思われたが、ようやく食事の支度がととのって席についた。

どこの家庭でもそうかもしれないが、めいめいがどの席につくかは決まっている。おばあちゃんの四角いテーブルで、向かい合ってすわった。母さんはわたしの真正面。

「あれはほんとなの？」おばあちゃんが〝大好きな三人〟の写真を撮ったあとで、母さんが訊いてきた。

「あれって？」とわたし。山ほどちょうだいしたお小言のうち、いったいどれを指しているのだろう。

「食事のときぐらい楽しい話をしたらどう」おばあちゃんが席につきながら、たしなめた。

「マニー・チャップマンが人目を忍んで、川からあなたを訪ねてきたことよ。いったいどうなってるの。それは事実なの？」

「そんなはずないわ」とホリーが言った。ようやく口を開き、しかもわたしをかばってくれている。

わたしはから揚げに手を伸ばそうとして、そのときはたとひらめいた。いまのいままでどうして気づかなかったのだろう。

「ああ、そうか」とわたしは言った。「そうよ、そのとおりよ」

頭のなかで言ったつもりが、あいにく大きな声を出していた。

だれかがはっと息をのんだ。ホリーだ、たぶん。

わたしはから揚げを大皿に戻すと、あわただしく席を立って玄関から飛び出した。

「ほら、言わんこっちゃない」というおばあちゃんの声が背後で聞こえた。母さんのせいでわたしが出ていったと思ったのだ。

それは半分しか当たっていなかった。

わたしは覆面布と手袋をつけ、燻煙器を用意して出かけた。ふだん巣箱を点検するときは、それぞれの群れの女王蜂が元気で、働き蜂もいつもと変わりないかどうかを調べるぐらいだ。でも今回はいつもの点検ではない。

蜂群崩壊症候群《CCD》は原因がまだ解明されていないだけに、養蜂家の頭の片隅につねにくすぶっている問題だ。この悲劇に見舞われると、働き蜂は女王蜂や蜂児を捨てて失踪する。働き蜂がみな、偵察蜂や育児蜂までいっせいに姿を消す。貯えたはちみつはそのままだが、あとに残された蜂もいずれ死んでしまう。

うちの蜂たちは巣箱周辺の活動を観察するかぎり、問題なさそうだった。巣箱の出入り口は多忙な空港を思わせる。わたしはこのまえの手痛い教訓から、釘を打ちつけた板を慎重によけて進んだ。ビーチサンダルは頑丈なワークブーツに履き替えている。

ひとつめの巣箱に煙を数回吹きこんで蜂たちをおとなしくさせたあと、ふたをはずし、巣箱に垂直に垂れ下がっている巣板を一枚ずつ取り出した。ゆっくりと慎重に、要所要所で煙を吹きかけながら作業を進めた。巣板を順番に持ちあげ、両面や底をよく観察してから戻す。つづいてもうひとつの巣箱でも、作業中に蜂をつぶしたりしないよう注意しながら、同じ手順をくり返した。

ふだんとちがうところは何もない。

わたしは立ちあがって考えこんだ。マニーは昔から水が怖かったのに、ひとりでカヌーを漕いで、わが家までやってきた。彼にはそうするだけの理由があったにちがいない。マニーはだれにも行き先を知られたくなかった、あるいは理由を詮索されたくなかったというのが、わたしの思いついた水も漏らさぬ説明だ。

わたしは巣箱にじっと目をこらした。うちの庭では巣箱をブロックの上にのせていた。入口を地面から離したほうが湿気が入りこまず、蜂たちに都合がよいからだ。でも先日の夜に巣箱をここに移動させたとき、重いブロックまでは運ばなかった。巣箱だけで精いっぱいだったから。

ふたつの巣箱を観察すると、片方がわずかに傾いているのがわかる。これまでは巣箱を置いたトウモロコシ畑の土地が平らではないせいだと思いこんでいた。

しゃがみこんで、傾いているほうの巣箱の片側を五センチばかりどうにか持ちあげた。かなり重いので、片手で巣箱を支えながら、もう一方の手で巣箱の底を探るのは難しい。蜂の様子にもっと注意していれば、蜂たちが興奮してきたのがわかったはずだ。ふだんはこんなにおとなしい蜂はいないというくらいなのに、すべての蜂の例に洩れず、女王蜂や巣を守るとなれば話はべつで、よそ者が威嚇するような動きを見せればただちに反応する。

よそ者、そう、わたしのような。

彼らの騒ぎにはおかまいなく（〝ご機嫌をよくうかがうように〟と、マニーが口を酸っぱくして言っていたにもかかわらず）、わたしは畑のまわりをあちこち探して、梃子《てこ》に使えそうな頑丈な木の枝を見つけた。それを巣箱の下に差しこむと、両手が空いたけど、手袋をしていると作業がはかどらない。

手袋を脱いだとたん、指の関節をちくりと刺された。

痛っ！　じんとしびれる。

手早く刺針を払い落とすと、巣箱のそばにまた膝をついて底を探った。巣のなかにもっと煙を吹きこんでおけばよかった。蜂がますます騒ぎだしたからだ。蜂の群れには外敵がたくさんいる——思いつくままにあげるだけでも、スズメバチ、アリ、ネズミ、スカンク、クマ、アライグマ——だから、蜂に特別機動隊《SWAT》が必要なことはよくわかる。でも、そろそろ蜂たちもわたしのことを覚えて、大目に見てくれるのでは……。

その見通しは甘かった。

次の攻撃では右のブーツとジーンズのすきまがねらわれた。つづいてもうひと刺し、そのすぐ近くに。蜂から見れば、巣と女王蜂が敵の総攻撃を受けている。かたや、わたしは新米養蜂家で、ジーンズの裾をゴムで留めるだけの知恵もなく、気が急くあまり防護服を着る手間を惜しんだ。それでも覆面布をかぶるだけの分別はあったので、顔と首は守られていた。

わたしは歯を食いしばって痛みを無視しようとした。それは生やさしいことではなかったけれど。

どうしてこんな苦行に耐えているのかといえば、それはマニーがうちの庭に——家ではなく——忍んできたから。彼は蜂にくわしく、蜂を愛し、そして何かをたくらんでいた。わたしはそれが何かを知りたい。蜂に関係がある、それだけはたしかだ。

またべつの蜂が急降下して、もう一方の手をちくりと刺した。ずきずきと痛む指が、ようやく痛み以外のものを探り当てた。巣箱の底に、もともとそこにはなかったものがテープで留められていた。指を這わせて手探りで底からはがす。そのあいだにも怒りくるった蜂の羽音はますます大きくなっていった。

ようやく巣箱から退散したときには、何カ所刺されたのかもわからなくなっていた。ほとんどが両手と両足首に集中している。

そして刺されたところは死ぬほど痛かった。

蜂針療法、またの名を蜂毒療法は、多発性硬化症や関節炎その他の症状を和らげるといわれている。生きた蜂に患部を十回から二十回刺してもらう。蜂毒が免疫系を活性化すると考えられているからだ。わたしの場合、活性化したのは痛覚だけだったけど。家まで車でたどり着き、よろよろと裏口から入ったときには、足首は信じられないほど腫れあがっていた。

それでもわたしは、マニー・チャップマンの消えた日誌を腫れた手にしっかり握りしめていた。

37

わたしに言わせれば、個人の日記とはまさしく——その人の秘めごとだ。わたしが子どものころつけていた日記のように。明かりを落としたベッドの上で、他愛もないあれこれを書きつけたのは、人に読ませるためではない。もし母さんが見つけていたら、なんて考えるだけで恐ろしい。わたしの頭のなかがお見通しだなんてぞっとする。

そういえば、あの日記はいったいどうなったのだろう……？　ううん、深追いするのはやめておこう。ずっと母さんが持っているかもしれないと考えたら、あわてふためくだけ。

ホリーはずっと日記をつけていて、自分の考えや日々の出来事を書きとめていた。妹いわく、日記をつけると自分のことがよくわかるようになり、もつれた感情をときほぐして、その意味を探ることができるとか。

わたしは自分の行動をもっと理解したいのかどうかよくわからない。自分の行動をああでもないこうでもないと分析を始めたら、頭がおかしくなってしまう。

とはいえ、マニー・チャップマンの日誌は個人の日記ではない。彼が飼っていたミツバチたちの毎日の観察記録だ。ごちゃごちゃと詰めこまれたメモや新聞の切り抜きは、どれも巣箱のなかの蜂の群れに関するものばかり。

たとえば——

・どんな種類のダニがいつ発生したか、それに対してどんな対策を取ったか。
・はちみつの収穫や分蜂（巣分かれ）の日付。
・分蜂した蜂の大群を捕まえた時期とその結果。
・気性の荒い群れはどれで、新しい女王の育成に最適な群れはどれか。

わたしだけは特別にその日誌を読むことができたけど、そのつど必要なページを開いて自分が観察したことを記録したり、マニーに頼まれてメモを付け足すぐらいで、時間をかけて読んだことはなかった。

その日誌はマニーがとても大切にしていたので、日誌がなくなったときに何かおかしいと気づいてしかるべきだった。そうはいっても、そのときのわたしは二日のあいだに立てつづけに起こった二件の死亡事件——殺人事件——のせいで気が動転していた。だから、あまり自分を責めるのはやめておこう。

でも、日誌が盗まれたのではなく、マニー自身がわたしの巣箱の下に隠したとしたら（どうもそうらしいが）——そのわけは？

なかなか手ごわい質問だ。

マニーは水を怖がっていたのに、日誌を隠すために川に出た。しかも、わたしには日誌がそこにあるとはひと言も言わなかった。日誌を隠したのは、自宅に空き巣が入ったこと――ジョニー・ジェイが子どものいたずらとして片づけたあの窃盗事件――と関係があるのだろうか。マニーは何者かが日誌をねらっていることを察して、自宅の外に持ち出したのだろうか。それともグレースから隠したとか。こうした質問に対する答えは、日誌のなかにあるのだろうか。どうかそうでありますように。

日誌に丹念に目を通すよりもまず先に、さっき見落としてまだ残っている蜂の針をこそげ落とさなければ。わたしはソファに横になり、保冷剤を両手と両足首に落とさないように苦労しながらあてがった。自己流で蜂刺されの手当てをしていると、ドアにノックの音がしてハンターの声が聞こえた。

「ここよ」保冷剤を一瞬だけはずして、日誌を枕の下に押しこんだ。「居間にいる」

ハンターと大柄な犬のベンが入ってきた。

「どうした？」とハンターが訊いた。

「べつに」とわたし。

「ホリーから電話をもらったよ。お母さんと喧嘩したんだって？」

「いつもの話よ。どうってことない」

ハンターは保冷剤をはずして、わたしの足首をしげしげと眺めた。「蜂に刺されたんだな」

「あら、ちがうわよ」わたしは養蜂家の秘匿の誓いを守った。蜂に刺されたことはだれにも言うべからず。「刺されたことはこれまで一度もないわ」と虚勢を張った。

ハンターは喉の奥で何やら音を立てた。まったく信じていないというしるしだ。

「いくつ刺された？」

「六つか七つ。いえ、十カ所ぐらいかしら」

「防具はつけなかったの？」

「一部はつけたわ。だから頭は無事だった」

ハンターはわたしの隣にすわった。ベンは鼻先をわたしの肩に押しつけて、髪のにおいを嗅いでいる。

「こんにちは、ベン」と言った。すると、犬はなんと尻尾を振った。

「いつまで冷やさないといけないのかな」ハンターはわたしの脚を自分の膝に乗せ、保冷剤を置き直した。

「できるだけ長く、がまんできるかぎり」

「何か必要なものは？」

あなたよ、と言いたかった。わたしの隣にぴったり寄り添って、力強い腕でしっかり抱きしめてほしい。でも彼がそれだけで動きを止めるかどうかわからないし、蜂に刺された痛みも強い。保冷剤を当ててからはいくらかましになったけど。けっきょく、「いいえ、何も」と答えた。

「きみがそう言うなら」ハンターは苦笑した。

彼の笑顔に胸がキュンとなる。「ホリーが電話したからわざわざきてくれたの？　わたしのことが心配で？」

「きみが落ちこんでいるんじゃないかと」

「やさしいのね」

「それと、折り入って頼みがあって」

「なんなりと」

「なんなりと？」ハンターは人指し指をわたしの脚にはわせた。軽い電気ショックのようなおののきが走る。「ほんとうに？」と彼は念を押した。

「たいていのことなら」とわたしはおよび腰になった。

「でも、見るからにぐあいが悪そうだし。頼むのはちょっと気が引けるな」

「あら、ぴんぴんしてるわよ」ま、いまは無理でもいずれそのうち。ちょっぴり蜂に刺されたぐらいで、いつまでもへこたれてはいられない。

「さすがだな」とハンターが言った。

わたしはじつのところ、やさしい言葉に飢えていた。べつにクレイがちょくちょくお世辞を言ってくれたわけではない。人はだれしも他人から認めてもらいたいもの。わたしも例外ではない。いまの言葉で、自己評価の目盛りがひとつかふたつ上がったような気がした。

「頼みって？」

「じつは明日、訓練があるんだ。朝早くから丸一日。そんなに長いあいだ、ベンをひとりにしてておきたくない」

　まさか、そんな。わたしには話のつづきが見えてきた。「約束を破るっていうの？　大人になってから初めての正式なデートなのに、すっぽかすつもり？」

「そんなに遅くはならないよ。六時には終わる。だけど午前六時から午後六時まで、ベンは十二時間もひとりになってしまう」

「一緒に連れていけばいいじゃない。ベンは参加しないの？」

「これはＣＩＴの訓練なんだ。人質解放の交渉、銃器の実習、最新の捜査技術の習得、そういったたぐいだ。今回は連れていくわけにはいかない」

「なら、答えはノーよ」

「『なんなりと』はどうなった？」

「なんなりと言ってみて、という意味よ。引き受けるとは言ってないわ。わたしは犬が苦手だと知ってるくせに」

「ベンはきみが好きだけど」

　犬はまたわたしに鼻先を押しつけて、においを嗅いだ。それからわたしの頰をなめた。長い舌でペロリと。

　ハンターとわたしは声を合わせて笑った。それから彼は真顔になった。「きみがベンと一緒だと、ぼくも安心だ。だれもきみに手出しできない」

「この子は、わたしを死ぬほどうんざりさせる人間をやっつけてくれる？」たとえば、パテイとか、ロリとか、うちの母とか。

「いや、でもこいつがいれば危険を未然に防げるだろう」

「危険を未然に防ぐ、それはいいわね」

「そうそう、差し入れを持ってきた」とハンターが言った。

「まあ」

「ピザを。車に置いてきた」

「スチューの店の？」

「当たり。きみは何も食べずに家族だんらんの席から逃げ出したって、ホリーが言ってたぞ」

あの子ったら、余計なことを。

「じゃあ、取ってきて」とわたし。

わたしたちはソファでピザを食べながらおしゃべりし、ベンは床で丸くなった。くつろげる場所で、気のおけない人と一緒にいると、痛みはあっというまにひいていく。

でも、とりたてて親密なことは何も起こらなかった。どうぞご心配なく。

やがてハンターは帰ったが、わたしには犬のルームメイトができた。あんなふうに脚を撫でられて、断わりきれるはずがない。ちなみに、それはハンターのことで、ベンじゃない。

わたしはそのままの場所で眠りに落ちた。

マニーの日誌のことは頭からすっぽり抜け落ちていた。

「おかえりなさい！」翌朝、キャリー・アンは朝一番に出勤してきた。彼女の短い髪はぴんと立ち、本人も元気はつらつとしている。

「昨日の晩、だれかさんの家の前に、見覚えのあるトラックが止まってたけど」キャリー・アンはそう言いながら、したり顔でにやりと笑った。「熱々とか？」

「もう灼熱よ」と言いながら、キャリー・アンをぎゅっと抱きしめた。

「あの新顔はだれ？　どこかで見たような気がするんだけど」キャリー・アンはライバルに向かって、片方の眉をぐいと上げた。「もうあたしの後釜を見つけるなんて。ひどいじゃない」

「ベンを紹介するわ。ハンターとK９係でパートナーを組んでるの」

ベンは玄関脇に陣取っていた。そこなら通りを見張ることができるし、わたしの姿を見失うこともない。利口な犬だ。わたしも群れの一員になったと心得ている。とりあえず、いまのところは。

「どうりで、その四本脚の彼には見覚えがあると思った」とキャリー・アンは言いながら、レジに復帰した。「ハンターの犬だったのね。こんな用心棒が店にずっといてくれたら、心強いわね」

「もう仕事に戻っても平気？　気分はどう？」

「頭にきてる。あたしを殴って縛りつけたやつを見つけたら、ただじゃすまないから」

わたしはその言葉を信じた。

キャリー・アンは煙草くさくもなく、目もきれいに澄んでいた。二日酔いではないというしるしだ。わたしが思うに、新しい事業や仕事は、これまでずるずるつづけてきた悪い習慣をきっぱり断ち切るのに手ごろな方法だ。そう考えると、復讐の牙を研ぐのは依存症からの回復にも役立つかもしれない。

「ジョニー・ジェイはいつもの敏腕刑事の面影はさっぱり」とわたしは言った。「もっと外部の応援を頼んだらいいのに」

「じゃあ、あたしが警察長代理になる。店に押し入った強盗は、あたしよりも警察長に先に捕まえてもらえるようせいぜい祈るのね」

「格闘技女王のホリーが店にいなかったのが痛かったわね」とわたしは言った。「BTW(ところで)、これから店番はふたりで組になるの。そのほうが安全だから」

あれ、いま「BTW」と言ったっけ？　ホリーの略語好きは感染するのだろうか。

「その足首、いったいどうしたの？」キャリー・アンが、わたしのビーチサンダルの足もとを見て目を丸くした。わたしは黒地に低いウェッジヒールがついた新品をはいていた。「蜂に刺されたみたいに見えるけど」

「ものすごく大きな蚊が庭にいるの」とわたしはうそをついた。よき養蜂家ならだれもがそうするように。「もう、かゆくてかゆくて。きっとかきむしったせいね」わたしは足を上げて、わざとらしく足首をかいてみせた。

殻つきのピーナッツを補充しおわったところへ、ホリーから電話があった。ピーナッツの山にスコップを突き刺して、電話に出た。

「昨日はどうしたの？」妹は挨拶もそこそこに訊いてきた。「母さんが絶句するところを、初めて見た。姉さんが飛び出してから十五分、ひと言もしゃべらなかったのよ」

「やぼ用を思い出したの。そういえばハンターがピザを持ってきてくれた。あんたのおかげで」

「どういたしまして。いまのがお礼なら。それはそうと、マックスとわたしはこの週末ミルウォーキーに出かけることになったの」

「それはそれは」

「じゃあ月曜日に」

「十一時ちょうど？」

「それは嫌味？　もしそうなら、取り消したほうがいいわよ。姉さんのこと、母さんにうまく言いつくろっておいたから。万事丸く収まって、もうあれこれ言い訳する必要もないわ」

「どんな手を使ったの？」

「姉さんは生理中いつもおかしくなるって言ったの」

なるほど。

「TC（気をつけて）」と言って、妹は電話を切った。

38

土曜日には〈ワイルド・クローバー〉はいつも込み合う。ひと晩じゅう雨が降ったが、朝には小降りになっていた。予報では昼までに天気は回復するという。気象予報士の言葉が当てになるならば。

雨でも観光客はやってくるが、メイン通りはいつもよりやや人出が少なかった。このあたりは秋になると、都会から紅葉狩りに訪れる人が多い。モレーンはミルウォーキーと州都マディソンにはさまれ、どちらからも車ですぐなので、ホリーヒルに向かう田園道路の途中でひと休みするのにちょうどよい。町をぶらぶらして、〈アンティーク・ショップ〉で埋もれたお宝を探し、フローズン・カスタード片手に、お金をたっぷり落としていく。観光客のはでな色合いの傘は、雲の切れ間から雨粒の代わりに陽光が降りそそぐと、あっというまに消えた。

うちの店にきたお客さんたちは、一方の壁ぎわにずらりと並んだ容器から昔なつかしいペニー・キャンディを手づかみで取り出し、ピーナッツをすくって紙袋に入れ、ミリー・ホプティコートがいつものように開店と同時に持ちこんだ花束のなかから、気に入ったものを選んだ。

　ミリーは今月号の〈ワイルド・クローバー通信〉に載せる新しいレシピも持ってきた。例の、わたしが摘んできたヤマブドウを使ったものだ。「はちみつを少しいただこうかしら」とミリーは言った。「次の号に特別なレシピを考えてるの」

　わたしははちみつをひと瓶、進呈した。店のお便りのために毎月知恵をしぼり、できあがったレシピをわたしたちに快く教えてくれるお礼に。

「おっかない犬ね」とミリーはベンを見て言った。ベンはドアの近くにおとなしくすわって、周囲に抜かりなく目を配っている。

「ベルジアン・マリノアといって」とわたしは説明した。「悪人を追跡したり、麻薬を嗅ぎ当てたりする警察犬なの」

「へえ」

　ふたりでベンをじっくり眺めた。ハンターがそばにいないとベンはふつうの犬のようにふるまっているが、仔犬のようにはしゃぐことは決してなかった。ベンが近くにいるとまだ緊張するけど、怖がっているのをベンに気どられたくない。さいわい少しはましになってきた。

「こういう攻撃犬のそばでは大声をあげないほうがいいんだって」とキャリー・アンが、わざと大きな声で言った。「嫌がるそうよ」

「わたしがどなったり悲鳴をあげたりしたら、この犬はどうするかしら？」ミリーが質問した。

キャリー・アンは首を振った。「知らないし知りたくもないわ。この犬、商売のじゃまじゃない？　こんなふうに入口にすわっていると」

ちょうど子どもがふたりベンを撫でていた。ベンは辛抱づよく無関心な態度を保っている。

「人込みでも平気なのよ」とわたしは言った。

そこへまた観光客がどやどやとやってきて、カントリー・ディライト農場から仕入れたリンゴ飴を買っていった。

ブレント・クレイグがやってきて、双子の弟トレントは二、三時間遅れると言った。

わたしは店が一段落したらマニーの日誌を読もうと、事務所にあるはちみつの瓶づめを入れた箱のなかに隠してあった。あいにくそんなひまはなかったが、店の売り上げという面からいえばありがたいことだった。

そこへロリ・スパンドルが顔を出した。焼肉用にソーセージのブラットヴルストとパン、それとトウモロコシを六本買ったが、どれにするか決めるまでにその四倍もの皮をむいた。

「チャップマンの地所の取り引きは順調？」とわたしは訊いた。どうせロリは大口をたたいているだけだと高をくくって。

「まあ、ぼちぼち」とロリは言葉をにごした。「うちの新人と組んで話を進めてるの」

「新人？」キャリー・アンが訊き返した。

「妹のディーディーよ。買い手の名前は明かせない。ストーリーはこれまでさんざん訊き出そうとして失敗してるけど」

てわけ？」

「ディーディーと組んで？」キャリー・アンはふんと鼻を鳴らした。「へぇ。犯罪の相棒っ

「頭を殴られて、脳みそがぐちゃぐちゃになったのね。口の利き方に気をつけなさいよ、キャリー・アン・レッツラフ」

わたしは割って入った。「ふたりともそのへんで」

ロリはわたしをにらみつけた。「妹をひどい目にあわせてくれたそうね。万引きしたなんて、よくもそんな言いがかりを」

スタンリー・ペックがちょうどやってきて、会話の最後の部分を耳にした。

「ホリーがディーディーを現行犯で捕まえたのに、ストーリーがジョニー・ジェイに頼みこんで、あの子を前科者《ウィズ・ボス・バレルズ》にしなかったんだぞ」と言った。「早まったな、ストーリー。今度はあの子に思い知らせてやれ」

ロリは足音も荒く、六番通路に向かった。

「銃身《バレル》といえば」とわたしはスタンリーに言った。「物騒なものを隠し持ってないわよね」

「どうして？」

「いいの」

「わしがかんかんに怒ってるとでも？　うちの鶏があんたの家からもわしの家からもうんと遠いところに、ひょっこり現われたもんだから」

「悪かったわ」

「おまけに、わしの大きな秘密までばれちまった。これまで外聞をはばかって、黙ってきたんだが」

「そのこともあやまる」

「なんだか後ろめたくてな。ずいぶん悩んだよ。キャロルは死んじまったのに、わしひとり年がいもなく浮かれて。だれにも知られたくなかった。いまでもだ」

「だれにも言わない」

「もししゃべったら、おまえさんを撃たなきゃならん」スタンリーは真顔で言った。それから破顔一笑した。「冗談だよ。だが、あんたみたいな詮索好きの女はほかに知らん。母親譲りだな」

「いやだ、似てるなんて言わないでよ」わたしは泣きそうになった。

「似とらんよ。まったく。詮索好きなところはべつだが」

「もうひとつ、質問してもいい？」

スタンリーはため息をついた。「いやとは言えまいて」

「マニーの送風機を借りた？」

「いいや、なんで？　なくなったのかい？」

「そうじゃないけど」

「ストーリー、おまえさん、最近、ほんとにどうかしとるぞ」

「わかってる」わたしはため息をついた。

それをしおに、スタンリーは新聞とウィスコンシン産コーヒーを一ポンド分買って、メイン通りに出ていった。世間体など気にしないと言いたげに口笛を吹いて。おそらくそのとおりだろう。

「彼ったらご機嫌ね」とキャリー・アンが言った。「何かいいことがあったんだ」

「どうしてわかるの？」

「あたしにまかせなさい」キャリー・アンは勘のよさを自慢した。

レイ・グッドウィンがやってきた。配達トラックなしというのは初めてだ。どうか、わたしをデートに誘い出す作戦ではありませんように。

「今日は休みなんだ」わたしがトラックはどうしたのかと訊くと、彼は答えた。「それに今晩はひまでね」

やっぱり。「いいことがありそうな予感がする。ま、それがだめなら、スチューの店で野郎どもとくだを巻いてるよ」

今晩ハンターと出かける先はあそこ以外にしなければ。ほかの男と一緒のところを見せつけて、レイの気持ちを傷つけたくない。

「マニーの小屋からはちみつを取ってきてくれた？」と、そそくさと話題を変えた。

「もちろん」

「グレースは文句を言ってなかった？」

「おれがはちみつを取りにいったときは留守だった。今日でも電話して、知らせとくよ。泥棒のしわざだと思われんように。どうせ、グレースがはちみつ小屋に行くことはないんだが。言われなきゃ、ずっと気づかないだろうよ」

ちょうどそのときディーディー・ベッカーが店の前を通りすぎるのが見えた。いい考えが浮かんだので、わたしは外に飛び出し、名前を呼んで手招きした。

「なに？」日光をさえぎりながら、ディーディーは言った。太陽がようやく雲間から姿を現わした。

「あなたと取り引きしたいんだけど」

彼女は姉とうりふたつの表情で、わたしをうさん臭そうに見た。ただし、ロリは鼻孔とまぶたにピアスはしていない。「何と何を？　はっきり言ってよ」と催促がましく言う。こんなところも姉にそっくりだ。

「店への出入り禁止を解除するわ」とわたしは申し出た。「その代わり、チャップマンの地所を買いたいと言ってる人がほんとにいるのかどうか教えて。もしそうなら、それがだれかも」

わたしはベンに気づいた。ドアの内側からわたしを食い入るように見つめている。耳は天井に向かってぴんと立っていた。

「こんな店に入れてもらっても、ありがたくもなんともない」とディーディーは言った。「買い物ならもうよそでしてるから。値段もそっちのほうが安いし」

それはとんだ失礼を。でも、わたしにはほかに取り引きする材料がない。

「じゃあ、ただで教えてくれる？」とだめもとで訊いてみた。

「だめ」とディーディーは言い、強調するように首を振った。「クビになったら大変。重要な情報だから」

「ロリがあなたをクビにするもんですか」

わたしの情報源はくるりと背を向けて、いまにも歩き去ろうとした。そっちの都合などうでもいいというそぶりで。このままではみすみすチャンスを逃してしまう。

「待って」わたしは呼びかけた。「一カ月、全品二十パーセント引きでどう？」

名うての万引き犯を店に招き、あまつさえ値引きを申し出るなんて、はた目にはやぶれかぶれに見えるかもしれない。でもディーディーをよく知っていれば、彼女はどのみち値引きを利用しない、ふだんから欲しいものはただで頂戴してるから、とわかるはず。一週間もしないうちにホリーがまたもや彼女を押さえこむだろう。そのあかつきには、よけいな口出しをせず、ジョニー・ジェイの好きにしてもらうつもりだ。

レイが店から出てきて小さく手を振ると、後ろのバンパーがへこみ、マフラーに明らかに問題のある黒いシヴォレーで走り去った。

「どうする？」わたしはディーディーに訊いた。

彼女はじっくり考えた。

「二十五パーセントで二カ月にしてくれるなら、手を打つわ」小さな万引き犯は、厚かましくもそう言ってのけた。

「了解」

「買い手がだれだか聞きたい？」

「じゃあ事実なのね？」

ディーディーはうなずいた。「あと、だれにも情報の出どころは言わないで。職業倫理とやらに反するとまずいから」

わたしは今度もうなずいた。

そして、彼女は答えを明かした。わたしは心のどこかで、ディーディーがジェラルド・スミス――マニーの蜂を持ち去った謎の人物――と答えるのを予想していた。

彼女はそうは言わなかった。

だが、ピアスをつけた舌からぽろりとこぼれた名前に、わたしは心当たりがあった。

「ケニー・ラングレーよ」と彼女は言ったのだ。「あんたが自分で思いつかないなんてびっくり。ほら、ケニー養蜂場の社長よ」

「まさか」とわたしは言った。「うちの販売区域にまで手を伸ばそうとしたあのケニーが、マニーの地所を買いたいですって？」

「そうそう、その男。でも、いまから一時間ほどまえに申し出を撤回してきた。じつはいまロリを捜してるところ。その悪い知らせを伝えなきゃいけないから。すごく怒るだろうな」

「ロリなら、ついさっき帰ったわよ」わたしの過労気味の脳みそは、この奔流のような追加情報をとても処理しきれなかった。それでもスーツケース並みに大きなバッグを抱えて〈ワイルド・クローバー〉に入っていこうとしたディーディーの背中に、わたしはそう声をかけた。

39

ベンはトラックの助手席に乗った。客足が午後の半ばにようやくとだえたので、わたしは長めの休憩を取ることができた。キャリー・アンはもっとバイト代を稼ぎたいからと残業を希望し、双子も店にいた。だから人手は充分足りている。

いまでは、マニーが殺されたことに一点の疑いもなかった。彼は何ごとかを案じて、うちの裏庭にある巣箱の底に日誌を隠した。そのなかの一ページあるいはそれ以上が日誌の安全に対するマニーの懸念、そして彼の死にも、重要な役割を果たしたと見て、まずまちがいないだろう。

わたしはいくつか仮説を立ててみた。

・マニー・チャップマンとフェイ・ティリーの死はどちらも他殺。
・犯人はおそらく同一人物。
・クレイにはフェイを殺す機会と手段があったが、彼女やマニーを殺すほどの強い動機を持っていない。少なくとも、その動機はわたしの前にはまだ現われていない。

・グレースにはマニーを殺す機会も手段もあったが、これといった動機がない。まあ、マニーが浮気をしていると思っていたなら、それが動機と言えなくもないけれど。
・ほかの容疑者に目を移すと、ロリ・スパンドルはいけ好かない人間だけど、だからといって多重殺人犯にはならない。
・スタンリー・ペックには蜂を飼っている恋人がいる。それが問題になるだろうか？
・ケニー・ラングレーがうちの販売区域を乗っ取ろうとしているのは事実だ。マニーの地所の買い取りを申し出たが、のちに撤回した。

それはなぜだろう。販売区域を拡大するためにライバルを殺した？　それはいくらなんでも考えすぎよ。

そんな話はこれまで養蜂業界で聞いたことがない。わたしたちはふだんから持ちつ持たれつ、仲よくやっている。もっともケニーは競争心が強く、そのせいでいくらか疎遠だった。男性ホルモンが過剰気味で、彼いわく〝お嬢ちゃん〟に対して、失礼な態度を取りがちだ。

まあ、もっとひどいことも言われてきたけど。

わたしはおばあちゃんの家を通りすぎながら、私道に車がないことに気がついた。それからトウモロコシ畑のほうに曲がって、畑の横をガタガタと進み、巣箱のすぐそばに車を止めた。蜂たちは巣箱からせわしなく出入りして、あたりを飛びかっている。昨日わたしと喧嘩したことなどちっとも根に持っていない。ブンブンという羽音に気持ちが癒された。

ベンが木立に沿ってにおいを嗅ぎ、そのあたり一帯の動かないものに片っぱしからおしっこをかけてまわっているあいだ、わたしは車内に残り、窓をあけて、マニーの日誌を後ろから前に向かってページを繰っていった。

ざっと目を通しながら、わたしが記入したものは飛ばして、マニーの書きこみの内容を理解しようとした。彼はもう何年もはちみつの収量を上げるために女王蜂の選択育種に取り組み、経験を積み重ねることでかなりの成果を上げていた。また、ダニに耐性があり、化学薬品に頼る必要のない、強い女王蜂と健康な雄蜂の育成にも力を入れてきた。

でも養蜂の科学的な面は、わたしの手にはあまる。養蜂家一年生としては、給餌のしかたとか、巣箱のなかに蜜を貯える巣房が充分あるかどうかの確認など、もっと基本的なことに関心があった。「花蜜や花粉を貯える空きがなくなると」とマニーは言ったことがある。「もっと大きくて居心地のいい住み処を探して、蜂たちは逃亡してしまう。つねに観察を怠らないこと」

どの女王蜂にどの雄蜂をかけあわせるかという問題は、もっと経験豊かな養蜂家によろこんでおまかせしよう。

もうしばらくページをめくると、今年の採蜜量が数ページにわたってこと細かに記録されていた。去年より二十パーセントも増えている。毎年、その増加率は上昇していた。マニーはさらに、女王蜂とローヤルゼリーに関する統計データも残していた。ローヤルゼリーはミツバチの生存に欠かせないものだ。ローヤルゼリーについて新米のわたしが知っていることは、ほんの数行でこと足りる。

・ローヤルゼリーの成分は育児蜂の頭部にある咽頭腺から分泌される。
・この分泌物にはちみつを加えたローヤルゼリーが幼虫に与えられる。
・新しい女王が選ばれると、その幼虫はローヤルゼリーだけを大量に与えられる。このように育てられたものだけが女王蜂に成長する。
・ローヤルゼリーは人間にも数々の恩恵をもたらすと考えられている。老化防止、コレステロールの減少、免疫力の強化、その他もろもろの効能がある。

ほかの養蜂家たちと交わしていた会話からみて、マニーがローヤルゼリーの大量生産をもくろんでいたとは思えないけど、自然科学に深い関心を寄せていたので、基本的な観察を記録せずにはいられなかったのだろう。

日誌にきちんと目を通すには何日もかかりそうだったので、わたしはしばらくすると日誌を閉じた。ベンを助手席に呼び戻し、道路に出ようとしたところで、あやうくジョニー・ジェイの車の横っ腹にぶつかりそうになった。

彼はよけようとしてハンドルを取られ、側溝に斜めに突っこんだ。その溝はかなりの深さがあって、泥水が十センチほどたまっている。

この出会いがよい結果をもたらすとはとうてい思えなかった。

だれか、テレポーテーションをお願い。

でもわたしの体はいっこうに消えてくれず、どうやら自力で切り抜けるしかなさそうだ。

「あら、ジョニー・ジェイ」わたしは開いた窓から声をかけた。ジョニー・ジェイは車から降りようとして、ぬかるみに気づくまえに踏みこんでしまった。警察長はこの状況にも、わたしと出会ったことにもしぶい顔。「ごめんなさい」泥水をはね飛ばしながらこちらにやってくるジョニー・ジェイに、わたしはあやまった。

「ミッシー・フィッシャー、このあたりの農道には一時停止の標識はないが、それはつまり路上の車に優先権があるということだ。いま前方不注意でキップを切ってやるからな」

「どうぞ、お好きなように」と答えたところで、ジョニー・ジェイがもったいぶった様子でトラックにもたれかかっているのが目に入った。えらそうな態度を見ると、ついつい生意気な口を利きたくなる。「でも、あなたの車は見えなかったけど。スピードの出しすぎなんじゃないの？」

「それは、ハンターの犬か？」と彼は訊いた。

わたしはうなずいた。「攻撃犬よ」

「わたしを脅しているのか？」

「事実を言ってるだけ」

「運転免許証を見せてもらおうか。ナンバーを照合して、ほかにも違反がないか調べるから、そのあいだじっとしてろ。さてと——前方不注意に、公務執行妨害と」

「プロムのことは、ほんとに悪かったわ」ジョニー・ジェイにあやまるとは、とことん落ちぶれたものだ。しかも立てつづけに二度も――まずは溝に突き落としたお詫び、お次はプロムのダンス。「あなたの気持ちを傷つけるつもりはなかったの」

ジョニー・ジェイは窓ごしに無言でわたしをにらみつけた。それから、「いったいなんの話だ？」と言った。

「プロムよ。せっかく誘ってくれたのに断わったから」

「だから？」

「だからわたしを目の敵にしてるんでしょ。マニー・チャップマンが殺されたといくら言っても、耳も貸してくれない」

「あんたは頭のなかで事件をでっちあげるしか能がないみたいだな？」

「でっちあげなんかじゃない」

「署まできてもらおうか」彼はわたしのトラックのドアを開けた。「少しおしゃべりしよう」

「どんなおしゃべりかによるけど」

「つべこべいわずに車から出ろ」

ふいに、自分が大きないじめっ子とふたりきりだと気がついた。ボディガードのホリーもそばにいない。

わたしの反応はばかげていたかもしれない。ジョニー・ジェイはこれまで卑劣なまねをしてきたかもしれないが、暴行で訴えられたことは一度もない。ハイスクールでは何件かの暴力沙汰に関わったが、両者の言い分が食いちがい、真相はいまだに藪《やぶ》のなか。わたしは小学校三年のとき、雪に顔をぐいぐい押しつけられたことをいまでもはっきり覚えている。その仕返しに、あとで泥風船をぶつけてやったものだ。

わたしは動かなかった。ベンにもベンの用事があった――じっと観察し、ベンにしかわからない思索にふけっている。この大きくておっかなそうな犬がそばにいて、わたしの味方だということが、急に頼もしく感じられた。どんな秘密の言葉をかければ、「あいつをやっつけろ」という反応を引き出すことができるのだろう。今夜ハンターと灼熱のデートをしたら、万一にそなえて魔法の呪文を聞き出しておかないと。

それにしても、どうしてわたしはジョニー・ジェイをこんなに怖がっているのだろう。彼は味方のはずなのに。

「トラックからは降りない」わたしは腹をくくってそう言った。「でも、あなたの車のあとについて警察署には行く。おしゃべりとやらをしましょう。だから、さっさと仕事をしなさいよ。違反キップを切るなり、権利を読みあげるなり、好きなだけボス風を吹かせればいい。それから警察署に行きましょう。わかったらドアを閉めて、そこからどいて！」

長い沈黙がつづき、わたしたちはにらみ合った。

ようやくジョニー・ジェイがドアを閉めた。「よかろう」と彼は言った。「今回は警告だけにしておく」

「え？」

「ただし、これからはよけいな口出しをしないと約束しろ。押込みやらピアスやらで、気が立っているのはわかる。だれかがあんたをいたぶり、死ぬほど怖がらせてることもな。だが、それはマニー・チャップマンとはなんの関係もない。どれもこれも、あんたの元亭主と死んだ恋人がらみのことだ。ったく、あの男の指紋はカヤックじゅうにべたべたついてたぞ。これは動かせない事実だから、やつはいずれムショ暮らしだ。じゃあ取り引きといくか。警察の仕事はわたしにまかせて、あんたは商売に専念する」

「いやだと言えば？」

「裁判所での審理と、とうてい払えない額の罰金だな」

「それこそ脅しじゃないの」

「自衛と呼ばせてもらうよ。あんたのせいで頭がおかしくなりそうだ」

「まず、わたしの推理を聞きたくない？　意見を交換しましょうよ」

「運転免許証を寄こせ」

「取り引きにのるわ」わたしはうそをついた。

40

思ったとおり、グレースは留守だった。マニーとわたしはよく土曜日にハチミツを採取したが、グレースはいつも午後になると、買い物がてら弟夫婦を訪ねた。それはひとつの習慣になっていて、だから今日も留守だとにらんでいたのだ。

ベンはトラックに残してきた。唇をなめ、鼻を窓ガラスに押しつけて、わたしの動きをじっと目で追っている。

この大きくて毛むくじゃらの相棒が、なんだかちょっぴり好きになりかけていた。

それでも、捜査をつづけるうえで、援護してくれる人がだれもいないというのは心細い。ジョニー・ジェイは論外だし、ホリーはミルウォーキーで〝金づる〟こと夫のマックスと甘い週末を過ごしている。ハンターはCITの上級訓練、キャリー・アンでさえ店番で忙しい。そもそも、すでに店で賊に襲われた従姉をこれ以上危険な目にあわせたくなかった。そうなると、頼めるのは母（遠慮したい）かおばあちゃんだが、おばあちゃんは人がよすぎて、犯人にブラウニーをプレゼントするのがおちだろう。

ああ、こんなときに親友がいれば。必要なときそばにいて、わたしを裁いたり批判したりせず、わたしの欠点をあげつらったりしない人。ほがらかで、前向きで、仕事もバリバリの同性の友人。わたしの蜂を怖がらず、リスクを取ることを恐れない人。欲ばりすぎだろうか。

ひとりで捜査を進める不安はひとまず脇において、かつての養蜂場に足を踏み入れた。いまではがらんとして、蜂があたりを飛びかう懐かしいにぎわいはどこにもない。

わたしは事件の現場に戻ってきたのだ。

マニーの遺体がはちみつとミツバチに全身を覆われるようにして倒れていた記憶が、生々しくよみがえった。マニーを失った寂しさがこみあげる。彼の知恵と情熱、そしてずぶのしろうとだったわたしに辛抱づよく養蜂の手ほどきをしてくれたことが、無性に懐かしかった。

いまにして思えば、マニーは何年ぶりかでめぐりあった、親友に最も近い人だった。犯人を見つけて法の裁きにゆだねるという使命の途中でなければ、この場にすわりこんで喪失の悲しみに声をあげて泣いていたかもしれない。それをこらえて、わたしは鍵を手にはちみつ小屋に向かった。ジェラルド・スミスとやらに、マニーが手塩にかけて育てた、はちみつをたっぷり生み出す強勢の巣箱をまんまと奪われたことを考えながら。正当な持ち主はわたしのはずなのに。この州で一番、いや、もしかしたら全米一の蜂だったのに。

このあたりでジェラルド・スミスの蜂に匹敵するものといえば、うちの蜂だけ。マニーの選抜育種の技術のおかげで、わたしの手もとには優秀な女王蜂と働き蜂がそろったふたつの完璧な巣箱が残っていた。

ふいに、その意味するところが一点の曇りもなく明らかになった。ここしばらく、さっぱり頭が働かなかったわたしにさえも。

マニーが自宅の養蜂場で殺されたのは、何者かが彼の蜂と日誌を手に入れたかったから。事件に先立ってまず自宅が荒らされ、マニーは悪い予感を覚えた。あるいは実際になんらかの脅迫を受けたのかもしれない。そこで日誌を隠した。わたしがいずれ見つけるとわかっている場所に、最悪の事態が起こった場合にそなえて。そして、その予感は的中した。

犯人は欲しいものを、ほぼすべて手中に収めた。強勢の巣箱、優秀な女王蜂、大量に生産されるはちみつとローヤルゼリー。一連の事件はすべて、マニーが生涯をかけた仕事の成果を盗むために計画されたことだった。ただし犯人から見れば、日誌はまだ行方不明のまま。マニーの研究成果を書きとめた日誌は、群れの遺伝的形質を健全に保つためには欠かせない。今後とも成功を収めるには、あの日誌がどうしても必要だ。マニーを殺した犯人はもはやなりふりかまわず、日誌を手に入れるためにさらなる危険を冒しはじめている。だからこそ、うちの店に白昼堂々と押し入った。犯人は日誌を探していたのだ。

店に入りピアスを置いていったのも同じ人物だろうか。でも、どうしてそんなことをしたのか。フェイはこの事件にどう関わっている？　犯人がふたりいる可能性は？

このあたりで、そろそろ事実を認めたほうがいいだろう。いま、のっぴきならぬ危険にさらされているのは、このわたしだ。

だれかわたしの話を信じてくれる人がいるだろうか？　おそらくは、だれも。

はちみつ小屋の錠前に鍵を差しこんであけると、いかにも打ち捨てられた場所という感じがした。入口に立ってなかをのぞきこんだが、実際には何も見ていなかった。

グレース・チャップマンは犯人ではない。彼女は傷つき、恨みを募らせた女性で、しかも妻から未亡人への道のりは、わたしのせいでいっそうつらいものになった。夫のいない生活に慣れなければいけないうえに、中傷やデマにも対処しなければならなかったからだ。

ジェラルド・スミスは、その個性のかけらもない偽名からして、いかにもあやしい。マニーの家を買い取ろうとしたケニー・ラングレーも、この件に一枚噛んでいるようだ。でも、その申し出を撤回したのはどうしてだろう？

そのあたりの事情を探るには、ひとつだけ方法がある。

ケニーにじかに訊くのだ。


ケニー養蜂場はラングレー家代々の家業で、長男はみなケニーと命名される。当代のケニーは四代目で、聞くところによれば、息子にもケニーと名づけ、ゆくゆくは跡目を継がせるらしい。養蜂場があるのはワシントン郡の郊外で、二十エーカーもの起伏に富んだ草地が広がっている。蜂を飼うには理想的な立地だ。

わたしは砂利を敷いた私道に入り、白いトタン板の建物の隣にトラックを止めた。「はちみつあります」の看板がアルミ製の日よけから下がり、ドアの内側には「営業中」の札がかかっている。このあたりの小さな商店にはめずらしくないが、ケニーも開店時間を表示する気はないらしい。人によっては、わざわざそんな約束をして、決まった時間に働くのが嫌なのだ。その感覚には首をかしげてしまう。自分がその気になったときだけ〈ワイルド・クローバー〉を開けるなんて、わたしには考えられない。客商売をなんだと思っているのだろう。それでもケニーの養蜂業はずいぶん繁盛していた。

ベンは今回もトラックで待ってもらうことにした。ベンはがっかりした目つきでわたしを見た。またもやおいてきぼりというわたしの決断に不服なことは、ぴんと立った耳がごくわずかにたわんだことからもうかがえた。

ケニーは五十代後半の背が高く大柄な男で、しまりのないたるんだ体つきをしている。わたしに言わせれば、毎日ジョギングする必要があり、さもなければ先代のケニーたちと同じ道をたどることになる――重い心臓発作にやられて一巻の終わり、六十代の人生を謳歌するチャンスは二度とめぐってこない。

ベーコンの脂を取りすぎると、そんな末路が待っている。

せっかくだからケニーとうちの販売区域の線引きも確認することにした。話の糸口にちょうどいいし、そこから会話の流れを望む方向にもっていけばいい。

「おや、お嬢ちゃんじゃないか」ケニーはカウンターの奥から声をかけてきた。その挨拶はたちまちわたしの神経を逆撫でし、話し合いは出だしからつまずいた。

「ミズ・フィッシャーです」とあらためて名乗る。

「このたびはとんだことで。あんたのとこの、えーっと」

「マニーです」

えなかった。

「これでおたくも店じまいだな。気の毒に」ケニーはちっとも気の毒がっているようには見えなかった。

「〈クイーンビー・ハニー〉はわたしが引き継ぎました」と切り返した。それがうそでなければいいのだけれど。はちみつ小屋を譲ってもらうことや、巣箱を増やして、極上のはちみつ製品を引きつづき製造するという夢を、わたしはまだあきらめてはいなかった。

ケニーはこれは傑作とばかりに大笑いした。「うちで手伝えることがあったら」と言った。

「なんなりと言ってくれ」

「では、お言葉に甘えて。販売区域についてマニーと結んだ取り決めを、これからも守っていただけると大変助かります」

「なんで？　大将はもういないのに」

「商売をやめたわけじゃありませんし、取り決めは取り決めですから。わたしもあの場にいたんですよ、覚えてます？」

「そうだったな。でも、あんたみたいなお嬢ちゃんにつとまる仕事じゃない。欲ばりすぎじゃないのかね、雑貨屋のまねごともやってるんだろ。おれでよければ力になるよ。なんなら、うちにこないか。あんたの将来を開く鍵になるかもしれん」

「わたしのことはご心配なく。それより取り決めについて、まだお返事をもらっていませんけど」

ケニーは腰かけの上で身じろぎした。「それはまあ、おいおいと」

「レイはウォーキショー郡ではおたくのはちみつを販売できないんです。本人にはもう話してあります」

ケニーはカウンターの書類に目を落とした。そろそろお引き取りいただきたいと言わんばかりに。

「それはそうと、ジェラルド・スミスという人を捜してるんですが」わたしはケニーの様子をじっとうかがった。「何かお心当たりは？」

「聞いたことのない名前だな」と言いつつケニーは顔を上げた。答えるまえに目をそらしたのは、わたしの見まちがいだろうか。

「その人は、マニーの養蜂場から巣箱を全部持っていきました」とわたしは言った。「それからさっぱり行方がわからなくて」

「じゃあ、商売あがったりだな」ケニーは頬がゆるむのを抑えようとしたが、こちらもわたしの思い過ごし？　人の心が読めないようでは、優秀な探偵にはなれない。

「今年ははちみつが大量に採れました」とわたしは言った。「もう全部瓶につめて、あとは販売するだけ。残りの蜂を取り戻したら、これまでどおり商売をつづけていきます」

「あんたには冬越しの経験がない。春までに蜂はみんな死んじまうさ」

「なんとかやってみます」

「うちは巣箱を積んでフロリダに出かけるんだ。あと一、二週間したら出発する。よかったら、おたくの残った蜂も連れていってやろうか？」

おあいにくさま、その手はくわないから。「ご親切に、でもけっこうです。あとひとつ、お訊きしたいことが」

「ずいぶんしつこいんだな」

そっちこそずいぶんあやしいわよ、と言い返したい気持ちをこらえて、代わりにこう訊いた。「マニーの地所の買い取りを申し出たと聞きました。どうしてだか教えていただけます？」

「あんたの知ったこっちゃない。ロリ・スパンドルのおしゃべりめ」

「彼女から聞いたんじゃありません」わたしとしたことが、ロリをかばったりするなんて。脚にドロップキックをお見舞いしてやりたいぐらいなのに。「しかも、その申し出を取り下げたとか」

「気が変わったんだ」

「何か理由でも？」

「しつこいな、あんたには関係ないだろうが。そろそろ帰ったらどうだ。あと、出ていくときに、営業中の札を裏返しといてくれ」

41

わたしはこのまますごすごと引き下がるつもりはなかった。冗談じゃない。ケニー・ラングレーは大きな養蜂場を持っているので、そちらも調べてみる価値がありそうだ。

トラックを隠す場所を見つけようとして藪をかき分け、あちこちに小さな水たまりが隠れている湿地を歩きまわったせいで、足はずくずく、草のとげにつつかれまくり、顔から腕にかけては、木の枝に引っかかれてすり傷だらけになった。

これからはトラックに頑丈なブーツとデニムの上着を積んでおかなければ。ビーチサンダルと半袖は、はっきり言って屋外の作業には向いていない。ベンは早足で駆けていったかと思うと、大きく円を描くように戻ってきて、わたしが追いつくのを待っている。かわいそうなベンを今回もトラックに残しておくのは、ハンターの四本脚の相棒を虐待しているような気がして、忍びなかった。新鮮な空気はベンのためにもいいだろう。それにベンはとても聞き上手で、話しかけるといつも熱心に耳を傾けてくれる。

わたしはトラックを隠した場所からケニーの養蜂場までの距離を甘く見ていた。せいぜい一キロ半なのに、その何倍にも感じられた。道は曲がりくねり、上り下りが多く、大きな茂みを迂回しながら進んでいると、思っていたよりも時間をくった。それでもようやく低木のあいだから頭を突き出して、養蜂場を眺めることができた。巣箱が何列も何列も、見渡すかぎりつづいている。

ケニーは何年もかけて養蜂場を大きくしてきた。マニーと取り決めを結んだときは、その規模をわざと小さめに言ったにちがいない。でもわたしがいま気にしているのは、彼が自分のものではない蜂を飼っているかどうかだ。

とはいえ、蜂の持ち主を特定するにはどんな手がかりを追えばいいのだろう。そこが難しいところだ。マニーの蜂もわたしの蜂も、働き蜂がたっぷりいる強群とはいえ、ほかの蜂と見た目がちがっているわけではない。蜂なら巣の仲間をにおいで嗅ぎ分けられるだろうが、あいにくわたしは蜂ではない。うちの巣箱と同じ色の巣箱を探すのが関の山で、まだ塗り直されていないことを祈るしかなかった。ケニーの巣箱はどれも白っぽいが、明るい白から灰色まで、年数によって色合いが微妙に異なる。まえにも言ったかもしれないけど、わたしはマニーの巣箱も、おばあちゃんの畑に隠してあるふたつの巣箱も、鮮やかな黄色に塗り直したから、見まちがいようがない。

ケニーと交わした会話を心のなかで思い返しながら、茂みをかきわけてここまで歩いてきた。彼が口にした何かが、頭の片隅に引っかかっていた。それが何だったか思い出せるといいのだが……頭のなかであの場面を再現するたびに、彼がわたしを「お嬢ちゃん」と呼んだところでとぎれてしまう。かっとなって、注意がそれてしまうのだ。

わたしはベンにすわるように命じた。ベンはそうした。「待て」と言ってから、養蜂場に近づき、列の一番端にある巣箱の後ろに腰を下ろした。蜂たちは頭上を飛びこえ、何匹かはわたしをちょっと調べてから花蜜を探しに飛んでいった。忙しくて、かまっているひまなどないのだ。わたしはかがんだ姿勢で、巣箱から巣箱へと小走りに移動した。さっきケニーと話し合った白いトタン板の建物の裏手にしょっちゅう目をやりながら。

中腰で走るのは骨が折れた。ふだんそんな姿勢で走る練習はしていない。三列目まで調べおえたところで足腰が悲鳴を上げ、ひと休みしなければならなかった。ベンは残してきた場所でじっと待っていた。わたしの頼みを、そのへんの人間よりもはるかによく聞いてくれる。

わたしは捜索をつづけた。黄色い巣箱はひとつも見当たらなかったので、建物の横手にまわった。バケツ、継ぎ箱、予備の巣板など、使っていない道具類が積みあげられていた。

黄色いものはひとつもない。

もしケニーが巣箱を塗り直していたら打つ手はない。一番白い巣箱を調べ直すことも考えたけど、わたしの脚がもう一度しゃがむ姿勢に耐えられるかどうか。

と、そのとき、わたしはくずおれるように腰を下ろし、壁にもたれかかった。ケニーがわたしの将来の鍵がどうこうと言ったことを思い出したのだ。これだ！　ただし、肝心なのは発言の中身ではない。その言葉が引き金となって、レイと最近交わしたべつの会話がよみがえった。

マニーの小屋からはちみつを取ってきてくれたかとレイに訊いたとき、彼はそうしたと答えた。そこまではなんの問題もない。ところがそのあとで、グレースが留守だったから、勝手にもらってきたと言い添えた。

はちみつ小屋にはいつでも鍵がかかっている。いつ、いかなるときも。わたしはマニーが死んでから二、三度訪れたが、いつもしっかり施錠されていた。

それでは、レイはどうやってなかに入ったのだろう。鍵を持っているはずがないのに。わたしが閉め忘れたという可能性はあるだろうか？

いや、毎回きちんと鍵をかけてきた。今日行ったときも錠が下りていた。グレースが開けっ放しにすることはありえない。そもそもはちみつ小屋に出入りしないからだ。

レイはマニーが死んだ日、ケニーの養蜂場に立ち寄っていた。そして、マニーの死体を発見したのはレイだ、本人がそう言っている。もしケニーとレイがグルだとしたら？　レイなら、その気になればマニーを殺して、そのあとでマニーの鍵を盗むことができた。レイはその後、蜂に刺されたが、ロリが言うようにカントリー・ディライト農場で刺されたのではなく、マニーの蜂をグレースの家から運び出したときに刺されたのではないか？　時間的にはぴったり符合する。

この事件全体がきな臭いにおいを放っていた。

最近のわたしの運勢――ここしばらくツキに見放されている――から言えば無理もないけど、店の正面に車が止まる音が聞こえた。わたしはトタン板の壁にぴたりと張りついた。まえに一度だけ参加したヨガ教室を思い出し、講師に教わったとおり、自分の体が二枚のガラス板にはさまれているところを想像した。ここからだと車は見えないので、わたしのほうも運転手の視野に入っていないことを祈った。どうしてケニー養蜂場の裏でこそこそ嗅ぎまわっているのか説明するのは、勘弁してもらいたい。

車のドアが開いて、ばたんと閉まった。それから、店のドアが開いて閉まる音が聞こえた。わたしは脚にひんやりと湿ったものが押しつけられるのを感じて、悲鳴を洩らしかけたが、あたりに響きわたるまえになんとか押し殺した。

ベンがいつのまにかやってきて、鼻先を脚に押しつけていた。どうやら完全無欠の服従もここまでらしい。

「あっちへ行って」とわたしは小声で言った。「もとの場所に戻りなさい。さあ」

犬はその言葉にはちっとも耳を貸さず、わたしの隣に腰を下ろした。

やれやれ。ここからさっさと退散しないと、どちらかが見つかってしまうかもしれない。でも立ち去るまえに、だれがケニーを訪ねてきたのかのぞいてみたくなった。

ちょっと興味を引かれただけ。

せっかくここまできたんだから。

そう決めたとたん、ベンにつまずいて転んだ。ベンはさっとよけた。わたしは膝をすりむいたことにもめげず、立ちあがった。どうせ、あちこちすり傷や打ち身だらけ。側面にある窓ににじり寄りながら、どうしてこの手の建物はこんなに窓が小さいのだろうと恨めしく思った。

体は引っこめたまま、片目だけで部屋のなかをのぞきこむ。目をこらすと、ケニーの後ろ姿がぼんやりと浮かびあがった。さっきも言ったように、もともと大柄なうえに、部屋のなかが薄暗いので、そびえるように大きく見える。両手を腰に当てて立っていたが、まるで葉巻のようなずんぐりした指で痛む腰をさすっているようだ。

そのときケニーが声を荒らげるのが聞こえた。何を言ってるかまでは聞きとれなかったが、腹を立てて、相手をどなりつけている。もうひとりの姿はまだ見えなかった。部屋の外からでは見えない位置にいるのだ。

次の瞬間、店のなかでバンッと爆発するような音が聞こえた。

42

大柄なケニーがどっと仰向けに倒れたのを見て、わたしの膝はいまにも崩れそうにがくがくと震えた。発砲と同時に、彼はどなるのをやめた。彼のその後の動き、というか動きが一切止まったことからみて、その銃弾をくらったことはまちがいない。

わたしはその場にへたりこんで、両腕をベンにまわした。

「ここから逃げなきゃ」とベンに言うと、カニのように這いつくばって養蜂場のほうに向かった。トラックを止めた安全な場所は、養蜂場の先にある。ベンが先に立って、ゆっくりと駆けだした。どうやらピクニックか、のんびりした遠出を楽しんでいると思っているらしい。木立のところで立ち止まり、わたしが追いつくのを待っている。

後ろを振り返って、見つかっていないか確認しようとしたとき、車が騒々しい音を立てて遠ざかっていくのが聞こえた。肩から重石がとれたような気がしたが、運転者の身元を特定するようなものは何ひとつ見ていなかった。

膝にもまだ力が入らない。

わたしは選択を迫られた。これ以上の関わりを避けるか、それとも、いけ好かない商売敵のケニーを助けに戻るか。

わたしはウィスコンシンの女だ。わたしたちには守るべき規範がある。もしケニーを見殺しにしたら、死ぬまで自分を許すことができないだろう。

「こい」とベンに声をかけた。わたしがきた道を戻りはじめるのを見て、ベンはけげんな表情を浮かべたが、全速力で駆け戻ってくると、わたしと歩調を合わせて玄関まで一緒に走った。

「待て、ベン」犯行現場を荒らしてはいけないという程度の心得はあったので、犬を建物のなかには入れなかった。ドアを開けるときには、犯人が指紋を残している場合にそなえて上着の端をつまんだ。

ケニーの目は閉じていたのでまだ生きているような気がしたが、脈を探り当てることはできなかった。

彼のそばに膝をついたかつかぬうちに、またしても車の止まる音がした。立ちあがると、レイが車から降りて入口に向かってくるのが見えた。

何もかもがようやくひとつにまとまった。

いまさら気がついたところで、あとの祭りだったけど。

このまえレイが車で店にきたとき、マフラーが故障していた。そして数分まえに出ていった車もずいぶんやかましかった。だから養蜂場の向こうからでも聞こえたのだ。

わたしはドアに駆け寄り、なんとか鍵をかけることはできたが、姿を見られてしまった。

「ストーリー、開けろよ」レイが顔をドアのガラス窓に押しつけて言った。「帰る途中、あんたのトラックがこの先で止まってるのが見えたんだ。故障かい？」

胃のあたりが締めつけられるような気がした。レイはケニーを撃って車で逃走したあと、わたしのトラックを見かけた。わたしがこの近くにいて、彼のしたことを目撃したかもしれないと——正しく——推測したのだ。

だから戻ってきた。

なるほど。で、ベンはどこにいる？　ついさっきまでは外にいた。わたしはドアから後ずさった。

「警察を呼ぶわ」と言った。「ケニーが怪我をしてるから」

「開けろってば」レイはノブをガチャガチャ言わせた。つづいてドアの鍵を撃ち抜いた。

わたしはすりむいた膝も打ち身も切り傷もすっかり忘れて、店を突っ切り、裏口へ走った。どうか鍵がかかっていませんように。

ドアは開いていた。

外に飛び出し、養蜂場に向かって走った。ベンが右手からやってきてわたしを追い越し、そのまま走っていく。

レイが後ろからつづけざまに発砲したが、かまわず走りつづけた。なかにいるよりは一か八か、外に出たほうがいい。銃弾が命中する確率はそれほど高くない。

彼が追いつかないかぎりは。

ベンはさっきと同じ場所で立ち止まっていた。全身に緊張をみなぎらせ、身構えている。でも何のために？

「ベン」レイがわたしを追ってくるのを見て、叫んだ。「アタック！」

ベンは肩をいからせ、いつでも飛びかかれる態勢なのに、動こうとしない。

「ベン、助けて！」

何も起こらない。ベンにしてみれば、これはよくある訓練のひとつで、命令をきちんと守ることができるかどうか、攻撃を装ったテストなのだ。ハンターはなんと言ったか。ベンはコマンドが適切でなければ、しかも、それを発したのがハンターでないかぎり、絶対に攻撃しない。もうっ！

ちょうどそのときビーチサンダルの右足が地面の窪みに引っかかり、足をひねった。わたしはふたつの巣箱のあいだに倒れ、レイはゆうゆうと追いついた。

「あれはどこにある？」とレイは訊いた。何を言っているかは手に取るようにわかった。マニーの日誌だ。

「あなたには絶対に見つからないところよ」

わたしは地面から起きあがれなかった。レイが銃を向ける。「言わなければ死んでもらう」

「どっちにしても殺すくせに」

レイはにやりと笑った。ぞっとするような笑顔だ。

「ほんとなら川で死んでいたのはおまえのはずだった、あの女じゃなくて。あのときはしくじったが、今度はそうはいかん」

わたしはあの日、お客たちと一緒に窓辺に立っていたときのことを思い出した。みなが口々にフェイとわたしがそっくりだと言ってたことも。

なんと、レイはフェイ・ティリーをわたしとまちがえたのだ。

わたしはちらりとベンを見た。まだ木立のそばで待機している。

「あらかた計画どおりにいったんだ」レイは吹聴せずにはいられないらしい。いかにも自慢げな口ぶりだ。

「たとえば？」

「マニーの巣箱をまんまと手に入れた。そこが一番肝心なところだ」

「どこへやったの？」とわたしは訊いた。

「E号線の先にある親の農場にな。あんたの蜂もいずれいただくつもりだ。おれが消防署に通報してやったのをありがたく思え。さもないと、あのばかたれどもは、あんたの巣箱を処分してしまうところだった。住民投票をしたら、不利な結果が出ただろうからな」

「あの大騒ぎは、わたしのちっぽけな巣箱を手に入れるためだったの？　欲ばりすぎると、痛い目にあうわよ」

「生意気な口を利くんじゃない」レイが近づいてきた。

「ケニーをあんな目にあわせたのはなぜ？」

「おれたちは取り引きした。やつは裏でおれと手を組んで、マニーの地所を買うことになっていた。もうマニーは死んだし、グレースを説得するのはわけもないからな。おれはマニーの日誌を参考に、強い蜂の群れを育てるつもりだった。この地域全体をおれたちふたりでいただくはずだったんだ。ところがケニーがおれをあやしんで、マニーの死についてあれこれ詮索しはじめた。日誌を持っていないのがわかると、手を引こうとした。そうは問屋がおろさない」

「だから撃ったの?」

「あと始末をしたまでさ。あんたにも同じ道をたどってもらう」

「警察にメールを送ったのはあなただったのね。わたしにフェイ殺しの罪をかぶせようとして」

レイは頰をゆがめた。このいやらしい笑顔に、どうしてこれまで気がつかなかったのだろう。

「人違いだとわかったあと、おまえを刑務所にぶちこんだらさぞ愉快だろうと思いついた。警察長が餌に食いつかなかったのは残念だが」

わたしはさっきから少しずつ回りこむように後ずさりして、いまではベンがはっきり見える位置にいた。そのあいだもずっと、どんなコマンドならうまくいくか考えつづけていた。頭上では蜂が黒い雲のように飛びかかっている。レイがついさっき警察長が餌に食いつかなかったと言ったとき、ベンはさっと体をこわばらせ、いまにも飛びかかりそうに身構えた。

レイの目を見ると、彼がおしゃべりに倦み、銃を構えて発砲するのは時間の問題だとわかった。

これがK9係の警察犬を行動に踏み切らせる最後のチャンスだ。

「それはどういうこと？」とわたしは言った。「警察長が餌に食いつかないって」わたしは〝食いつく《バイト》〟という単語をあらんかぎりの声でどなった。レイはぎょっとして、けげんな顔になった。そこでもうひと声、「嚙め《バイト》！」と叫んだが、感情むき出しでわめくのではなく、大きな落ちついた声で、コマンドに聞こえるようにと心がけた。

レイはベンに背中を向けていたので、大きな犬が地面を蹴ったのを見ていなかった。ベンは猛然と突っこんでくるなり、貨物列車のような勢いでレイに体当たりした。彼を地面に押し倒すと、あごをレイの片方の腕に沈めた。鋭い牙がきらめくのが見えた。

ベンがレイを地面に押しつけているあいだに、わたしはよろよろと立ちあがって銃を取りあげた。犬は怖くてたまらないのに、銃は怖くもなんともなかった。安全装置がどこにあるのかも知らないくせに。それを言うなら、安全装置がかかっているかどうかも。

レイは助けてくれと哀れっぽい声をしきりにあげている。腐りきった最低最悪のやつ。でも、かりにわたしにその気があったとしても、どうやってベンを引き離せばいいのかさっぱりわからない。

しばらくして、背後からわたしを呼ぶ声が聞こえた。建物のすぐ近くからだ。

「やめ！」ハンターが大声を出した。振り返ると、彼がこちらに銃を向けているのが見えた。こんなに単純な命令だったとは。ベンはレイを放した。「きみはいまごろ、デートにそなえておめかしの最中じゃなかったのか」とハンターがわたしに言った。

「よんどころない事情というやつよ」とわたし。「それより、どうしてわたしの居どころがわかったの？」

「きみのトラックに追跡装置をつけておいた。トラックが野原の真ん中で停止したまま動かないから心配になった」

「それはちょっとやりすぎじゃないの」と言ったものの、知らないうちに尾行がついていたと知って、意外なほど感謝の念が湧いてきた。「あとで訴えるから、覚えておいて」

こうしてわたしは、犬とその飼い主に助けられたのだった。

43

けっきょく、ハンターとわたしはその夜デートに出かけなかった。事務手続き——またの名を、お役所仕事——が延々とつづき、それが終わると、ふたりで今回の事件の全容をあらためて振り返った。レイ・グッドウィンの口が軽かったのもさいわいした。不法行為を共犯者になすりつけようとしてうそを重ねたあげく墓穴を掘り、そうこうするうちに真相がすっかり明らかになった。

とりわけ、ケニー・ラングレーがまだ生きていると知って焦ったようだ。

わたしはどうやら脈を探すのがあまり得意ではないらしい。

ケニーの罪は悪友を選んだこと、およびあくどい商取り引きに乗ろうとしたことにとどまる。

一方、レイの罪状は次のとおり。

・マニーに匿名で何度も脅迫電話をかけた。敵対的買収を進めるのに利口なやりかたとは言えない。

・チャップマン家に空き巣に入り、カメラと小銭を盗んで警察の目を欺いたが、マニーは日誌を隠さなければならないことを悟った。
・スズメバチの大きな巣を捕獲した。攻撃的になったスズメバチたちをけしかけ、はちみつ小屋にいたマニーを襲わせた。小屋に鍵をかけてスズメバチの巣ごとマニーを閉じこめた。彼が絶命すると養蜂場まで引きずっていき、遺体にはちみつをまいて、穏和なミツバチたちが彼を殺したように見せかけた。
・わたしまでついでに殺そうとしたのは、わたしがグレースを説得してマニーの巣箱を引き取ることを警戒したから。ところが人違いでべつの女性を殺してしまった。
・ケニー養蜂場の従業員をひとり雇って、マニーの巣箱をすべて積み出したが、日誌を見つけることはできなかった。日誌は彼の新たな事業の将来を左右するものなのに。
・警察に偽りの情報を送り、うちの店に押し入って日誌を捜し、ピアスを残していった。わたしにぬれぎぬを着せようというもくろみだった。
・ケニーが取り引きから手を引くと言ったので、ケニーを撃った。

これらの罪状により、レイは余生を刑務所で暮らすことになるだろう。いい気味だ。

真相が明るみに出てから一週間後、メイン通りを歩いて店に行くと、グレース・チャップマンがおもてにある青い庭椅子にすわって、わたしを待っていた。レイが逮捕されてから、グレースの姿はあまり見かけなかった。

わたしはグレースの苦しみを思いやった。夫を失うだけでもつらいのに、殺人となれば話はまたちがってくる。その気持ちは痛いほどわかった。なぜなら、わたしもマニーを愛していたから。ただし、彼女とはちがう意味合いで。

「すわったら」とグレースが言った。ふたりのあいだに空の椅子をひとつはさんで、わたしは黄色い庭椅子におずおずと腰を下ろした。

どうかグレースが物騒なものを隠し持っていませんように。

その願いが天に通じたのか、従姉のキャリー・アンが早々と出勤してきたが、わたしたちに挨拶するとさっさと店に入ってしまった。グレースとわたしがいつも店の外で仲よくすわっているかのように。

「おたがい、大変だったわね」とグレースが言った。わたしとは目を合わせず、両手をしげしげと眺めている。「いろいろ行き違いもあったけど、いつまでもこだわるのはやめにしようと思って」

「同感だわ」

「じゃあ、まずあなたの話から聞かせてもらいましょうか」とグレースが水を向けた。

そこでわたしは、これまでのいきさつを順を追って話した。マニーが死んだ日から、ケニーの養蜂場でレイと対決したところまで。〈クイーンビー・ハニー〉に対してわたしが抱いている夢と希望を話し、ビジネスという金銭的な面だけでなく、ミツバチをこよなく愛していることを語った。そればかりか、彼女の夫をいかに尊敬していたか、わたしにとってかけがえのない友人であり恩師であったことまで、包み隠さずに話した。

「マニーの日誌はうちの巣箱の底から見つかったの」と最後に言い添えた。「パティがうちの庭で彼を見かけたというのは、ほんとのことだった。ただし、マニーは日誌を安全な場所に隠していただけで、わたしと密会しにきたわけじゃないんだけど」

わたしが話しおえたとき、グレースは目もとを押さえていた。「よく話してくれたわね。日誌はあなたのものよ。マニーの魂がこもっているし、あなたならきっと役立ててくれる。そうそう、レイのご両親に電話して、巣箱を送り返していただくようにお願いしたの。あなたがもらってくれたら嬉しいんだけど」

わたしは耳を疑った。「それはもうぜひ！」ぱっと椅子から立ちあがるなり、すわっているグレースに抱きついたので、彼女もろとも芝生にひっくり返りそうになった。

「あとのことは、また日をあらためてじっくり話し合いましょう」とグレースは言うと、わたしが体を離すなりさっさと立ちあがった。こちらをちらりとも振り返らずに、店に入っていった。

あの蜂がわたしのものになる！　八十一個の巣箱全部が。うちの分を合わせれば、八十三だ。その規模の大きさにふいに身がすくんだ。わたしひとりでやっていけるだろうか。店と養蜂の仕事の両立を。

これだけ苦労して手に入れたマニーの蜂だ、それぐらいできなくてどうする。

わたしは店に入って妹に電話した。巣箱を運ぶからちょっと手伝ってくれない？
残りの話をかいつまんで言うと――

・クレイは生まれて初めて約束を守った。めでたく――わたしの努力が少なからず功を奏して――釈放されると、自宅を売りに出し、ミルウォーキーへ戻った。その仲介をロリ・スパンドルにまかせたことだけは気にくわないけれど。
・その家はまだ買い手がついていない。
・わたしはいまでも母さんが苦手で、おばあちゃんは世界一だと思っている。
・ホリーからの借金はまだ返していない。でも妹は〈ワイルド・クローバー〉の仕事がとても気に入っているので、これからも好きなだけ手伝ってほしいと頼んである。
・キャリー・アンの断酒はほぼつづいている。
・マニーのはちみつ小屋を移設する計画は順調に進んでいる。いまではその小屋も含めて、〈クイーンビー・ハニー〉は丸ごと全部わたしのものだ。
・新しいカヤックを手に入れた。色はもちろん黄色。
・ハンターとわたしは多くの時間を一緒に過ごすようになった。
・ベンもよろこんでついてくる。

ワイルド・クローバー通信

9月号

9月は、全米はちみつ月間です！

養蜂場からのお知らせ

- 今年度のはちみつが入荷しました！
- ミツバチたちは冬ごもりの準備をしています。
- はちみつの試食会を開きます。お知らせをお見逃しなく。

はちみつを使った簡単レシピ

「はちみつレモネード」

1リットルのお湯に½カップのはちみつを混ぜる。レモン果汁4個分を加える。

「キャラメルコーン」

はちみつ⅓カップ、ブラウンシュガー¾カップ、バター大さじ2を温め、とけたらポップコーンにかける。

「フルーツサラダ用はちみつドレッシング」

同量のはちみつとレモン果汁に、ヨーグルトとシナモンを適量、加える。

「おすすめの前菜」

ペコリーノかパルメザンチーズのスライスに、洋ナシの薄切りをのせ、はちみつをかける。

「昔ながらの咳止め薬」

同量のはちみつとレモン果汁とウイスキーを混ぜ合わせる。

ハニー・フローズン・カスタード

ウィスコンシン名物のフローズン・カスタードはなめらかな舌ざわりが特徴。その秘訣は卵黄と10パーセントの乳脂肪です。ご当地人気料理をわたし流にアレンジしたものをご紹介しましょう。

［材料］

卵……6個
はちみつ……$\frac{2}{3}$カップ
牛乳……2カップ
生クリーム……2カップ
バニラエッセンス……小さじ1

［道具］

アイスクリームメーカー

［作り方］

❶ 卵にはちみつを加えて、泡立て器でよくかきまぜる。
❷ 牛乳と生クリーム1$\frac{1}{4}$カップを火にかけ、かきまぜながら沸騰直前まで温める。
❸ **2**を**1**に加える（注意！ はちみつ入りスクランブルエッグにしたくなければ、少しずつ加えること）。泡立て器でよく混ぜ合わせる。
❹ 鍋に移し、よくかき混ぜながら弱火にかける。少しとろみがつけば火からおろす。
❺ 冷蔵庫で1時間以上冷やす。

❻ バニラエッセンス小さじ1と生クリームの残り$\frac{3}{4}$カップを加える。
❼ アイスクリームメーカーに入れて、使い方の指示にしたがう。

ハニー・キャンディ・バイツ

［材料］
バター……½カップ
小麦粉……1カップ
塩……小さじ¼
はちみつ……¾カップ
牛乳……大さじ2
バニラエッセンス……小さじ1
砕いたココナッツ……1½カップ
ライスクリスピー
（またはコーンフレーク）
……2カップ（少し砕いておく）

［作り方］
❶ 大きめの鍋にバターをとかし、小麦粉、塩、はちみつ、牛乳を加える。
❷ 鍋を中火にかけて、よくかき混ぜる。
❸ 生地が鍋肌につかなくなれば、火からおろす。
❹ バニラエッセンスとココナッツ1カップを混ぜる。
❺ あら熱をとり、シリアルを加える。
❻ 直径3センチほどの団子状に丸める。
❼ ココナッツの残り½カップを入れたバットのなかで転がす。
❽ 冷蔵庫で保存して固める。

アップル・ジンジャースナップ・クランチ

おいしさ抜群！
砂糖とはちみつ入り

［材料］
ジンジャースナップクッキー
……1カップ
（砕いておく）
砂糖……½カップ
小麦粉……½カップ
塩……小さじ½
バター……½カップ
リンゴ……4個
（ひと口大に切っておく）

はちみつ……½カップ
シナモン……小さじ½
ペカンナッツ……¼カップ
（刻んでおく）

［作り方］

オーブンを180度に温めておく

❶ 砕いたジンジャースナップクッキー、砂糖、小麦粉、塩を混ぜる。

❷ 小さく切ったバターを加え、生地が多少はぽろぽろしていても、手のひらで押さえればまとまるくらいになるまでよくこねる。

❸ 生地の半量を20センチ四方の天板に広げ、手で軽くたたいて落ち着かせる。

❹ リンゴ、はちみつ、シナモンを混ぜて、3の上に広げる。

❺ ペカンナッツを残りの生地に加えて、4の上に広げる。

❻ 180度のオーブンで50～60分、リンゴが柔らかくなり、表面がきつね色になるまで焼く。

❼ フローズン・カスタードまたはアイスクリームを添えて出す。

ヤマブドウのジャム

この季節、山道を歩くと大きく伸びたブドウのつるが目につきます。ヤマブドウの実は自由に採ってかまいません。

［材料］

ヤマブドウ……1・5キロ
（よく熟したものと半熟のものを混ぜて）
水……½カップ
煮つめたブドウ1カップにつき、はちみつ1カップ
（またはお好みの量）
ペクチン液……½カップ

［作り方］

❶ ブドウを房からはずして、よく水洗いする。

❷ 鍋に入れて、フォークかポ

テトマッシャーで軽くつぶす。
❸ 水を加えて煮立たせる。
❹ 10分間煮つめる。
❺ 布巾でこす。
❻ 煮つめたものを鍋に移し、はちみつを加える。
❼ 1分間煮てから、ペクチン液を加える。
❽ さらにもう1分間、煮立たせたらできあがり。

極上のサルサソース

［材料］

トマティーリョ（オオブドウホオズキ）……20個
玉ねぎ……1個（¼に切っておく）
ハラペーニョ……2個（お好みの数）
アナハイム・ペッパー……4個
コリアンダー（お好みで）
塩……適量

［作り方］

❶ オーブンを220度に温めておく。
❷ トマティーリョ、玉ねぎ、ハラペーニョ、アナハイム・ペッパーを15分間焼く。
❸ フードプロセッサーに移して、コリアンダーを加え、粗みじ

家庭菜園からのお知らせ

1. 花や野菜の種は、来年の種子交換会にそなえて乾燥させておきましょう。
2. 百日草の莢《さや》ひとつには、種が100粒ほど入っています――ミツバチは百日草の花蜜が好物です。
3. ハラペーニョは厳密に言えば果物で、野菜ではありません。
4. 庭先のビーツの葉を早めに摘めば、先端からたくさん若葉が出てきます。

ん切りにする。

❹ 塩を加える。

ストーリー特製 夏のビーツスープ

［材料］

ビーツ……500グラム
（皮をむき、1センチ角に切る）

玉ねぎ……中1個
（1センチ角に切る）

人参……大1本
（1センチ角に切る）

ニンニク……1かけ（みじん切り）

ショウガ……大さじ3（みじん切り）

鷹の爪……1個（お好みで）

砂糖……大さじ2

水……2カップ

鶏ガラスープ……2カップ

塩……小さじ½

ホワイト・ペッパー……小さじ½

ホイップクリーム

アサツキ

［作り方］

❶ 塩、鷹の爪、ホワイト・ペッパー、クリーム、アサツキ以外の材料を鍋に入れ、強火にかける。沸騰したら弱火にして15分間、または柔らかくなるまで煮込む。塩、ペッパーを加える。

❷ あら熱をとり、こして、スープは別にしておく。

❸ 柔らかく煮た野菜を、フードプロセッサーにかける。

❹ スープと野菜を混ぜる。

❺ ホイップクリームを適量混ぜ、アサツキを散らす。

訳者あとがき

アメリカ中西部の北寄り、ウィスコンシン州の小さな町モレーン。美しい森と川に囲まれたこの町に、古い教会を改装したすてきな食品雑貨店〈ワイルド・クローバー〉があります。

この店を切り盛りしているのはストーリー・フィッシャー、三十四歳。バツイチ。女たらしのダメ夫と晴れて離婚が成立し、お祝いの記念セールをしているさなか、同じ町の住人、マニー・チャップマンが全身を蜂にたかられて死んでいるのが見つかります。

マニーはプロの養蜂家で、〈クイーンビー・ハニー〉のオーナー。趣味でミツバチを飼い始めたストーリーに、手取り足取り養蜂の手ほどきをしてくれた師匠であり、ストーリーの熱意を見こんで、いずれは共同経営者にと誘っていました。

マニーの死因は蜂に喉を刺されたことによる窒息死。マニーの妻グレースはじめ町の人たち、警察までもが、マニーの飼っていたミツバチが犯人だと思いこみ、ミツバチに対する恐怖と非難がじわじわと町に広がっていきます。でも、養蜂の知識があるストーリーから見れば、おとなしいミツバチが理由もなく人を襲うなんてありえないこと。

恩師の死の謎を解き、愛するミツバチと〈クイーンビー・ハニー〉を守るため、ストーリーは真相を探ることを決意。ところがその矢先、元夫クレイのガールフレンドの溺死体が発見されて、彼が容疑者に。さらに、マニーが手塩にかけたミツバチたちがいずこともなくさらわれ、養蜂の貴重な知識が記されたマニーの日誌まで行方不明になってしまいます。はたしてストーリーは込み入った事件を解決し、消えたミツバチを取り戻せるのでしょうか。

本書の見どころのひとつは、精彩に富んだキャラクターでしょう。主人公のストーリーは、夫の浮気、離婚という痛手はあったものの、仕事にも趣味にも前向きで行動的。ミツバチのぬれぎぬを晴らし、マニーの跡を継ぐという夢に向かってがむしゃらにがんばります。ハイスクール時代のボーイフレンドで、ストーリーを陰で支える郡保安官事務所のハンター。彼の相棒である警察犬のベン。ゴシップ大好きの隣人パティ。ストーリーを目の敵にする町の警察長ジョニー・ジェイなど、故郷が舞台とあって、脇をかためる登場人物に幼なじみが多いのも特徴のひとつです。みなどこかとぼけた味わいがあり、ユーモラスで憎めません。

小さな町の生活も生き生きと描かれています。町で一軒きりの食品雑貨店〈ワイルド・クローバー〉には、住人がしょっちゅう買い物に訪れるので、自然と情報が交換され、ゴシップが飛びかいます。小耳にはさんだうわさ話がときにはストーリーを惑わせ、ときには思いがけぬヒントとなって、錯綜した事件はしだいにひとつの謎へと収斂《しゅうれん》していきます。

そして、なんといってもユニークなのがミツバチという題材です。この二、三年、ミツバチが大量に姿を消すという奇妙な現象が報じられてきました。はちみつの生産だけでなく、植物の受粉にもなくてはならぬミツバチ。本書ではそんなミツバチが文字どおり消えてしまいます。物語には随所にミツバチの暮らしや、はちみつにまつわるうんちくが盛りこまれ、ヒロインならずとも、愛らしい小さな生き物に心惹かれるのではないでしょうか。

巻末にはウィスコンシン名物のハニー・フローズン・カスタードをはじめ、はちみつを使ったキャンディやクッキーのレシピが紹介されていますので、どうぞお見逃しなく。

著者のハンナ・リードはウィスコンシン州南東部のモレーンとよく似た小さな町に住んでいます。自然とガーデニングとお料理が大好きという自己紹介からは、主人公と重なる部分が多々あるような……。幼いころから私立探偵かおとり捜査官になりたかったという彼女は、しろうと探偵として活躍するストーリーにその夢を託しているのかもしれません。

「はちみつ探偵」シリーズは本国では三巻まで刊行されています。次作の*Mind Your Own Beeswax*では、過去の不幸な事故で、長らくモレーンを離れていたかつての同級生が帰郷。それが引き金となって、因縁の殺人事件が起こります。邦訳は今年の秋ごろお届けの予定です。

氷河時代の名残をとどめる美しい自然を背景に、不器用ながら、仕事に恋に一途なストーリー・フィッシャー。今後とも温かいご支援をお寄せいただければ幸いです。

最後になりましたが、訳出上の疑問にお答えいただいた著者、本書ご担当の原書房の相原結城さん、かわいいイラストを描いてくださった杉浦さやかさんに、お礼を申し上げます。

二〇一二年三月

コージーブックス

ミツバチたちのとんだ災難《さいなん》

著者　ハンナ・リード
訳者　立石光子《たていしみつこ》

2012年　4月20日　初版第1刷発行
2012年　4月30日　第2刷発行

発行人　成瀬雅人
発行所　株式会社　原書房
〒160-0022 東京都新宿区新宿1-25-13
電話・代表　03-3354-0685
振替・00150-6-151594
http://www.harashobo.co.jp
ブックデザイン　川村哲司(atmosphere ltd.)
三浦逸平(atmosphere ltd.)
印刷所　中央精版印刷株式会社

落丁・乱丁本はお取り替えいたします。
定価は、カバーに表示してあります。
 ISBN978-4-562-06001-6 Printed in Japan